当年万里觅封侯

完结篇

漫漫何其多◎著

江苏凤凰文艺出版社
JIANGSU PHOENIX LITERATURE AND ART PUBLISHING

青青子衿
悠悠我心

漫漫何其多

漫漫何其多

—

作品

目录

宛跪禀：

宣瑞之事，料王爷王妃在天有灵，已具悉；

宛自京中至封地，蹉跎数年，为求自保，无所不为，

种种下作之事，料王爷王妃亦具悉。

数年来，于王府，辱门败户；

七载间，于子宥，深恩负尽。

纵我不往，
子宁不嗣音？

章壹

宣瑞

五十五

钟宛看着林思的背影，叹了口气。

林思隐了行踪后，宣璟快把京中翻遍了，明目张胆地挨府邸搜人，誓要把林思抓回去，这其中要是没点什么别的想法，打死钟宛也是不信的。

钟宛一天中大喜大悲，这会儿也累了，送走林思后和衣躺在床上，本想只是歇一歇，但合上眼就睡着了。

钟宛睡得并不安稳，断断续续地，居然做起梦来。

一会儿梦到在宫中做宣瑞伴读的时候，那时他同宣瑞之间毫无芥蒂，每日同进同出，宣瑞整日跟在他身后，有人的时候叫他的名字，没人的时候，就管他叫大哥。

一会儿又梦到宁王事变，自己被关在大牢里，日日被审问。

一会儿又梦到自己被郁赦接了出来，安置在别院中，自己假借生病，终于请来了自小照看自己的太医。

老太医将宁王从小照看到大，又先后照看了钟宛、宣瑞、双胞胎，算是宁王府的亲信了。

宁王走后，老太医因为莫须有的罪名被太医院革了职，当日崇安帝正在清理宁王一派，老太医没丢了性命，已经算是万幸了。钟宛那会儿几次装病，都是为了见他，通过他联络宣瑞，联络史老太傅。

崇安帝虽留下了宣瑞，但他是宁王长子，一天天地长大，不免要变成崇安帝的眼中钉。

本朝的亲王们，一些是在兄弟继位后留在京中当富贵王爷，一些是在成年后受封，凭着和皇帝的亲厚关系做个或富庶或倒霉的封地王。按例来说，宣瑞哪头都不沾，既不受宠，也没成年，但钟宛希望他能远走封地，封地不必多好，够远就行。

钟宛托太医问史老太傅，老太傅也觉得如此最好，也愿意替钟宛向皇帝求情，让皇帝早早地打发了宣瑞。

封王的旨意下来后，小钟宛彻底放下了心，觉得这事算是尘埃落定了。他每天算着日子，盼着几个孩子早早离开京中。

再后来……

钟宛心口憋闷，在梦中长嘘了一口气。

梦里，他听见老太医在他耳畔含恨私语。

“王爷怎么会投敌？！

“郁王爷多年来一直在替皇帝做些见不得人的事，此人心思毒辣，此事必然同他有关。

“事有蹊跷，是太凑巧了些，但谁知皇帝是不是突然想起当年险些未能继位的事，耿耿于怀，突然要下手……

“王爷遭此大难，都是这些人在暗中安排……

“几个孩子马上就能离京了，他们一走，京中再有什么事都赖不到他们头上了。

“你我皆深受宁王大恩，你难道不愿意替王爷报仇？

“我为了王爷都甘愿赴死，你呢？王爷可是你的义父！若没有王爷，有你这些年的好日子？你能活到现在吗？

“我知道你见不着郁王爷，但不是日日能见到郁王府世子吗？他对你……似乎并不设防。

“郁赦是郁王爷唯一的嫡子，还有传言说他是皇帝的私生子，不管是不是，郁赦都是这两人的命根子……

“他没害宁王又如何？！他可怜，宁王的几个孩子就不可怜吗？！幼子无辜，不一样要受牵连？

“你这也要推诿？只要你做得干净，你的命也能保住！

“这是药……

“这是药……

"这是药……"

钟宛额上沁出汗珠，想要醒过来，但梦魇纠缠着他，鬼魅一般的声音一直在他耳畔嘶哑地流连："这是药。

"你本来不也要逃离这里吗？你让我替你准备文书，替你绘制前往黔安的地图，不就是为了逃离这里去黔安吗？

"反正要走了，不用怕什么，走之前，把药下了，看着郁赦服下后再走……

"这药发作得很慢，足够你逃出这里，待你出城后郁赦毒发，既报了仇，也不会连累到你。

"他们就算要抓，天高海阔，你早就走了，抓谁去？

"大不了，你先不要回黔安就是了，这些人将王爷戕害至此，你难道就不恨？

"若不是安国长公主御下极严，想要毒杀郁赦难上加难，我自己就动手了！何必来求你？

"郁赦对你不设防，这是他活该。

"别忘了宁王待你的情谊……

"走之前，把药混进他的饭菜中，诱他服下，切记，切记……

"出城之后用不了多长时间，你就能知道他毒发身亡的消息了……"

郁赦毒发身亡。

钟宛猛地坐了起来，身上的里衣已被汗水浸透，暮色低垂，卧房里还没掌灯，钟宛一时间没想起来这是在哪儿。

钟宛掐了掐自己眉心，深呼吸了下，低声安慰自己："没事，没事……"

钟宛当日没下药。

也不对，他下了，只不过不是老太医给他的那些，而是一点点蒙汗药。

走的那晚，钟宛乘郁赦不备，在郁赦的酒盅里撒了一点蒙汗药，被郁赦毫不设防地喝了下去。

钟宛每每想起那一晚还是觉得心惊，自己当时要是下的毒药呢？

小子宥对他没丝毫疑心，必然也会咽下去。

幸好，没下。

现在回想，老太医让钟宛下药的计划还算周密，但若真下了，后面的事怎么可能会简单？

就算自己伏法后将罪名一力担下来，崇安帝难道不会迁怒宁王后人？

盛怒之下，崇安帝怕是要让整个黔安王府陪葬。

但当日血海深仇当头，所有人都疯了。

钟宛出城后不久，老太医也离了京，并先他一步赶到了黔安。

钟宛到现在也不知老太医同年幼的宣瑞说了什么，只是待他栉风沐雨、风餐露宿地抵达黔安后，宣瑞没再叫过他一声大哥了。

宣瑜、宣从心尚在襁褓，待长大后，就根本不知钟宛曾是宁王义子的事了。

自然，钟宛自己也没提过。

他要报的是宁王、宁王妃的大恩，小孩子将他当大哥还是当谋士还是当什么的，他都不甚在意。

没过两年，老太医就死在黔安了，宣瑞除了称呼改了，待他和以前也没甚差别。渐渐地，这桩旧事也就这样烟消云散了。

要不是汤铭闹出今天的事来，钟宛自己都要忘了。

钟宛随手抹了额上的汗，虽不想承认，但还是有点后悔了。

当日不该那么自负，若他一回到黔安就早早地同宣瑞说开，同宣瑞道明这其中的利害关系，宣瑞未必听不进去。

钟宛倒不是贪恋他那一句“大哥”，但两人之间若毫无芥蒂，很多事就简单了许多。

比如，见宣瑞郁郁不得志，畏畏缩缩不上进时，钟宛就能拿出长兄的气势来，一巴掌将他扇醒。

又如之前劝宣瑞服药装病，可能就没那么难。

再如……

今日钟宛就不必忧心，远在黔安的宣瑞会轻信了汤铭的话。

但钟宛当时太年轻了，纵然在刑部大牢里躺过三个月，满身锋芒、一身傲骨仍未被打磨圆滑，回黔安那日正是钟宛的十七岁生辰。十七岁的钟宛，见宣瑞眼神闪烁唤自己“钟宛”时，见老太医戒备地看着自己就差把“贪生怕死，不忠不孝”挂在脸上时，薄唇抿成一条线，将一腔怨气咽进了肚子里，半句不曾解释。

有什么可解释的？一片丹心自有天地鉴知，天上的父亲、母亲看见了，宁王、宁王妃也看见了。自己也老大不小了，过了这生辰，就是个大人了，同个孩子和老糊涂的东西有什么可说的？

钟宛自嘲一笑，谁还没个年少狂妄的时候呢？

后悔药吃不得，真能后悔，当日回到黔安后，自己拼着让宣瑞疑虑到底，也要先把那个昏头昏脑的老太医宰了，也不至于后来……

钟宛嗓子一痒，咳了起来。

他摸了摸额头，好像是有点热。

折腾了一天，他可能又要犯病。

钟宛不敢托大，出了卧房，走出去推开房门，让院中侍奉的仆役跟冯管家说一声，自己可能病了。

钟宛回屋点上一盏小灯，躺回床上，苦哈哈地发愁，最好能快点吃药把病压下来，好不容易混进郁王府，不知道能赖几日，再因为生病平白耽误时光就不好了。

自己若是病起来，也不知道冯管家还肯不肯让郁赦来看自己……郁小王爷身娇肉贵的，被自己传上就不好了。

钟宛头越来越热，迷迷糊糊地想，自己若是命长，在郁赦府上待久一些，勤勉刻苦一点，过不了多少年就能把这债还清，还清之后呢？是不是还能再挣点银子？

抠抠搜搜地算着账，感觉有人进屋来了，钟宛浑身都热起来了，费力地睁开眼，眯眼看了看……天已经黑透了，屋里灯火暗淡，钟宛又烧得迷糊，没看出来这是谁。

钟宛闭上眼，听郁赦声音里带着几分怒气："什么时候病的？！"

钟宛咳了起来。

郁赦咬牙道："不舒服不知道早说？！"

钟宛清醒了点，一笑："我也没察觉，你离我远点，别让我……"

郁赦转身出去了，不一会儿太医来了，给钟宛诊了脉，又出去了。再过了一会儿，郁赦端着药碗进来了。

不等钟宛再开口，郁赦不耐烦道："闭嘴。"

钟宛只能老老实实地接过药碗，皱眉几口咽了下去。

郁赦冷冷地看着钟宛，从衣襟中摸出一个小荷包出来。

钟宛茫然。

郁赦从荷包里捏出一粒什么，钟宛没看清，就被郁赦将那物塞进了嘴里。

是一块饴糖。

不知是不是方才那个梦的缘故，七年前的记忆山呼海啸般汹涌扑来，钟宛心口狠狠地疼了下，逼得他眼眶红了。

钟宛不想让郁赦看出来，翻了个身，偏头把脸埋在软枕中，声音微微发颤："什么糖啊？怎么这么甜……"

五十六

多年来埋在钟宛心头的隐忧被汤铭翻腾了起来，连着他体内的余毒一起开始讨伐这具身子，一碗药下去只是扬汤止沸，没有半分好转，半个时辰后，直接烧得昏迷了过去。

自来京中，钟宛过得十分谨慎，生怕自己病了耽误事，每次稍有点犯病的苗头就忙不迭地喝药往下压，压得多了，病痛在体内连番积累酝酿，如今终于找到了出口，轰轰烈烈地发作了起来。

郁赦喂钟宛吃了一块糖后就坐到了一边，晚饭也没吃，等了两炷香的时间后觉出不对来，几步出了卧房叫太医来。郁赦疑心重，怀疑之前那碗药有问题，命人去查药渣，又派人去请太医院其他太医，折腾了半个时辰，几个太医轮番给钟宛诊脉后，商议了片刻，出来了个人同郁赦交代。

郁赦冷声道："这什么意思？先治不好，就让他这么烧着？"

太医讲了半日佶屈聱牙的医理，细心劝道："发作出来不一定是坏事，钟少爷身子并不多好，是药就有毒，每次稍有病痛就用虎狼之药往下压，把风邪全压在身子里，纵然这次勉强应对下去了，过不了一个月半个月，稍不在意又要复发，不如索性用点温和的药，让他发作发作。"

郁赦不信任地看着太医，一旁的冯管家劝道："世子，咱们也不懂这些，听太医的吧。"

太医怕郁赦多心，又道："自然，想要快一些也可。"

郁赦眼神晦暗："快治多久？慢治多久？"

太医低头："要快，三五天就能好了。要慢，少则十几日，多则一个月。"

郁赦犹豫。

宣瑾的棺椁已经被送进皇陵了，丧事已过，黔安的人过不了几天就能走了，钟宛要不要走？

这拖拖拉拉治起来个没完没了，他还赶得上回黔安吗？

钟宛之前倒是说过，丧事过后暂时不回黔安，但也只是提过一次，他刚刚被宣琼坑了这一把，会不会又想走了？

钟宛若是要走，郁赦不会留他。

郁赦狠了狠心，沉声道："快……"

"世子。"冯管家打断郁赦，对太医使了个眼色，太医退下，冯管家道，"还是听钟少爷自己的意思吧。"

郁赦皱眉："他病成这样能知道什么？"

"慢慢治也不是不治，太医刚才也说了，可以像给小儿退热似的，不灌药，先给钟少爷针灸退热，估计明天钟少爷就能醒了。"冯管家苦口婆心，"我知道世子是不想耽误钟少爷回黔安，但咱们谁也不知道他愿不愿意走不是？若是他死也不走，岂不是白白遭罪？世子也不必疑心太医，这都是自小伺候您的，身家性命都攥在您手里，谁敢不尽心？且慢慢地治纯属医者仁心，能早点交差不好吗？还不是看钟少爷身子不好，不想下重药，想要给他调治调治？还有……"

冯管家句句话往郁赦心头最软的地方戳："这几个太医都是国手，钟少爷过了这村可没这店了，等他回黔安，上哪儿去找这么好的太医？别说针灸了，估计连个会写好药方的都没有，不然钟少爷怎么这么些年把身子糟践成这样？必然是那边没个好郎中！"

郁赦怔了下，犹豫了。

冯管家乘胜追击，又道："最好的太医和最好的药材都在咱们这里了，世子当真不要给钟少爷医治？"

郁赦心头烦乱："让他们去针灸！等他……等他醒了，听他自己的。"

冯管家大喜，颠颠地去了。

郁赦吩咐下了，太医们不再耽误，稍稍准备了下，让药童端了几盆炭火去钟宛屋里，将卧房焐热后褪去钟宛衣衫。

郁赦一直在钟宛屋里，冯管家也不敢劝他走，行针前，郁赦命人放下了帘子。

施针的太医颇为困惑，屋里连个伺候的丫头都没有，遮遮掩掩的，这是做什么？

太医不敢多问，把帘子放了下来后，拭了拭手，开始行针，郁赦则背过了身。

自始至终，郁赦不曾转身看一眼，活活站了一个时辰，待太医针灸后替钟宛盖好了被子才转过身来，上前在钟宛额头上摸了一把。

果然退了一点热。

钟宛还昏睡着，太医压低声音道："半夜若是醒了，可以喂点米粥，但不要多喂，诊过脉后再看看用什么药。"

郁赦点头，让人送太医出去。

屋里的炭盆被撤了下去，只留了一笼小炉火，上面放着一口精致小锅，锅里煨着米粥。

郁赦让仆役都下去了，他独自坐在钟宛床头，彻夜未眠。

翌日一早，天蒙蒙亮的时候，钟宛终于睁了睁眼。他浑身被烧得酸疼，一醒来觉得四肢都像散了架，疼得不住抽气，郁赦起身出了屋子，命太医来给他诊脉，自己回了自己院中洗漱。

待郁赦洗漱好换了身衣裳后，冯管家追了来，郁赦心头一动，尽力不动声色："他怎么说？"

冯管家尽力装得自然些，但眼中已带了几分喜色："钟少爷说，要麻烦太医，慢慢医治了。"

郁赦将手中丝绢丢到水盆里，长嘘了一口气："那就慢慢治吧。"

钟宛醒了，郁赦反倒不去他院里了，郁赦被罚在府中闭门思过，就当真捡起了堆置的公务，边料理边思过，宫里来看他的老太监都暗暗纳罕，不知这郁小王爷怎么突然转了性。

过了两日，钟宛病好了些，能下地、能吃饭了，郁赦还未稍放下心，把当日替钟宛针灸的太医又找了来。

太医求郁赦屏退众人，郁赦心头一沉。

郁赦心中隐隐不安："他又烧起来了，还是又病重了？"

"这倒没有。"太医忙道，"钟少爷身子已好转，世子不必担心，只是……就是因为少爷病好了些，所以诊脉倒是觉出点儿不对。"

郁赦问："怎么不对？"

太医也百思不得其解："前两日钟少爷烧得厉害，只能看出风寒来，我们也是按风寒医治的，这股高热退下去后，再诊脉，竟发现钟少爷还有点旧日症候，医家不敢探听别的，但世子既要我们慢慢地将钟少爷调养，那就不得不问一句了，钟少爷……可是中过什么毒？"

郁赦眸中一暗，尽力平静道："什么毒？"

"不知，我们刚刚问过钟少爷，钟少爷说是他身子不好，这些年吃药不节制，积了余毒在体内，但……"太医抬头小心看了一眼郁赦的脸色，继续道，"但就我们诊脉来看，这明明是数年前曾服过毒药，这……不知钟少爷到底清不清楚，我们也不敢多说，只能来问问世子。"

郁赦面沉似水："他自己说吃药吃的，这必然是清楚了。"

郁赦早就觉得不太对，钟宛少时身子那么康健，怎么过了这么几年就成了个病秧子，就算是水土不服，那宁王的几个孩子为何没事？

他被下过毒。

谁做的？

能让钟宛甘心被害，到现在还在维护下毒的人？

郁赦合眸，掩去眼中杀意："能治吗？"

太医踟蹰片刻，道："能治。"

不等郁赦放心，太医又道："只是慢，要缓缓用药，靠着天长日久慢慢把余毒排出来，这就不是个小工夫了，且用药上也要斟酌，药材……都是难寻又名贵的。"

郁赦稍稍松了口气，淡淡道："治，缺什么药材跟管家说，我必然弄得来。"

太医忙点头："那就好。"

太医退下去了，郁赦握着笔，在书房中枯坐许久后，一把将桌上的笔洗砸了个粉碎。

“少爷，你真的……”惊喜来得太快，冯管家喜滋滋地反复问钟宛，“真的先不走了？”

钟宛病后瘦了一圈，他把冯管家刚送来的药喝了个干净，舔了舔嘴唇：“这太医开的药怎么这么寡淡？都不多苦……这么用药我得养到什么时候？真的不走啊，我之前不是说过了吗？”

“哪儿敢信呢。”冯管家唏嘘，“不过……就怕世子那边不好说。”

冯管家干笑：“两天了，世子只待在自己院里，也不说话，不知道又憋闷什么呢，我怕他又钻了牛角尖，非要送你走。”

钟宛垂眸，苦笑一声：“他……”

冯管家发愁地坐在一旁：“世子定的事，从来就不听别人的，我连劝都不敢。”

钟宛喝了药，稍稍有了点精神，他想了下，眸子一亮，招招手：“我给你想个法子，你先这样，你找个会口技的，再寻点蜡来，然后……”

钟宛同冯管家嘀嘀咕咕了半晌，冯管家脸色古怪地看了看钟宛，一咬牙一跺脚，去安排了。

当夜，郁赦躺在自己床上，眼中血丝满布。

原本想着，送钟宛回黔安是最好的结果，将来自己若能侥幸赢了，他若想回来，自然就会回来，自己要是死在将来这场动乱中，也就罢了。

但现在看来，黔安也不是什么安全的地方。

到底是谁给他下了毒？

为什么要下毒？

钟宛为什么什么都不告诉自己？

他到底是为了自己想留下，还只是向宁王报恩那般，要向自己报恩？

郁赦心中疑虑越多越是恨钟宛，恨他什么都不同自己说，恨自己贪图少时情义，一步错步步错，走到这两难的一步。

郁赦心头激荡，把牙齿磨得咯吱作响，拼命忍耐着。

就在郁赦又要犯病的时候，他突然听到窗外有一声异动。

刺客？

郁赦冷笑，府中家将众多，这要是还能混个刺客来自己院里，也算能耐了。

找死。

郁赦起身，拿起床头佩剑，刚走到窗前，突然听到外面呜咽几声，好似……什么野兽的叫声。

郁赦迟疑间，外面那野兽突然似半人半兽地高声鸣叫——

“钟宛不能走！钟宛不能走！钟！宛！不！能！走！！！”

郁赦：“……”

郁赦拿着佩剑的手微微发抖，本能地先怀疑自己——自己这是……彻底疯了吗？

郁赦难以置信地看了看自己的双手，犹豫着退回了床上。

转过天来，被那不知是什么的野兽嚎了一晚上的郁赦眼底发青地坐在桌前，犹在自我怀疑，没有清醒。

冯管家蹑手蹑脚地走到桌前，小声道：“世子没睡好？”

郁赦愣了下，下意识道：“茶……”

冯管家巴不得听这一声，忙端了茶盏来，颤巍巍地，没拿稳，倒在桌上，杯倒茶流……

冯管家骇然地指着桌子：“世子！你看！！！”

郁赦转头看向桌子，只见那茶水泼了一桌，但偏偏有灵似的，避开了道道笔画，隐隐显现了几个字：钟宛不能走。

郁赦表情僵硬，半晌说不出话来。

郁赦闭了闭眼，尽力不去想到底是自己疯了还是这世道疯了，一头钻进了书房里。

晌午，好不容易冷静下来的郁赦舒了一口气，刚要起身，外面冯管家攥着一条滴血的死鱼，满脸震惊地冲进了书房。

郁赦：“……又怎么了？”

冯管家惊骇地拿着那条死鱼，结巴道：“世子！厨下方才在宰鱼，想着中午给钟少爷炖鱼汤，没想到啊没想到！一刀子下去，在鱼肚子里发现了这个！”

冯管家从鱼腹中掏出一张还未湿透的字条，满脸敬畏地递给郁赦。

郁赦麻木地接过，将字条打开……

字条上写着五个字：钟宛不能走。

郁赦："……"

冯管家满目虔诚："这是天相啊……"

郁赦五指一攥，将这沾着鱼腥的字条揉成一团，从牙缝里一个字一个字地往外挤："去……告诉钟宛……我不会赶他走了……还有……"

冯管家大喜，不等他转身，郁赦又拿了一本《史记》出来，丢给冯管家，崩溃道："让他把《陈涉世家》抄十遍，连着上次的《心经》一起给我！"

五十七

郁赦走到桌前，用手指在茶水避开的笔画上抹了下，捻了捻……滑腻腻的，是一层薄薄的蜡。

水不沾蜡，泼到桌上时自然会避开。

狐鸣篝火，鱼腹藏书。

身为同窗，都是在史老太傅手下读过数年书的人，郁赦还比钟宛多读了几年，谁比谁傻？郁赦就算课业上比钟宛差了些，也不至于连《史记》都没背过。

而且——郁赦将手心的那张皱巴巴的字条展开——故弄玄虚地用篆体写这几个字就罢了，这显然是钟宛写后冯管家誊抄的，照着葫芦画瓢，还描错了两道笔画！

若真是天相，还能有白字的？！

郁赦被钟宛气得耳鸣，昨晚他一夜没睡，整夜都在忧虑自己病情又加重了，设想了许多情况，连托孤的事都考虑到了，万万没料到……

郁赦晕头转向地去补眠，另一边，冯管家赶着去跟钟宛报信，先欣喜大事已成，又忍不住嗔怪钟宛："我就说只在桌上涂点儿蜡就行了，你非要弄那死鱼，血淋淋的……吓得世子一下子明白过来了，你之前还说万无一失，还说你若是个女子入宫为妃必然斗得其他妃嫔裤子都穿不起，你……你这也没多厉害啊。"

钟宛苦着脸拿着《史记》："你家这什么规矩？我都多大了？犯了错不是罚打手心就是罚抄写，当我三岁呢？他就不能用点符合我们这个年纪、这个身份的手段罚罚我？"

冯管家没听懂，呆了下，问道："什么意思？什么叫符合你年纪的手段？"

钟宛幽怨地瞥了老管家一眼，把《史记》放到一边，端起药碗来喝了下去："行了，结果是好的，总归不会赶我走就行了。"

冯管家点头："是……唉，少爷，这碗底还有点，喝干净了。"

冯管家盯着钟宛将药汤喝尽后起身："罚抄书虽不着急，但少爷要是有精神了，不妨先写着，免得让世子觉得你认罪的态度不好……我先去了。"

冯管家去忙自己的事了，钟宛苦哈哈地开始抄书。

时光飞逝，不知不觉，半个月过去了。

林思中间偷偷来过一次，同钟宛说了，郁赦已知道了汤钦的事，钟宛放下心来。

钟宛将《史记》抄了十遍，《心经》也抄了十遍，病还未好利索。

钟宛风寒已经快好了，但太医说要缓慢调治，让钟宛自己养出抵御风邪的底子，并不急于给他用药，自他不再发热后，药下得更轻了，每日还让钟宛吃一种看不出成色的药丸，钟宛不明所以地把药吞了，问道："这是什么？不像药……有点甜，还有点香气。"

太医笑笑，没解释，只道："这药丸隔日吃一次，吃上个三五年……"

钟宛呛了下："我就染了个风寒，要治三五年？！"

太医忙道："少爷别多心，这是补药，药方子世子看过的，药丸世子也让人查过，绝无问题，是治……治体弱的，少爷吃了就是。"

钟宛将信将疑，道："那劳烦太医让我看看药方？"

太医一笑："祖传药方，恕我不能给少爷看了。"

钟宛心道：胡说！你们常年给贵人们看病，哪次敢昧着药方？这是生怕不被猜忌吗？

钟宛心中一动，突然想起了数月前郁赦曾神神道道地说，要召集千名道士同时作法，祈祷上天让自己怀上个孩子……

钟宛迟疑道："这该不是……"

钟宛不太好意思说，在太医耳畔小声问了一句。

太医身子一僵，艰难道："少爷多心了。"

钟宛笑笑："逗您的，我吃就是。"

太医又留下了十丸药，躬身退下了，自去同郁赦交差。

“吃了？”郁赦书案上摞着高高的两沓公文，头也不抬，“有效吗？”

太医低声道：“钟少爷这些天每日按时吃药，只是要有效……怕是现下不能，药丸里大多是补药，且药性温和，须得天长地久地吃下去才能看出些成效来。”

郁赦点头：“他没起疑心吧？”

太医顿了下，低声道：“钟少爷方才问我，这是不是保胎药。”

郁赦手中的笔一滑，在文书上画出一道墨迹来。

太医困惑地看了郁赦一眼，想着外界传的郁小王爷性情古怪的事，慎重道：“世子，恕我直言，男子是不能……”

“别说了。”郁赦把文书丢在一边，重新拿了个空白的来，摆摆手，“去吧。”

太医小心翼翼地溜了。

太医刚走，冯管家进来了。

“世子……”

郁赦抬头：“又怎么了？”

冯管家道：“宫里来人了。”

郁赦蘸了蘸墨：“你打发就是，怎么？是要我进宫？”

“不是。”冯管家低声道，“是皇上要传钟少爷。”

冯管家道：“前两日，黔安王的弟妹入宫了，原本皇上那意思是让钟少爷同他们一起去的，也没想到钟少爷在咱们这儿，见他没去，问了几句。今日宫里有家宴，四皇子、五皇子都去的，皇上听说钟少爷在咱们府上，就派人来咱们这儿了……我现在去同钟少爷说，让他换衣裳，准备入宫？”

郁赦整了整笔尖，淡淡道：“不去。”

冯管家一愣：“什么？！”

郁赦自己写自己的：“我说不去。”

冯管家干笑：“皇上传他，怎么能不去？”

郁赦好似没听见一般，将手中文书工工整整地写好之后放到一边，见冯管家还在身旁站着，皱眉："没听见我说什么？"

冯管家为难死了："世子，你这是做什么？！钟少爷又不是没见过皇上，他自回京后入宫好几次了，每次都好好的，那次去，皇上不还赐了他史老太傅的书画吗？可见对钟少爷还是有几分慈爱的……"

郁赦嗤笑了一声，没听见一般，拿起另一份文书，继续忙自己的。

冯管家不上不下的，干笑："世子到底是怎么了？"

郁赦低头看文书，自言自语："他不是要见钟宛……是在借机敲打我。"

冯管家没听懂。

"那日我为了钟宛同他做了笔买卖，他看我上进，自然高兴，但不免起了别的念头，觉得……"郁赦重新拿起笔来，边写边道，"我服软了，觉得可以用钟宛来拿捏我了……宣琼同钟宛已势如水火，他刻意让他俩见面，就是要让宣琼羞辱钟宛，以此让我警惕。"

郁赦嘲弄道："帝王之术……"

冯管家怔了下："那……那怎么办？"

"那就让他知道，我没那么好控制。"郁赦眼中渐渐现出些许血丝，语气倒是如常，"终于找着我的软肋了，挺高兴吧？呵……"

冯管家干笑："那您这么护着他，不更是让皇上看出来您在意钟少爷吗？"

"我从来就没避讳过这个，怕什么知道？别跟我提什么在意他就冷着他的屁话，我不过那种憋屈日子。"郁赦抬眸，突然一笑，"知道怎么应对最干脆吗？那就是明明白白地让他知道，我就是要护着钟宛，钟宛要是有个万一，我什么事都做得出来。"

郁赦自嘲一笑："要跟我比谁疯得更厉害？比这个我怕过谁？他不是一直怕我死吗？那今后……他也该顺便担心钟宛的安危了。"

冯管家咽了下唾沫，明白了。

郁赦这是把自己的软肋转给了崇安帝，让崇安帝明白，钟宛好好的，郁赦就好好的；钟宛有个差池，郁赦会翻天。

"告诉宫里的人，"郁赦把文书丢在一边，"钟宛不会去，以后不必来传，皇上自然能明白我的意思，以后也不会故意设这鸿门宴来堵我心。"

冯管家还想劝两句，郁赦虽早就同崇安帝失了情分，但也没必要弄得这么难看，那毕竟是皇帝。

不等他多言，郁赦又道："我前几日……想了许多。"

冯管家抬头："嗯？"

郁赦低声道："那日我怀疑自己彻底疯了，几番思量，想我若有万一，能将钟宛托付给谁。

"想了一夜，竟一个人也没想出来。

"我这些年……也不知道过的是什么日子，走到今日，竟是连个托孤的人都寻不着。"

郁赦淡淡道："不必劝我行事和婉，无所倚仗的人，只能靠自己，我既信不着他，也没必要委曲求全，盼着他日后念着什么情义多看顾钟宛……我指望不上。"

冯管家叹了口气，转身出来了。

冯管家退出书房，一抬头，正看见了书房外的钟宛。

冯管家干笑："钟少爷，你、你来了多久？"

钟宛艰难地笑了下："好半天……我是听说宫里来人传我，想要跟郁赦说一声，我要入宫一趟。"

冯管家失笑："不用了，这……您也听见了。"

钟宛轻轻地点了点头。

他全听见了。

郁赦说，无所倚仗的人，万事只能靠自己。

五十八

钟宛在书房外站了小半个时辰，仆役们经过时诧异地看了他一眼，他揉了一把脸，转身回自己院中了。

方才他一直在想，若是现在冲进书房，同郁赦摊牌，把自己查到的有关他身世的事和盘托出，郁赦会如何。

钟宛几次冲动，又几次生生按捺了下来。

得让郁赦再信任自己一点才行。

信任到纵然被自己知道了过往，也不会激愤之下赶自己走，反倒会把内情同自己交代个清楚，愿意让自己留下为他当个谋士。

钟宛是真的没这个自信。

自己毕竟出身宁王府，如今宣瑞也有了夺嫡的可能，郁赦会不会怀疑自己是宣瑞安在他身边的底牌？

如今看，最好的办法就是……

钟宛喃喃："得想法子讹他……讹他一辈子……"

来给钟宛送药的小丫头吓得踉跄了下，钟宛一把扶住她手中的药碗："你怎么总是心惊胆战的？我又不咬人。"

小丫头警惕地看了钟宛一眼，她一直觉得这不是个好人。

小丫头也不说话，盯着钟宛喝过药后拿着空药碗飞也似的跑了。

晚膳前郁赦被叫走了，这次倒不是崇安帝无事生非，说是北边边境有些不安稳，如今朝中有个什么风吹草动，关不关郁赦的事崇安帝都会将他唤去让他在一旁听着，郁赦心里一百个不耐烦，奈何之前为保下钟宛已做了许诺，现在也推脱不得，随时叫随时去。

钟宛看看时漏，叹口气，原本计划着晚膳后跟郁赦缠磨一二的，现在看没戏了，郁赦怕是回不来了。

钟宛有点困了，自吃了太医的药后，他身子倒是好了不少，睡得也比往日沉了，每日比往常要多睡近一个时辰，每日天黑了不多一会儿就想睡了。他揉揉眼，正琢磨着是不是干脆去郁赦卧房里，窗棂突然微微响了下。

钟宛心中一动，看看屋外——小丫头已经走了。

钟宛先关好门，起身将窗户打开，林思一翻身跃了进来。

林思比画：早上就想来的，只是府中防范太严，郁小王爷出门后家将跟走了一半，这才混进来。

钟宛点头："宣瑜和从心可好？"

林思点头：很好，小姐一直问你。

"没事就好。"钟宛感叹，"原本急着让他俩走，现在看也不必了，也不知汤铭到黔安没有，他若是去了……黔安还真不算个安稳地方了。"

宣瑞若真被汤铭蛊惑做些什么蠢事，两个孩子在京中还能说个不知情，不会被牵累。

林思闻言脸色一僵，顿了下，打手语：汤铭没去黔安。

钟宛一怔："他没去？我猜错了？他布了这么大的局……不是为了去见宣瑞？"

林思摆手：没猜错，是……

林思似是压抑着什么，比画：宣瑞根本没回黔安，他当日离京后走了不到十日就遇见了汤铭的人，汤铭同他说，黔安回不得，要他命的人久候于黔安磨刀霍霍，就等他回去了。

钟宛一阵眩晕。

汤铭……

林思继续道：宣瑞将信将疑，因为汤铭的人跟他说，说……

钟宛低声道："你说就是。"

林思咬牙：汤铭的人同宣瑞说，黔安若是无事，怎么钟宛自己不回去？

钟宛愣了下，突然笑了出来。

林思又道：汤铭的人还说，王爷若不信，且借病缓缓往南走，听着京中的动静，看皇帝是不是要发作黔安，果然，在半个月前……出了主人你的事。

钟宛难以自抑似的不住笑，林思看了钟宛一眼，替他心寒，继续打手语：你和郁小王爷纵然全担下了，但宣瑞还是听到了些风声，惊魂甫定，果然不敢回黔安了。他跟着汤铭的人，折道往北走，严管家觉得不对，但劝不动宣瑞，只能心急如焚地派人往京中传递消息求助于你，你不在府中，送信的人被我拦下了，我怕这其中有诈，昨日亲自去探查了，果然……宣瑞昨夜已住到了汤铭在京郊的另一处庄户上。

“封地王……”钟宛嘴唇微动，“私自返京，皆以谋逆罪论处……”

林思心焦地比画：正是，宣瑞被吓得不敢回黔安，但要被人知道了行踪呢？且他能躲到什么时候？三个月？半年？黔安的驻军和官员不是瞎子，若一直等不到王爷回封地，怎么可能不往京中送信？到时候被皇帝知道了，那……

钟宛双目赤红：“汤铭呢？”

林思脸色凝重，打手语：我今天来就是为了这个……这些日子这老东西不知藏在了哪里，大约就是等宣瑞返京，严管家送信跟我说，汤铭今夜凌晨时分会去庄子上见宣瑞，严管家已失了宣瑞的信任，苦劝不住，费尽心思也只能送出个消息来，做不了别的，只盼着主人能从郁小王爷这儿借一些人，将那庄子剿了，严管家说汤铭随便主人处置，只求主人不要把宣瑞回京的事告知郁小王爷，免得传出去了，宣瑞小命不保。

钟宛不发一言。

林思急切：主人，你调得动郁小王爷的人吗？我想过去向宣璟求援，就只怕他不会保全宣瑞。

林思坐立难安，比画：郁小王爷今日恰巧不在府中，主人能不能先调些人去，今夜就将此事料理了？然后不管是打晕了还是捆起来，让严管家马上送宣瑞回黔安，如此郁小王爷就算知道了，要追也来不及了，只要宣瑞一回黔安，这事儿就算过去了！主人……

钟宛声音很轻：“瞒着子宥，调他的人？”

林思迟疑点头。

钟宛淡淡道：“来日若有人说是子宥诱拐黔安王返京，苟且密谋之后又派人送了黔安王回封地，怎么办？”

林思愣了，情急之下，他没想到这些。

“宣瑞的命是命，子宥的命就不是……”钟宛一闭眼，说不下去了。

林思直直地跪了下来：是我顾虑不周，我……我去求宣璟！

“不必。”钟宛深吸一口气，“我有办法……你在这儿等着，最多半个时辰，我同你出京。”

钟宛转身，快步出了屋子，寻到冯管家道：“我……我有点不好，劳您想想办法，让郁赦回来一趟。”

冯管家吓了一跳，细看了看钟宛的神色——钟宛脸色苍白，眼中无神，是真的不太对，冯管家心惊肉跳：“怎、怎么回事？你吃的药都有人试过，每日的饭菜和世子的也一样，怎么会……你哪儿不舒服？我先去叫太医。”

“先去叫子宥。”钟宛轻声道，“见不着他，我不看太医。”

冯管家急疯了，忙不迭地派人去找郁赦。

钟宛就坐在堂屋中等着，疲惫地趴在了桌上，苦中作乐地想，这下行了，自己还没掀郁赦的老底，怕要先被他掀自己的了。

不到半个时辰，郁赦带着一身寒意和太医院的几个太医回来了。

郁赦一看钟宛就知道他没事，冷着脸脱了披风，命太医们先去歇着。

郁赦屏退众人，眼中带了几分怒气：“大晚上的，你闹什么？！内阁大臣都在，府里人突然闯进来说你病了要见我才吃药，不好好睡你的觉，故意闹什么？！”

钟宛想笑一下，生拉硬拽地扯了下嘴角，还是没笑出来。

钟宛自己坐了这半天，已经尽力想好了他力所能及最周全的办法，简单地同郁赦说了下汤铭和宣瑞的事，道：“今夜必要把这庄子剿了，天一亮，我怕那老东西又要跑。”

郁赦微微眯起眼眸：“你要我将大理寺的人偷偷借调给你？”

“不。”钟宛道，“不用偷偷，你给我人，趁着现在还能入宫，你去同皇上说，接到密信，听说黔安王被歹人所掳，先斩后奏，派人去围剿了，这样……无论如何，同你都没干系了。”

郁赦意外地看了钟宛一眼。

郁赦道："你觉得皇帝会信？他必然会疑心宣瑞，且只需稍稍一审就能知道宣瑞是自己返京的，杀了他倒不至于……但这顶郡王的帽子，他怕是留不住了。"

"我知道。"钟宛疲惫地揉了揉眉心，"我尽力了……"

郁赦眸子微微一颤，火烧眉毛的关头，郁赦心中竟难以自控地泛起一点狂喜。

钟宛不该是利用自己全力保下宣瑞吗？

自己是死是活关他什么事？

这事儿若让自己悄悄处置了，宣瑞是能全身而退的。

他这是……怕自己日后被牵连？

郁赦忍不住想问钟宛，为何你看我比看宣瑞重了？！你不是更重视宣瑞的吗？

钟宛见郁赦半晌不说话，犹豫道："世子……行吗？"

郁赦合了一下眼眸，屏退心中杂念："不够周全。那个庄子上到底藏着多少人，你不知，我也不知，这是不是个计中计，你不知，我更不知，况且我给你多少人你能有把握拿下？"

钟宛一愣。

"给你人若过多了，大晚上的，你就算拿着我的手书，出城也不易。"郁赦嗤笑，"再说，你既要我提前去向皇帝请尚方宝剑，那活捉蛊惑宣瑞的人这样的大功劳，不该记在我头上吗？这个头功，我要了。"

"且只是同皇帝说一声，用不着我亲自去。"郁赦拿起自己的披风丢给他，"穿上，叫上你的狗，我陪你一道出城。"

不等钟宛回绝，郁赦深深地看了钟宛一眼，眼中泛起一股杀意："最重要的是……关于你的事，我有很多话，需要亲自问问宣瑞。"

五十九

出门之前，郁赦眸中一暗，借着要另拿一条披风的工夫避开了钟宛，随手抓了个人来，低声嘱咐了几句。

时间不等人，钟宛没让人套车，要同众人一起骑马，郁赦没劝他，一边命人准备了快马，一边命人召集大理寺的人和郁赦私养在京中的数百名家将，钟宛问了问人数，觉得差不多够了。

“不够。”郁赦一面系披风一面吩咐家将，“带着我的手书，让京兆府调兵，将……”

郁赦瞟了林思一眼，皱眉问道：“庄子的位置。”

林思忙从怀里掏出一张图纸来，指了指图中画圈的地方，郁赦看了一眼，道：“将这几条官道封了，周边驿馆全部封锁，从接到消息开始往来人员全部扣留，一个不许放。”

林思倒抽了一口气，郁赦看向钟宛，冷声道：“你不是也担心这是个计中计吗？”

钟宛点头：“是……”

可再深的计谋，在绝对的兵力面前，都是一纸空谈。

几人不再多言，出门上马，郁赦只命十几名家将跟随，其他人全部殿后。

待出了城，数人下马，家将们以布帛裹棉花，将马蹄都包了起来。

林思不解地看了钟宛一眼，钟宛淡淡道：“郁赦想听听……他们到底要说什么。”

林思难言地看了看郁赦。

十几人策马飞快，不到两个时辰就赶到了宣瑞藏身的庄子。

汤铭还没来。

其他人等在庄子外，林思自己悄悄潜进了庄子，同严平山里应外合，悄悄地开了一道小门，钟宛和郁赦从小门潜入，家将们则如鬼魅一般，悄然分开，暗暗潜伏在庄子各处。众人手脚很轻，没惊动庄子里的其他人。

严平山不敢让宣瑞察觉，没去寻钟宛，只跟林思交代了方便藏匿的地方，自己则始终守在宣瑞身旁，心神不定。

郁赦和钟宛静静地走进书房的隔间里，借着月色，林思对钟宛比画：我去房上，若有万一，主人喊我一声，我向外面发信号。

钟宛点点头，窗外竹叶微微一动，林思已翻身出窗，一跃上了房顶。

黑暗中，钟宛和郁赦倚墙而立，彼此无言。

足足等了一个时辰后，外面有灯火摇晃，严平山咳了两声，有人走进来了。

钟宛倏然睁开眼。

墙的另一边，严平山急切地道："你们要说什么就快说吧，王爷……此地不能久留，您还是……"

宣瑞含混道："知、知道了。"

墙外传来微微几声茶盏碰撞声，有人带上门出去了，大约是严平山。

一人长叹一声，钟宛眸子骤缩……果然是汤铭。

钟宛下意识地看向郁赦，郁赦微微摇了摇头。

钟宛是来抓汤铭的，郁赦不是。

费这么大功夫，郁赦就是想听一听，这个钟宛护了多年的人，会在这会儿说些什么。

墙的另一边……

汤铭感叹："王爷受苦了。"

宣瑞犹疑道："黔安的案子……了了吗？"

"说了也了了，说没，也没了。"汤铭叹气，"郁小王爷一力替归远担下了罪责，可没在皇上面前为王爷你分辩过一句，皇帝多疑，对王爷已然不放心了。"

宣瑞急切道："那到底该怎么办？我总不能一直东躲西藏的！黔安有人要

杀我，回不去了，可我弟妹还在京中，我……”

“王爷有没有想过，两位小主人，可能就是别人牵制您的把柄呢？”

“这……”

汤铭唏嘘：“王爷再有没有想过，自己是怎么一步步地走到这两难的境地的？”

宣瑞：“怎么没想过？都是这万寿节，若不是皇上这一年突然要我们来京中过万寿节，我们本能在黔安好好的，我……”

“非也。”汤铭感叹，“从一开始就错了。王爷当年虽还年幼，但应该还记得，当日宁王走后，皇上是破例让您平级袭了爵的吧？”

宣瑞哑然：“是……”

汤铭问道：“您并无大错，怎么如今成了郡王呢？”

宣瑞解释道：“是钟宛替我……”

“他瞒着您，替您上书，说您无德无才，担不起亲王的爵位，生生将您父王传给您的爵位送了出去！”汤铭扼腕，“若不是如此，今日之事，就没那么难做了！您就没想过，钟宛他们为何要这么做？”

宣瑞语气迟疑：“可能是为了……向皇帝示好，让皇上知道我无僭越之心。”

汤铭又是一阵叹气，压低声音道：“钟宛回黔安前，是靠着谁活下来的？”

宣瑞静了片刻：“郁赦……”

汤铭冷声道：“那郁子宥就是皇帝的儿子！”

黑暗中，郁赦紧咬牙关，生生忍着没冲出去扭断汤铭的脖子。

墙的另一边，汤铭唏嘘：“这么连起来，王爷还不明白？钟宛当日硬要你将亲王之位拱手让人，到底是为了谁，您难道还看不出来？”

宣瑞抽气。

汤铭感叹：“说起来……钟宛对郁小王爷也算是情深义重了，为了报答郁小王爷的救命之恩，竟早在数年前就替他扫清了障碍，夺了您为父报仇的资格，您若还是亲王，今日……未必不能同几个皇子一搏。”

宣瑞好似被吓了一跳，忙道：“你莫要害我，我怎么能去跟皇子们争？！”

“宁王当日险些就继位了，您是他的嫡长子，怎么就不能争一争？况且现在哪里是王爷您去争？是他们逼得您不得不争了。”汤铭道，“王爷想要过任人鱼肉的日子都不得了！皇帝已起了杀心，王爷避无可避！”

宣瑞嗫嚅：“我……我还是想再见见钟宛。”

“我替王爷筹谋至此，王爷不感念，我无分毫怨怼，但王爷还要去见钟宛……恕我不能不说一句难听的话了。”汤铭问道，“王爷，您同钟宛相伴多年，钟宛有没有二心，您必然比我明白，这么多年了……您当真就没疑心过他？”

汤铭低声道：“钟宛当日回黔安……王爷就没察觉出什么不对的地方？”

又是一阵寂静。

“离京前……”宣瑞声音沙哑，“一直照料我们的太医，曾给过钟宛一包毒药。”

汤铭怔了下：“那是什么？”

宣瑞静了片刻：“一包毒药，下了药后，三天后才会发作……太医让钟宛把那药下在郁王府，毒死郁王爷和郁赦，太医说钟宛每日和他们起卧同处，要下毒很方便，如此……便报了我父亲的大仇。”

郁赦呼吸突然粗重了几分。

钟宛闭上眼，不想往下听了。

汤铭缓慢道：“钟宛必然是没有下了。”

“没有。”宣瑞低声道，“所以他刚回黔安的时候，我有些不放心……我也不敢问，到底是时机不对他不敢下，或是怕牵连到我不能下，还是，还是……”

汤铭替宣瑞道：“还是他早就同宁王府离了心，压根儿就不想替宁王报仇。”

宣瑞垂头，低声道：“都说我父王是被郁王府害的，我当日恨透了他们……钟宛在仇人家一住就是三个月，我以为他是为了报仇，但后来……他没下毒，我没法不怀疑什么。”

“可、可……”宣瑞急切道，“可后来，钟宛为我们府上奔走也不是假的，我渐渐地就将此事淡忘了，只是每每想起来，觉得……心中有个疙瘩。”

汤铭叹息：“王爷心慈，是随了宁王。”

宣瑞磕巴道：“只是此番回京后，不到几日，钟宛就同郁赦私会了一次，我就又疑惑……”

汤铭意外："他一回京就同郁小王爷见过了？"

"是。"宣瑞点头，轻声道，"就是我们入宫的那日，钟宛本该在宫外等着我和宣瑜的，从宫里出来后却不见了，我让人去找，没过多长时间他就回来了，我问他去哪儿了，他说是雇的轿夫不知路，走岔了，但我问过去寻他的人，明明是说……钟宛他是去郁王府别院了。"

汤铭顿了下："这也不必我多言了，甫一回京就去寻了郁小王爷，还特意瞒着您，这……"

宣瑞低声道："在京中这些日子，钟宛几次往郁王府跑，我……我都没敢问，只能装没看见，当不知道。"

汤铭道："他去做什么，您现在也该知道了吧？诬陷您私交封地官员的事，谁知是不是郁小王爷所为呢。"

宣瑞声音很低："他只要不害我，我都能装不知道的……"

汤铭道："但您现在已经知道了，也该明白，谁能倚仗，谁不能倚仗了吧？这些年下来，钟宛他……也未必没疑心过您的。"

"他疑心过我，我知道。"宣瑞迟疑，"那年……那年……"

汤铭忙问："什么？"

宣瑞惊恐不定，似乎真的将汤铭当依靠了，忍不住快速道："那年，老太医死前，逼问他……问他……

"问他，当日没给郁赦下毒，到底是怕黔安被牵连，还是不肯手刃仇人，钟宛说——"

汤铭哑然："归远说什么？"

宣瑞抖声道："钟宛什么也没说，转身就走。那会儿……外面都是传言，说钟宛和京中的郁小王爷有私交，说他两年前在郁王府别院早已成了郁小王爷那边的人，空穴来风，必有其因。"

一墙之隔，钟宛倚在墙壁上，胸口起起伏伏。

"老太医觉得钟宛对不起我父王，死之前，将……将……"宣瑞低声道，"将之前交给钟宛的毒药下在了他的饭菜中……不过还好！他没吃多少！救回来了！太医这才对我说了，这不怪我啊！我也是之后才知道的啊！且老太医也是出于忠心我父王的缘故……所以……"

宣瑞声音发抖："这事儿真不是我指使老太医做的，但我总觉得，钟宛似是疑心我了，但这么些年过去了，他活过来了，谁也没再提这个，我以为就过去了，我以为……"

宣瑞急急道："我也没办法啊！我怎么知道老太医都要不行了还恨着钟宛，要下毒呢？那会儿正是流言满天飞的时候，若那些话全是假的，京中的郁赦，又为何不做任何辩解呢？钟宛他自己也没同我们解释过啊！"

隔间，钟宛手指发抖，几番忍耐，最终苦忍不住，"哇"地喷出了一口血。

郁赦脸色骤变，嘶声道："归远！！！"

电光石火之间，隔间外的汤铭、宣瑞大惊，不等他们反应过来，外面林思破门而入，家将们跟着冲了进来，家将身后还有一个被郁赦暗中吩咐带来的宣瑜和宣从心。

宣瑜小脸苍白，被人推搡着上前，怔怔地看着宣瑞。

宣瑞被这阵仗吓坏了，好半天没反应过来，呆滞片刻，哑声道："你俩……怎么来了？"

宣瑜抖着嗓子："哥……你刚说的，是什么啊？"

宣瑞只见林思时，还没多害怕，闹不清这些人是不是自己府上来救自己的，只白着脸失神道："你不懂，我回头同你说，你们怎么来了？这些人是你们带来的？"

宣瑜难以置信地看着宣瑞，还在问："你刚说……钟宛是来害我们的？"

宣瑞怒道："我没这么说！我只是……是人就有私心，你还小不懂，我回头同你说！"

"我是不懂……"宣瑜声音喑哑，"我到现在也不知道父王是怎么死的，但……钟宛是为了我们，才回黔安的，这不是真的吗？"

宣瑞心虚地看了林思一眼，他知道林思是钟宛的心腹，怕林思回头跟钟宛说什么，情急之下推搡了宣瑜一把，低声道："回头再说！"

宣瑜被推倒在地上，浑身发抖，踉跄着爬了起来，低声念叨："我什么都不懂，什么都不知道，但……但这些年，把我带大的是钟宛……教我识字的是他，让我明理的是他，手把手……"

宣瑜眼泪直流，仍在嗫嚅：“手把手地教我写仁义礼智信的人是他……”

宣从心双目噙泪，忍无可忍，上前一把攥住宣瑞的衣领，盛怒道：“宣瑞！！！他当年才十六岁！比现在的你还小一岁！七年来他几次差点把命丢在南疆！图了个什么？多少年来生死挣扎，就图让你这么猜忌的吗？！”

六十

郁赦将钟宛轻轻放在地上，慢慢地走了出来。

郁赦脸色青白，眼中通红，如厉鬼一般直直地看着宣瑞，声音嘶哑：“他身上的毒……”

宣瑞一见郁赦登时吓得跪在了地上，一时间反应不过来到底怎么了，惊恐道：“郁、郁赦？”

“我……”郁赦难以置信地看着宣瑞，咬牙切齿地喃喃，“我当年是疯了？我居然故意放他走，让他去找你，我……”

郁赦口中泛起一股腥甜，他恨不得一头扎回七年前，一耳光扇醒自己。

自己是多蠢，将那么好的归远，拱手让给了这个东西。

郁赦竭力按捺着心头邪念，来之前，他已将局布好，一面同钟宛悄悄潜伏进来，另一头命人掳了宁王的两个孩子来，让他们两个看看清楚，到底是谁对不起谁，如此自己来日夺了宣瑞的郡王爵位，这两个孩子也不会误会钟宛，不至于让钟宛多年来的一片苦心尽付诸东流。

自己明明是尽力不想让他伤心的。

郁赦本能地摸向腰间藏着的匕首，反正已错上加错了，不如现在直接宰了他……

另一头，汤铭见有人来了，且人数不多，原本心头一喜，只是左右不见钟宛有些疑惑，一见郁赦，他也白了脸色，失神：“怎么又是你？！”

郁赦闭上眼，转头看向汤铭，他深呼吸了下，低声道：“留着黔安的人，留着这个老的，庄子其他人……杀干净……一个不留，庄子烧掉。”

汤铭心头大惊：“我庄子外还有……”

“已经解决了。”郁赦的心腹家将对郁赦一拱手，“方才带小姐、少爷来的时候，属下等不慎露了点行踪，我们怕惊扰到别人，乱了世子的事，索性先把他们杀了，庄子里十七人，庄子外藏着二十三个人，路上接应的还有十四个人，是不是？”

汤铭目眦欲裂：“郁赦！”

“闭嘴。”郁赦声音哑然，“你最好保佑钟宛没事，不然……这屋子里的人，我一个都不会留……”

郁赦转身返回内室，一把将钟宛扶起，心头慌乱：“先回、回家。”

郁赦用自己的披风将钟宛包裹好，拉他上了一匹马，由几个家将护送，头也不回地回城去了。

钟宛做了个梦。

梦里他还是个懵懂幼童，顽劣不堪，整天跟林思在宁王府里捣乱，上树掏鸟蛋，下水摸鲤鱼，好好的新衣裳，穿不了两天就要打补丁。

他的嬷嬷每天就一件事要做，给他俩补衣裳，就这也补不过来，干脆去库房里讨了点结实粗糙的布匹来给他俩制衣裳，宁王妃看不下去，说……

宁王妃说钟宛就算是义子，那也是王爷的儿子，不能穿打补丁的衣裳。

宁王妃选了最密实的绸缎给钟宛做衣裳，又特意命人在衣服的袖口膝盖内里处缝上鞣得薄软的兽皮，又结实，又抗摔，从那么高的假山上摔下来，手肘着地，都不觉得疼。

宁王妃自己没有孩子，钟宛和林思想要个弟弟做跟班，钟宛几次问宁王妃，自己何时能有个弟弟，宁王妃总是浅浅地笑一下，接着做自己的事，不答话。

后来，钟宛偶然听府里的老人私下谈论，说宁王妃是皇帝指婚给宁王的，起初两相都不情愿，只是圣意难违，凑合着过日子罢了，如今缓和了些，但不冷不热了好几年，如今彼此都拉不下面子来，总也不在一处。

钟宛听得似懂非懂，拉不下面子来又怎么了？他俩不在一处又怎么了？女人年纪大了，不自然就能生孩子吗？

但他还是想要个弟弟的，又过了一年，弟弟还没等到，钟宛大了一岁，稍稍明白，这两人还得是经常在一处的好。

那日是中秋，一家人难得地坐在一起吃了一顿饭，宁王和宁王妃彼此都有些尴尬，都想说点什么，但一开口就莫名其妙地尴尬冷场。

钟宛个头还矮，夹菜也不方便，宁王妃就让他坐在自己身边，亲自替他夹菜。

钟宛看看宁王妃再看看宁王，没心没肺道："母亲，你给我改个名字吧。"

宁王妃蹙眉："改什么？"

钟宛咽下嘴里的菜，含混道："招娣，钟招娣，我不嫌难听。"

做了二十几年大家闺秀的宁王妃，头一次在饭桌上笑得肚子疼，宁王死死忍着笑，起身替宁王妃拍了拍，宁王妃脸稍稍红了。

从那日起，宁王和宁王妃就总在一处了。

过了不到一年，宁王妃果然给钟宛生了个弟弟。

再过了几年，那个弟弟也果然成了钟宛和林思的跟班，整天追在钟宛和林思后面，被两人逗来逗去。钟宛和林思都爱欺负宣瑞，但又宠着他，上树的时候，宣瑞爬不上去，钟宛会背着宣瑞。摸鱼的时候，宣瑞连一条都摸不到，钟宛会把最大的那条送给宣瑞。

宁王妃生双胞胎的时候难产，走之前，宁王妃跟宁王说了几句话，又看向了钟宛，眼中藏了许多说不出的话，钟宛红着眼睛跪在宁王妃床前，拉着王妃的手低声道："母亲放心，父亲将来若是续弦，我也会护着弟妹，不让后娘欺负我们，不让他们吃苦。"

宁王妃脸色惨白，闻言撑不住笑了下。她在钟宛头上揉了一把，叹口气，让钟宛好生待自己，说完就走了。

钟宛半睡半醒间，哑着嗓子，低声呢喃："王妃，我怕是……我怕是……"

床头，郁赦闻言心口狠狠地疼了下。

郁赦在钟宛头上揉了一把，沉声道："你放心，宣瑞的事，我料理好了。

"宣瑞的爵位没了，我会亲自派人押他回黔安，留下人在黔安看着他，不许他再出封地一步。

"读书那会儿，我记得你穿的衣裳都是宁王妃亲手做的，她待你很好，我清楚，你的心思，我都知道……

"宁王的这爵位，暂时还没处置，待我料理好，会让宣瑜承袭。

“宣瑜顺利袭爵后，就能带着宣从心回黔安了，以后只要他肯老实度日，也能安稳了。

“归远……你好好活着，我就不会杀他们。”

钟宛不知梦中听没听见，他皱了皱眉，又睡着了。

待钟宛再醒来时，已经是三天后了。

钟宛醒来时身边只有冯管家，他嘴唇泛白，张了张口：“黔……”

冯管家忙跟钟宛交代了，又道：“世子没把实情全部跟皇上说，一半一半吧，世子说了有歹人掳了宣瑞，但没说是谁，如今那庄子上的人全死了，皇上想追查也追查不出什么来，也是巧了。”

冯管家给钟宛递了一盏热茶，轻声道：“皇上这几天身子不太好，根本也没这精力管，就这么放过去了，那个叫汤什么的，被世子秘密关押起来了，世子说还有话要问他。”

钟宛闭上眼，点头：“好。”

“你这些年……”冯管家叹了口气，“罢了，不说这个，黔安王府的两个小主人一直想见您，都被世子拦下了，府上的小姐送了些衣物过来，我给放到一边了。”

钟宛声音暗哑：“世子……”

“世子挺好的，说起来也怪了，越是事多，世子越是明白，这几天处理公务十分得当，因为围剿逆贼有功，还被皇上赞赏了呢。”冯管家不放心地看了钟宛一眼，“就是担心你。”

钟宛勉力起身，轻声道：“挺好的，我……我自己待会儿。”

冯管家答应着，退下去了。

钟宛出了一会儿神，披上外袍，慢慢地下了床，走到了书案前。

钟宛拿起笔，他有点畏冷，瑟缩了下，胸腔里火烧火燎地疼。

数年前，在狱中得知宁王身殒时，钟宛也曾喷了一口血，但那会儿年轻，没吃药没歇着，竟就那么生生地挺过去了，现在想想也没觉得多难受，这次却不行了，钟宛觉得自己肚子里好像被人埋了十多柄刀进去一般，只要稍稍一动，就扎得他五脏六腑跟着一起疼。

伏在书案上休息了一会儿，展开一张纸，提笔刚写了个“男”字，钟宛失笑，揉了丢到了一边。

“宛跪禀。”“宣瑞之事，料父亲……”

钟宛握拳，低头深吸了一口气，一把将纸又揉了，丢到一边。

钟宛缓了好一会儿，重新提笔。

“宛跪禀。

“宣瑞之事，料王爷、王妃在天有灵，已具悉。”

钟宛眼眶红了，咬牙忍着。

“宛自京中至封地，蹉跎数年，为求自保，无所不为，种种下作之事，料王爷、王妃亦具悉。

“数年来，于王府，辱门败户。

“七载间，于子宥，深恩负尽……”

“你……”

钟宛愣了下，抬头，郁赦不知何时回来了，正站在他身后。

郁赦怔怔地看着钟宛给宁王、宁王妃写的信，低声念：“七载间，于子宥，深恩负尽……”

“深恩负尽，深恩负尽……”郁赦重复呢喃，心里难受得无以名状，他闭了闭眼，握笔将这一句划了，哑声道，“你没什么对不起我的。”

钟宛突然不太敢看郁赦，他胸口生疼，就势低下头，沉声道：“你也听宣瑞说了吧？当年……我差点给你下毒的事。”

郁赦默不作声。

钟宛低声道：“只差一点，我就要了你的命，你不怪我？

“宣瑞觉得我是为了你，才没替宁王报仇，你怎么看？你该比他明白吧？该清楚，我其实是为了保下黔安的人才没对你动手，一念之差，没准我当年……”

钟宛看着自己的手，低声道：“来日若再来一个汤铭，同你说，我其实……”

“闭嘴。”郁赦打断钟宛，淡淡道，“不管你是为了谁，随你如何说，随别人如何说，在我心里……你就是为了你我的情义，才没下毒。”

钟宛心中一震，费力道：“你……”

“我不是宣瑞，没人能蛊惑我，你也不行。”郁赦漠然道，“以你我的交情……别人说什么，我都不会信。”

说好了绝不会流泪的钟宛，吃力地睁大眼，声调变了：“你怎么知道……”

“当日……”郁赦喉咙哽了下，“你走了，把我给你的卖身契、银票、路引都夹在了一本书里，那本书是什么，你还记得吗？”

钟宛紧咬牙关。

郁赦道：“是《诗经》。”

郁赦道：“是郑风。”

郁赦道：“是……子衿。”

郁赦几乎是怨恨地看着钟宛：“你当日知道留不下来，所以不肯同我说，不肯告诉我……”

“但偏偏，又留了一句未尽之言给我，青……”郁赦死死地盯着钟宛，眼睛通红，“青青子衿，悠悠我心，纵、纵……”

钟宛终于崩溃，眼泪蜿蜒而下，哽咽道：“……纵我不往，子宁不嗣音？”

六十一

七年前，钟宛走之前，突然爱凑到郁赦眼前碍手碍脚，没事儿就喜欢逗郁赦。

郁赦那几日心烦意乱，偏偏又躲不开他。

郁赦在窗下看书，钟宛就坐在窗外的游廊栏杆扶手上，摘了初开的梅花往郁赦看的书上丢。

少年郁赦脾气好，被钟宛如何搅扰都不会生气，钟宛往他书上丢梅花，他就捡起来放在手心，钟宛又丢，他就再捡起来，书没看两页，手心里却已攒起了一捧暗香。

钟宛把一朵梅花丢进郁赦怀里，问郁赦：“子宥，你……有在意的人吗？”

郁赦将梅花夹在书中，问：“何谓在意？”

钟宛折了一枝梅花，含混道：“就是……到了一处，先看看他来了没，听别人讨论他，会忍不住驻足听听，有事没事，总想看他，他要是不在了，就觉得整个屋子都空落落的。”

郁赦摇摇头：“没有。”

钟宛将手中的梅花插在了雪地里，想了一会儿，点头道：“那就好。”

过了两天，钟宛又问郁赦，怪不怪自己给他搅黄了亲事，问安国长公主是不是又给他寻别家贵女了。

少年郁赦深谙非礼勿言的道理，一般都不会接话，钟宛却非要拦着他问，郁赦无法，反问钟宛关心这个做什么，钟宛说自己搅了他的婚事，心里过意不去。

少年郁赦无奈向钟宛保证，自己将来必然娶个更好的世子妃，来日夫妻和睦，儿孙满堂，必不让钟宛歉疚。

钟宛闻言静了许久，随后洒脱一笑，说“如此甚好”。

再后来。

“再后来，你走了……”郁赦喉结剧烈地滚动，“整个郁王府别院，就都空了。”

郁赦翻遍了这个宅院，觉得钟宛肯定会留给他什么，但什么也没找到，只发现了钟宛不要的那些银票，还有那本《诗经》。

少年郁赦看着那页诗，回想三月来混沌懵懂的相伴，如大梦初醒。

到了那会儿，郁赦才知道钟宛那些天是在说什么。

被宁王府压得喘不上气来的钟宛，什么也不能同他说，但偏偏这人骨子里的风流意气藏也藏不住，借着一纸《诗经》，遥遥同他笑了下，带着三分怅然七分玩笑，只说了一句：纵我不往，子宁不嗣音？

钟宛再也绷不住，崩溃恸哭。

之前再苦再难的时候，钟宛也觉得自己能撑得过去，就算是多年来衷心错付，钟宛憋炸了肺腑也淌不出一滴泪，可听郁赦说“别人说什么，我都不会信”时，连日来的种种隐忍的焦虑难堪宣泄而出，止也止不住了。

对宁王、宁王妃的愧疚，对宣瑞的心寒，对自己年少经历的不甘……百感交集，终于冲破了钟宛心头的骄矜。

郁赦深吸一口气，揽过钟宛的肩膀，钟宛将头抵在郁赦腰间，号啕大哭，声嘶力竭。

过了许久，钟宛体力不支，再次昏厥了过去，郁赦将他扶回床上，按捺着滔天怒气，请太医看顾。

钟宛一连多日高烧不退，大病来势汹汹，比上次闹得还厉害，身体里积累的病症似乎也知道这具身子的主人终于绷不住了，声势浩大地讨伐了起来。

“不过世子不必忧虑，世子之前拷问黔安王府的人后拿到的毒药我们已经细细探究清楚，这是好事，所谓对症下药，知道了毒从何处，我们医治起来就更方便了。”太医低声劝慰郁赦，“早前就说过，钟少爷这是多年的病症，急治不得，只能慢慢来，如今这病看着厉害，其实是急火攻心伤了肺腑的缘故，我们现在多开点开胸顺气的药给他，等钟少爷将这股气消化下去，就好了。”

郁赦脸色发青，冷冷道：“怎么消化？我将惹他悲愤之人的头割下来，放在他床头，会不会好些？”

太医吓了一跳，一旁的冯管家听不下去了，摆摆手让太医下去，苦哈哈道：“世子别冲动，您……您就看在宁王、宁王妃的面子上吧。”

“他俩又没看顾过我，我为什么要给他们面子？”说是这么说，郁赦运了运气，“……我尽力，让宣瑞早点滚。”

冯管家跟着小声提醒：“还有宣瑜，他若能袭爵，或许钟少爷心里的愧疚会少几分。”

郁赦烦躁道：“知道了！药呢？还没熬好？”

“好了好了。”

冯管家忙招呼着，一个小丫头捧了药过来，她是给钟宛熬药的人，遵着规矩自己先喝了一口，等了片刻才奉过来，冯管家不敢让毛手毛脚的小丫头给钟宛灌药，自己颤巍巍地坐到钟宛床头，在钟宛颈后垫了个软枕，吹了吹药汤，舀了半勺，一点点给钟宛喂。

喂一半，洒一半。

郁赦连日来宫里、大理寺、郁王府别院几头跑，在府里时间不长，钟宛的药多半是冯管家这么喂的，郁赦看了片刻忍不了：“你们……你们怎么都是这样，都没照顾过病人？都……流到他脖子里了。”

冯管家苦哈哈地说：“钟少爷他不开口啊！老奴也没办法，所以每次都让她们多熬一点药，尽力多喂一点就是了。”

郁赦闻言更是觉得难以置信：“那岂不是根本不知道喂了多少？这药几钱几两都是太医斟酌的，怎么能这么多一口少一口地瞎喂？”

冯管家心道：你何时这么仔细了？

他干笑道：“可也不敢硬扳开嘴灌啊，只能是……”

“罢了。”郁赦实在看不下去，“给我。”

冯管家求之不得。

郁赦端过药碗，自己尝了尝，随后将床帐放了下来，一点一点仔仔细细地将药喂给钟宛。

过了足有一炷香的时间，一碗药终于喂了下去。

等郁赦端着空碗出来时，冯管家犹豫再三，问道："那什么，世子……回来再喂药……"

郁赦拿过手帕按了按嘴角，想了下道："罢了，早上的药我来喂，晚上……我以后尽力回来早些。"

从这之后，郁赦果然每日早上出门前先来给钟宛喂药，晚上则是能回多早就回多早，大理寺的两位少卿近日都发现了，别的时候都无妨，但只要一过了申时二刻，再给郁赦送公务过去，那必然是要挨郁赦冷眼的。

两位少卿摸清楚了时辰，也学乖了，不敢讨人嫌，当日有事，早早地同郁赦交代。

"世子，送先黔安王回封地的事，实在不是我们能管的，这要么是皇上指派，要么是宗人府那边派人，我们插手……似乎有些名不正，言不顺。

郁赦淡淡道："有人怪大理寺的手伸得太长了？"

少卿干笑了下。

"随便别人如何说，这件事不许别人插手。"郁赦道，"皇上那边我会交代，你们不必管，还有……"

郁赦道："我关着的那个人，如何了？"

"派老狱官看着呢。"少卿忙道，"原本一句话也不说，这几天不知道是想通了还是怎的，吃得好、睡得着。"

郁赦前些日子带回来一人挂在了城中暗庄的私牢里，没交代任何事，两个少卿不敢多问，命心腹好生看着，到现在连那人名字也不知。

郁赦玩味一笑："吃得饱、睡得着？呵……那不是比我过得还好了？"

少卿不敢说话。

郁赦突然道："前几天刑部那边的死囚……问斩了吗？"

少卿点头："昨日都问斩了，怎么？有世子的人？"

"没有。"郁赦淡淡一笑，"只是想起件好玩的事……问斩的那些人里，必然有年老的男子吧？"

少卿答应着："是。"

"选一个最老的。"郁赦不紧不慢地吩咐，"把尸体的手指头全切下来，人死后不流血，你们做得像一点，不要被人看出破绽，然后……"

少卿背后发凉，弄死人手指头做什么？！

郁赦道："然后，每日送给那老东西一根，告诉他，那是他哥哥的。"

"别丢到他面前去，给他看一眼就行。"郁赦道，"他爱信不信，一句旁的话也别跟他说，他或是不信或是装不在意都没事，急着要见我也别理，一天一根，十天后我再见他。"

郁赦冷冷一笑："不是睡得着吗……"

处置好了公务，郁赦早早回府了。

"他……"郁赦看着躺在床上的钟宛，压低声音道，"这么多天了，怎么还是不醒？太医不是说他腑内的瘀血已经吐出来了吗？"

"啊，说起来也是啊。"冯管家也发愁，"几位太医诊脉说没大事了，但钟少爷他就是醒不过来，难不成……是这些年累坏了，要多歇歇？"

"总这样躺着，哪里能歇着了？"郁赦烦躁，"明天再另请两个太医来，好好看看，他到底是坏了肺腑还是坏了脑子？这总是昏迷不醒的是怎么回事？"

"前些天，钟少爷连着烧高热……"冯管家隐隐觉得不太对，小声道，"老安王的孙子，就是小时候连着发了一个月的热，现在二十几岁了，字都不识一个，钟少爷他是不是也……"

"不可能。"郁赦冷冷道，"他都这么大了，怎么可能说傻就傻了？"

冯管家轻轻给了自己一嘴巴，连着"呸"了两声："是是，一般都是小孩子烧傻了，大人……没怎么听说过。"

说话间，外面小丫头把熬好的药送了过来，郁赦接了过来。

郁赦眉头紧皱，摆摆手，让众人下去了。

郁赦低头看着钟宛，突然自嘲一笑。

"你要是真傻了，来日我再疯了……"郁赦轻声道，"咱们要如何是好？你……到时候还记得我吗？"

床上的钟宛一动不动，睡得死沉。

郁赦静静地等药放温了后，端了起来，低声呢喃：“我找最好的太医，肯定能治好你，就算不能……我一样不会撇下你不管，傻就傻了，傻了活得更自在……”

突然，郁赦眸子倏然亮了下，眯眼看着钟宛。

郁赦沉声道：“什么时候醒的？”

郁赦磨牙……

不是肺腑坏了也不是脑子坏了，是这个人的心坏了！明明已经醒了，还想诓骗自己！

钟宛的眼皮微微动了下，死撑着。

郁赦被气得深吸了一口气，忍无可忍：“还想装？”

六十二

钟宛睫毛颤了下，不太死心，硬着头皮还要装，戏要做全套，他像是被搅扰了似的，不适地皱了皱眉，稍稍动了动肩膀。

“……”郁赦压着火，“没醒？”

钟宛自然不能回答。

郁赦真的快被钟宛气疯了！

担心他旧疾复发身子撑不住，担心他这些年精力消耗过多熬干了心血，担心他经此大变伤了心，担心他真的是无可留恋，没了求生的意志。

就在刚才，郁赦还悲天悯人地想：这么干干净净的一个人，让人伤成这样，大约是厌恶了这个肮脏的世道，不愿再沾染一点尘埃了，他本就是文曲星下凡，如今历劫够了，是不是要走了？

若真是如此，自己还争什么？

就将这京中彻底搅乱，能拖上一个算一个，大家都别想好过！

怕只怕自己这些年没积下善因，待自己死了，来世没那福气再跟钟宛同窗，那……

不等郁赦再伤怀，冰魂雪魄的文曲星的眼皮就轻轻颤了一下。

郁赦：“……”

然后文曲星现在还在装昏迷，企图蒙混过关。

郁赦满腹伤怀喂了狗。

郁赦抬手揉了揉眉心，咬牙：“睁眼……”

钟宛依旧闭着眼。

郁赦点头，忍不住笑了，行……

“归远。”郁赦起身，边将床帐挽起边道，“知道我怎么审那些揣着明白装糊涂的犯人吗？”

床上的钟宛眼球稍稍转了一下，还是没动。

郁赦也不急，他起身，命屋外守着的仆人送了两盆炭火过来。

床上的钟宛心里咯噔一下，什么玩意儿？炭火？！

不消一盏茶的时间，仆役端了两盆炭进来，就放在钟宛床边。

郁赦点点头，让人下去了，自己拿着铁筷子，慢慢地烤着火，静静等着。

床上的钟宛有点不太安稳了。

钟宛感觉到床边传来的微微暖意，听着火炭噼啪声和郁赦拨弄炭火的声音，心中有点慌。

郁赦……不至于的吧？

知道自己在装睡，不该感到欣慰吗？

他呢？要用拷问犯人的法子？那这是用烧红了的铁棍烙自己？

这是什么简单粗暴、开门见山的套路？

这别说自己是装的，就是真的昏迷了也能被活活烫醒吧？

他有必要玩这么大吗？

屋里被炭火烤得越来越热，钟宛犹如躺在钉板上一般，碍着面子不好意思就这么起来，但一直闭着眼，又怕那烧红的烙铁不知何时就“刺啦”一声烫在了自己身上。

钟宛欲哭无泪，大理寺卿真这么较真的吗？为了证明自己在装睡，也要炮烙一下试试？

钟宛犹犹豫豫，在犹豫起和不起之间，听到了衣料摩擦的声音，钟宛屏息，感觉郁赦靠近了些许。

钟宛心中哭号，要被烫了！

被烫过之后，自己就有瑕了！

钟宛想睁眼看看，不太敢，想跳起来，又觉得丢人，崩溃之际，听见郁赦低声问：“不起？”

钟宛死死闭着眼，听郁赦自言自语道：“那看来是真没醒了。”

不等钟宛松口气，郁赦又漫不经心道：“那我做什么……你也不知道了。”

钟宛呆滞，郁赦要做什么？不、不是要烫自己吗？

另一边，郁赦合眼将手放在了钟宛的腰带上。

病中穿得少，钟宛瘦削的腰间只松松地系着一条暗纹丝绢，别说解了，就是用力一揉，就会散开。

郁赦将手按在钟宛腰带上，低声道："脱了？"

钟宛全身紧绷，终于撑不住了，猛地一侧身，咬牙捂住了自己的腰带。

郁赦睁开眼，轻嘲："没醒？"

钟宛面红耳赤，憋了个大红脸："大理寺卿，你平日审犯人，就是这么审的？！"

"分人。"郁赦拉过被子推给钟宛，"醒了多久？"

钟宛讪讪："前……前天晚上。"

郁赦："……"

钟宛前日就醒了，一直没起来，一是想起宣瑞的事多少还有些伤怀，不愿面对；二是想看看郁赦在自己昏迷这段时日里，都会做些什么。

可惜，钟宛自己先露馅儿了。

钟宛害得郁赦多担心了几日，自觉理亏，怕郁赦跟他兴师问罪，便恶人先告状，虚张声势："世子……你没生气吧？还有，还有，你刚才自己说的，我就是真成了个傻子，你也不会不管我的，哎……"

钟宛突然好奇："世子，我若是傻了，等我醒了，你会怎么跟我说？说我是你哥哥？你弟弟？你同窗？"

郁赦看了钟宛一眼，深呼吸了下，确定了，是真的醒过来了。

郁赦倚在椅背上看着窗外，犹豫了下："同你说，你是我……"

钟宛好奇得要死："什么？"

郁赦看了钟宛一眼，不说了。

钟宛抓心挠肝，刚要追问，外面冯管家进来，见钟宛醒了高兴得不得了，上前嘘寒问暖了半日才想起正事来，同郁赦道："大理寺那边来人说是有事同世子说，世子要见吗？"

郁赦道："命他进来。"

片刻后，一个着差役服饰的人走了进来，同郁赦行礼，道："'那边'让小人来给世子回话。"

郁赦脸上的几分不自在瞬间消散，他眯起眸子："说。"

郁赦转头看了钟宛一眼，同他解释："这是看押汤铭的人。"

钟宛微微皱眉。

差役道："刚开始将那手指头送过去，那老东西被吓了一跳，但确如世子所料，并不十分信，觉得那是别人的指头，是我们吓唬他的，要用他哥哥的性命威胁他。

"但连着几日，我们什么都不问他，这老东西就有些不安稳了。

"前日，他同我们说，问我们到底想要知道什么。"

床上坐着的钟宛心中一动，看向郁赦："你……问他什么了？"

郁赦淡淡道："我什么都没问。"

"我讨厌他那一副对所有人都了若指掌的神态，所以……"郁赦冷笑，"偏偏不按着他的心意走。"

"是。"差役道，"这老东西原本以为咱们世子有用得着他的地方，还想反过来同咱们谈条件，不料世子一连多日见也不见他，日日给他送去一根带血指头，还一句话都不问他，这老东西才真的慌了，今天，我们故意给了他一根拔去指甲的手指头，老东西看了以后坐立难安，要求见世子，少卿那边派小人来问问世子的意思。"

郁赦摇头："不见。

"手指头继续给他，手指头没了，还有脚趾头，脚趾头没了，还有夹得残破的耳朵……看不出是哪里的皮肉……"

郁赦道："慢慢来……告诉他，不想看这些东西了就去死，撞墙可以撞死，摔破瓷碗可以割腕，解下腰带可以上吊，随便他。

"别让他以为我有多在乎他这条老命，什么时候他能清楚跟我没的条件讲时，须得他竭力讨好我而不是我去求他时，我才有可能见他。"

一旁的钟宛心虚地吐了一口气。

相较而言，大理寺卿方才审他的法子……实在是太宽和了。

六十三

交代清楚后，郁赦命差役去了。

钟宛若有所思，看着床尾出神。

郁赦知道他有许多事要问自己，也不催促，就静静地等着。

宣瑞的事，是郁赦一力处置的，他其实也不清楚钟宛到底愿不愿意。

钟宛连着病了一个多月，瘦了一大圈，几乎是形销骨立，隔着中衣都能看见他肩上支起的骨头。

嶙峋的肩头，扛着的是整个宁王府。

郁赦看着钟宛，心中怨气尽消。

能好好地醒过来就行了，一会儿钟宛就是求自己将宣瑞的郡王爵位争回来，郁赦也不会有半分不满。

郁赦又等了片刻，钟宛还是一句话也不说，郁赦心头有些不安，这人……到底在考虑什么？

有什么要求不能直接跟自己说？经此一事，还有什么话不能直接问自己？

“你……”郁赦憋不住了，“想问我什么？”

钟宛怔了下：“啊？”

郁赦蹙眉：“你这半日在想什么？”

钟宛心虚地看向别处，抿了抿嘴唇：“在猜……我要是真傻了，你会怎么骗我。”

郁赦：“……”

又想多了。

“骗你家里出了事后，是我将你接了来，我们一同长大。”郁赦自己说时都觉得牙酸，偏偏钟宛就是想听这个，他只得说得飞快，“诓你，告诉你你一向对我言听计从，行了吗？”

钟宛埋头低声笑，笑得咳了起来。

郁赦心头却忍不住酸了下。

要真是这样就好了。

郁赦低声道：“前些天你病着的时候，跟你说过宣瑞的事，也不知你到底听没听着，这么处置，你觉得……”

钟宛道：“很好。”

郁赦心中大石落地：“宣瑜袭爵的事，急不得，我还在想法子，你……”

“那个再说吧。”钟宛摇摇头，“这事不好做，不要强求，这次的事皇上能如此由着你安排，就是因为你削了宣瑞的爵位顺了他的心思，再给宣瑜……皇上不会愿意，先拖一拖，不能就算了。”

郁赦并不居功：“近日北疆不安稳，皇帝精神不济，本来就没什么心思管宣瑞，我愿意出面料理他求之不得。”

钟宛愣了下：“北狄的事前些天听人说了一句，那边不只是惯常地来劫掠一下吗？事闹大了？”

“没闹大，北狄的王三个月前死了，最小的儿子承袭了王位，又斗不过他几个大哥，他养不起自己的部众，就来边境侵扰。”郁赦沉声道，“北狄现在一共也没多少人，轰回去就是了……都是小事，待北狄内耗过了，该死的都死了，活下来的能担起大局，就没事了。”

宁王当年就是死在北疆的，那一战之后，北狄被打得七零八落，休养了七年，民力、兵力还不足当年的一半，如今若再内斗，确实不可能再翻起大浪来，钟宛闻言点点头：“希望吧……”

说话间，外面太医听说钟宛醒了，要来诊脉，郁赦命人进来了。

太医给钟宛诊了脉，问了几句，见钟宛还有些发热，不欲给他用药，仍要行针，问郁赦的意思，郁赦见钟宛好好地醒了，对太医也多了几分信任，点头。

太医接过药童手里的药箱，按着郁赦的规矩，让药童出去等着，太医将银针排布好，站在了床边，等着。

一盏茶后，太医一动不动，还在等着。

摆好姿势的钟宛和太医干巴巴地大眼瞪小眼，太医则疑惑地看看郁赦。

郁赦皱眉："你还不行针，看我做甚？"

太医结巴了下："在、在等世子啊，世子往日不是要……不是要避开的吗？或者是转过身去……"

太医自觉蛮无辜："这不是世子自己定的规矩吗？"

郁赦看了钟宛一眼，随手拿过一本书来看，尽力将话说得不经意一些："前些日子……病人已同我把话说开了，所以以后我不用避开了。"

趴在床上的钟宛："……"

郁赦咽了下口水："好，那……钟少爷就脱衣服吧。"

钟宛红着脸将中衣脱了扔到一边，趴了下来。

醒来之后，郁赦先处置了汤铭，接着太医又来了，两人还没来得及说上几句话。

昏迷前的事，钟宛现在想想有点讪讪的。

年少时办的矫情事、说的酸话，现在提起来……怪难为情的。

年纪都不小了，万事心中有数就行了，矫情话就不必提了。

自然，这只是钟宛一厢情愿的想法。

郁赦显然很想提一提。

"之前说，要快治还是慢治听他自己的意思，以后就不必了。"郁赦盯着太医，突兀地开口，"他的病，我今后是能做主的。"

太医忙答应着："是是。"

郁赦又道："至于为何如此，方才已经说了。"

钟宛把脸埋在了枕头上。

幸好，宫里突然又来人传郁赦，将郁赦请走了。

朝中不安稳，北疆还有事，其实跟郁赦都没什么关系，只是崇安帝之前得了郁赦的保证，有心让郁赦学着理政，什么鸡毛蒜皮的事都要传他。

另一边，郁赦日日用尸体残肢折磨汤铭，也没忘了汤钦。

汤钦在宫中，自然知道了汤铭蛊惑宣瑞被端了老巢的事，可自始至终都没听到有关汤铭的消息，汤钦相信汤铭一定是逃过了这一劫。

郁赦一样没同汤钦多言，将汤铭扣下那日，将汤铭的东西搜刮了个干净，让人在那些衣饰上泼上血，一天一样，让宫里的人送给汤钦。

同汤铭一样，汤钦起初也是不动声色，似乎并不在意，且时刻提防着，做好了应对各种威逼的准备，但并没有人理会他。

染血的物件，就一样接着一样送了去。

汤钦终于坐不住了，开始主动联系宫外，但所有消息石沉大海。

郁赦这次下了狠手，将汤铭的人宰了个干净，汤钦谁也寻不着。

汤钦明白这是郁赦在吊着他，又忍了几日，最终无法，主动托人给郁赦带了话。

那日钟宛还昏迷着，郁赦根本没心思理会别的，让汤钦滚去一边儿凉快，老太监从没同这样的人交手过，一时间更不知该如何应对。

又被晾了好几天，汤钦实在憋不住了，再次托人给郁赦带话。

朝会后，郁赦又被崇安帝留了下来议事，给郁赦送消息的探子寻不着郁赦，又着急，冯管家想了下，干脆把人领进内院，交给了钟宛。

钟宛一头雾水："怎么了？"

"世子的人，说有急事跟世子交代，耽搁不得。"冯管家对探子道，"跟钟少爷说是一样的。"

说完冯管家就退下了，探子给钟宛行礼后低声道："宫里那个老太监想知道汤铭的消息，说愿意卖世子一个人情。"

钟宛道："什么人情？"

探子道："老太监说，昨日，北疆那边有人联络了五殿下。"

钟宛愕然："北狄？"

"是，就是北狄王的人。"探子道，"详情小人不懂，只是听说这北狄王无用得很，承袭了王位后处境很不好，被他几个哥哥连番欺辱，几个月里，颠沛流离，带着部众迁徙了几次，已经被赶到边境上了。"

钟宛点头："世子跟我提了一次，他联络宣琼做什么？"

探子道："说得很含糊，小人听不懂，只能按着原话转述，北狄的王问五殿下，想不想让七年前的故事在北疆上重新传唱。"

钟宛眸子一暗。

钟宛尽力不动声色："他还说了什么吗？"

探子摇头："没了，小人怀疑这老东西还知道别的，如今他已然成了郁妃的心腹，五殿下一天里往郁妃那边跑几趟，他们的事……他肯定知道，老东西这是在向世子示好，小人想问一句，是继续吊着他，还是想办法收服了他，问清楚这事儿？"

"先吊着他，不要理会。"钟宛道，"等世子回来，问世子……你先去。"

探子不能多留，闻言就去了。

钟宛体力不支，坐下来喝了两口参茶。

郁赦吊着汤铭和汤钦，汤钦现在显然是想反客为主，争做主动。

他说的话能有几分真？

"让七年前的故事重新在北疆传唱"，说的自然是宁王的事。

本朝太祖皇帝定下过铁律，每逢战事，必要派一皇子随军出征以振奋军心。

钟宛想到了一个最坏的情况。

北狄王……也许并不是被兵强马壮的哥哥们驱赶到边疆上的，他是故意的。

钟宛将探子的话重新想了一遍，隐隐觉得山雨欲来。

钟宛盼着是自己多心了，但还是起身叫了冯管家来。

"我……"钟宛干笑，自己都觉得没意思，但还是厚着脸皮道，"我身子有点不好，劳烦您……去宫里请世子回来一趟。"

冯管家为难地看了钟宛一眼："有什么事等世子晚上回来再说呗，又是去请世子提前回来，又是用这由头……世子又不是傻子，怎么会信？"

钟宛不敢耽搁时间，无法，如此这般地同冯管家交代了一番："去……去吧，他听了定然会回来。"

冯管家一言难尽地去了。

一个时辰后。

议事厅中，最中间的位置上空空如也，崇安帝已早早地回后宫了，议事厅一分为二，外间，小翰林们分门别类地整理文书，阁老们则坐在暖阁中处理政事，被迫留下的郁赦也坐在暖阁中，接过阁老们批阅过的文书，一一看过。

皇子们或是受倚重的小亲王们初一听政时，都是这样来学着的，如今郁赦也被送了过来，阁老们心照不宣，默认了郁赦这个外姓之人。

一个小太监在暖阁外探头探脑地看了看，等了一炷香的时间也不见郁赦出来，无法，只能自己躬身进了暖阁，一进去就被里间伺候的太监一个拂尘扫了出来，小太监硬着头皮又钻了进去，道：“郁王府有事要禀。”

别人不敢再拦，将小太监放了进来。

暖阁中静谧无声，只能听见小翰林们窸窸窣窣的脚步声和众人翻动文书的声音，郁赦放下手里的文书，压低声音：“又怎么了？”

小太监一脸纠结，小声道：“钟……钟少爷身子不舒服。”

暖阁中的阁老们各忙各的，但都立着耳朵，恨不得凑近了听个清楚。

又是那个钟少爷！

郁赦扫了众人一眼，面上淡然：“没跟他说我忙着？”

小太监苦着脸：“说了。”

“说了就下去。”郁赦另拿起一本文书，“告诉他，我这边的事完了自然会回府。”

小太监不敢走。

郁赦尽力压着嘴角：“不舒服就找太医，找我做什么？！”

小太监的脸皱成一团：“世子……别问了。”

郁赦就是想听钟宛跟他耍赖，怎么会不问，他端起一盏茶，淡然道：“没甚要紧的就算了。”

“有！有……”小太监无法，扑通一声跪了下来，崩溃道，“钟少爷说太医给他诊出了喜脉！让世子无论如何回去看看！”

郁赦呛了一口茶。

同时间，半个暖阁的人一起咳了起来。

六十四

小太监委屈得要命，说了别问，非要问！

还非要当着这么多大人的面问。

“喜脉……”

“没听错，就是喜脉。”

“这个钟少爷，不就是钟归远吗？他不是男子吗……他怎么可能有孕？！”

“钟归远，我知道他，当年差点连中三元的文曲星！”

“就算他是文曲星下凡，那也不该生孩子啊……”

“无论是真是假，诊出喜脉的这个太医怕是回不去太医院了。”

“回不去了……”

“喜脉一出，一切都无法同以前一样了。”

……

郁赦脑中一片空白，怀疑自己又犯病了。

自己这是开始撒癔症了吗？

郁赦耳力突然敏锐了不下十倍，暖阁中，小太监、小翰林们交头接耳的声音尽数传到他耳朵里，扰得他脑中嗡嗡作响。

传话的小太监还跪在郁赦脚下，他带着哭腔：“世子，事出突然，府里谁也没料到会这样，您……快回去吧！”

暖阁中所有人都看了过来，就连今年已过了七十高寿的孙阁老都难以自抑地放下了笔，紧张地看向郁赦。

郁赦眼睛发红，无数个念头在他脑海中穿梭。

郁赦尽力让自己表现得自然些，语气从容不迫：“这很好……”

郁赦听着众人倒吸气的声音，本能地要维护钟宛，用见惯了大场面的仪态，自言自语地解释道：“这、这很正常……是个人就会怀孕的……没什么可新鲜的。”

小太监脸憋得发紫，吃力地点点头。

“那我……”郁赦不小心打翻了茶盏，他起身，“那我是得回去看看……”

郁赦往孙阁老那边看过去，阁老们不敢拦，敬畏地起身，一同恭送郁赦出了议政厅。

从宫里出来走了许久，郁赦才被冷风吹清醒了。

郁赦停住脚，被钟宛气得肺疼，几番挣扎犹豫，要不要折回去同众人解释几句。

“世子？世子？”

郁赦右手纤长的五指攥得死紧，骨节咯吱作响，郁赦摇摇头：“罢了，没、没事……”

郁王府别院，钟宛心急如焚地等了半个多时辰，终于等到了郁赦。

钟宛见郁赦脸色不太对，想想自己刚才让人传的话不太好意思，但一想总归没丢人给外人，怕什么？

郁赦满腹怨气地瞪了钟宛一眼，也没脸告诉钟宛现在全内阁都知道他怀孕的事，两人对视一眼，都略过了这一段，郁赦坐到一边，低声道：“到底怎么了？！”

钟宛将之前探子说的话尽数转述给了郁赦。

郁赦静了片刻，呢喃：“七年前的事……什么意思？”

钟宛道：“你之前同我说了几句北狄的事，不太详细，我想问你，如今的北狄王，同他的哥哥们交战过吗？”

郁赦摇头：“没有。”

郁赦道：“老北狄王死后，几个年长的儿子带着自己的部众脱离了王帐，他们之间也是相互忌惮的，都急于占据自己最熟悉的那片草原，没人会去给别人做嫁衣，头一个公开反叛王帐。”

钟宛又问道："那就是说，只要他们不合力，还是没十成的打算能打赢新王的？"

郁赦道："是，新王再废物，也还有老北狄王留给他的部众。"

"不是被打过来的……"钟宛沉吟，"新的北狄王，何必主动跑到边境上来，腹背受敌？"

郁赦沉默片刻："边境传来的消息是北狄王惧怕兄长们，故而被迫南迁。"

"但这形势似乎没危急到这份儿上，南迁是下下策。"钟宛道，"南边是我们，再往北是不怀好意的兄长们，一仗没打，就退让到这份儿上，似乎有些……牵强。"

郁赦迟疑片刻："我也想过，但北疆那边传来的消息不一定那么准确，或许打过，或许北狄王兵力比我们知道的要少，或许……"

"或许，他是主动南迁，想要置之死地而后生。"钟宛轻声道，"世子，我有个不太好的预想，你要不要听？"

郁赦用眼神示意他说。

"无论汤钦有没有被你吓唬住，如今都是在主动同你示好了，那开头先传来的这个消息，有九成可信。

"毕竟是头一次同你示好，若是假的，后面什么也谈不了。

"若这是真的，'七年前的故事，重新在北疆传唱'，就是说要再次开战。

"谁和谁开战？我们和北狄？

"北狄王如此作死，为的就是引起我们的注意，诱我们出兵。

"但新北狄王的兄长们都在更靠北的地方，且犯我边境的是北狄王的部下，我们打也只会打北狄王，他要如何祸水东引？

"就算他能在我军压境时及时退走，劈开一条路让我们攻到更北处，他又要如何把控整个局势？如今北狄兵力并不足以同我们抗衡，在我们眼里，北狄人都是一样的，没人关心他们到底是谁的人，仗一旦开打，我们很可能将他们全剿了，他不怕吗？

"他怕。

"所以不敢侵扰过甚，只敢劫掠，不敢屠戮，怕的就是完全激怒我们。"

郁赦喝了一口茶，低声道："所以，他是想……"

“想和同他有一样心思的人做个交易。”钟宛低声道，“宣琼。”

“新北狄王必然也清楚我们这边的局势，知道皇帝年老，知道我们还没有太子，知道皇子们如今不上不下的处境，他愿意给某位皇子做这借刀杀人的刀，当然，事成之后，他也要拿到自己想要的东西。宣琼或是在朝中运作，左右出兵之事替北狄王踏平他的兄长部众，或是更干脆一点，在我们的新帝登基之后，直接借兵给他，助他统一草原。”

郁赦轻轻地敲了敲桌面：“北狄王有什么本事，自信能替皇子做争储的刀？”

“他有。”钟宛沉声道，“我朝太祖皇帝定下过铁律，逢战必派一皇子随军出征以振奋军心。”

郁赦眯眸：“我料北狄王如今连五万兵马都凑不出来，就算宣琼能想办法让宣璟出征，北狄王倾尽全力怕也难撼动我们的兵马，那……”

“不。”钟宛打断郁赦，“北狄王不会以卵击石，倾尽全部兵力只为杀了随军的皇子？那太难了，且损耗过多。

“北狄王不需同出征军硬碰硬，相反，他要讨好前来出征的将领。

“舍出几千北狄人来，由着北征军屠戮以积累出征皇子的战功。

“做出节节败退之态来，让出征皇子有个漂亮的战绩。

“最后向我们的军中传递几封似是而非的密信，然后……”

钟宛想着当年之事心头多了几分悲愤，他缓了下，继续道：“然后，这几封密信，必然会按照他们的安排，传回朝中。”

钟宛看向郁赦：“世子，到时候……通敌之人变成了谁？”

郁赦沉默许久，低声道：“当年宁王，就死在了这上面。”

钟宛没再往下说，他看着窗外，片刻后道：“自然，这都是我的猜测，宁王当年到底如何，我并不知道，但北狄王现在的念头，我笃定自己至少猜中了八分，世子，你信不信？”

郁赦将茶盏放下，道：“我信，但有一点……我觉得你想的不一定对。”

钟宛怔了下，他自认自己考虑得算周全了，还有什么？

郁赦看着钟宛，问道：“随军的只要是皇子就行，你为何觉得宣琼是推宣璟出征呢？”

钟宛心中一动，愕然：“难道是……”

郁赦自嘲一笑。

“兵行险招。”郁赦道，“拼着让皇上认下我，也要把我送到北疆，反正只要我一出兵，就等于半条腿踩进了棺材里，还能活几日，就看他的心情了，如此……干干净净。”

围剿汤铭那日，汤铭曾同宣瑞说过郁赦是皇帝私生子的事，之后钟宛一直病到了现在，两人没再提过此事，钟宛知道这是郁赦的忌讳，万万没想到郁赦自己会主动提起。

“你考虑得不错，早早提醒了我，记你一大功。”郁赦起身，“不能只听汤钦老太监的，我在宣琼身边有人，得查探清楚，先去了，你……”

郁赦欲言又止。

钟宛认真等着：“还有什么吩咐我的？”

“你以后……要叫我就叫我。”郁赦皱眉，“别总说那些奇奇怪怪的话！”

钟宛耳朵微红，不自在道：“怕你不知出了什么事，太着急，故意逗你的，反正……反正别人不会知道，我也只跟你这么丢人。”

郁赦：“……”

郁赦不忍告诉钟宛内阁里的事，表情复杂地走了。

钟宛将北疆的事在心中过了一遍，尽力替郁赦计划应对的法子，他不自控地总想到宁王，心中不免悲怆。

钟宛嘘了口气，起身走到窗口前透气。

钟宛站了一会儿，听到窗外几个仆人凑在一起小声聊天。

钟宛忍不住一笑，郁赦看着凶，但对下人很好，这么多年了，府里的人一直这样，什么都敢说，什么都敢聊。

钟宛想听郁赦的闲话，倚在窗口，嘴角微微勾起，侧耳倾听。

听了片刻，钟宛脸上的笑容渐渐凝固。

“不会吧……我就不信钟少爷能怀得上！”

“但有了就是有了，不管你信不信，现在宫里宫外，都知道了。”

“如今只看世子怎么处置了。”

“世子方才行色匆匆，神情恍惚，似乎并不高兴……”

“唉，钟少爷命苦……在黔安受了这么多年的罪，好不容易回京了，又偏偏怀上了孩子……”

“人生大起大落，不过如此。”

“人的命，天注定。”

“该怀上的，总归会怀上的……”

“谁又能料到呢？钟少爷逃了七年，也没逃过怀孕的宿命。”

钟宛把头抵在窗户上，双手发抖。

不想活了……

六十五

先不说这事怎么传这么快，没到一个时辰就已经尽人皆知了，这个府上的人……是都疯了吗？

难不成还真是信了？

这些家将和仆役这是平日替郁赦卸人车轮的事做多了，也跟着魔怔了？

该不是郁赦已经偷偷请过道士作过法了？

那就是说……郁赦刚才也信了？

“子宥他到底知不知道……男子怀不上呢？”钟宛声音发抖。

窗外，家将和仆役们越扯越远，钟宛听得胆战心惊，吓得从窗口躲开，坐去了别处。

另一边，郁妃宫中。

宣琼坐立不安，起身转了好几圈，急躁道：“母亲到底想没想好？”

郁妃十指将帕子掐得满是窟窿，她眼神闪烁：“我、我还是想问问你舅舅……”

“跟你说了舅舅没这个胆子！”宣琼转了个身，焦虑道，“被他知道，这事儿就真的没戏了，母亲也看见了，父皇现在有多倚重郁赦，天天将他拘在内阁听政，自三哥走后，父皇身子越来越不好，父皇力有不逮，却没有把政事往我这边托付过半分，这什么意思，还不清楚？”

宣琼脸色发青：“江南贪腐案，原本该交到刑部这边的，父皇不知在想什么，竟把这案子挪去了大理寺，还派了检察司去帮忙，明摆着是在历练郁赦！贪腐案结案后，江南那边等于被郁赦亲手捋了一遍，留下的必然全是他自己的人，再安插上去的，那就是他一手扶持起来的亲信！这是多大的事！

“舅舅呢？只知道诚惶诚恐地替郁赦谢恩，半句话不敢说，回过头来安抚我倒是一套一套的，说什么不要计较一时得失，不计较，再不计较，郁赦就要被封太子了！”

郁妃不安道：“但皇上这不还没认下他吗？你要逼他出征，他就真的要认祖归宗了！”

“舍不得孩子套不着狼！我就算不推他一把，父皇早晚也会认下他的，到时候还不是一样？”宣琼着急道，“母亲，你怎么就是想不明白呢？父皇已有了认回他的心思，正愁没个由头，我这是在借力打力！”

“认回郁赦，派他去北疆，这是多顺水顺风的一件事，父皇不会不动心，只要郁赦踏上北境，要他何时死就是我一句话的事了。”宣琼道，“北狄王已经许诺了我，只要郁赦抵达北疆，他必能栽一个叛国通敌的罪名给郁赦，若我再能替他传递我军中消息，他还有七成的把握直接在战场上宰了郁赦，如此我还有什么可担心的？担心谁？宣瑞吗？剩他一个，他有什么能跟我拼？”

郁妃起身，在房中转了一圈，声音发抖：“但我还是心慌，要动郁赦没那么容易，他身后还有安国长公主！你舅舅说过，只要皇上不认回郁赦，那他就永远名不正言不顺，没法真的同你相抗，我怕你这是放虎归山啊，不然……不然你还是想想宣瑞吧！借着北狄的事除了他不好吗？”

“杀鸡焉用牛刀！”宣琼急得嘴上起了一圈疱，“而且宣瑞现在不能死！他死了，郁赦眼中就只有我了！我的处境必然更艰难！”

郁妃惶恐：“可……可那北狄人的话，能信吗？”

“自然可信！”宣琼眼露凶光，“探子送来的是北狄王手写的血书，他如今命垂一线，只能靠着我帮他！”

当夜，郁王府别院，郁赦一脸玩味地看着跪在地上的陌生人，莞尔：“我竟然能有这么大的面子，让素未谋面的北狄王如此信任，真是荣幸。”

钟宛站在里间的房间里，抱着手臂倚在墙边，静静听着。

他和郁赦都没料到，这个北狄王一女多嫁，竟还找上了郁赦。

陌生人摘了厚重的围巾，从怀里掏出一份血书来，膝行几步，眼中含泪，一脸肃穆地双手奉与郁赦。

郁赦用帕子捂住口鼻，微微往后坐了坐："我晕血，你把这东西拿远些。"

陌生人："……"

里间的钟宛狠狠掐了自己一把才憋住了没笑出来。

陌生人只得再把血书收回了怀里，道："我们大王久慕郁小王爷大名，多年前就想同小王爷结交，无奈南北路遥，不得如愿，如今大王日日在水深火热之中煎熬，在最艰难的处境里，第一个想起了这里的朋友。"

郁赦垂眸掩去眼中讥讽，没说话。

陌生人道："我们大王的处境，郁小王爷必然是清楚的，郁小王爷的困境，我们大王也听说了一二。我们大王愿意倾尽全力替郁小王爷完成宏愿，只盼着您在心愿达成后，还能记得远在草原的朋友，略施援手。"

郁赦淡淡一笑："我有什么困境？"

陌生人迟疑片刻，道："这……"

郁赦不刁难他，又问道："你们大王想怎么帮我？"

陌生人忙将之前许诺宣琼的话跟郁赦重复了一遍，郁赦听着不由得暗暗感叹。

钟宛竟猜了个八九不离十。

陌生人给郁赦画了好一幅江山如画的蓝图，满怀信心道："小王爷只要将五皇子殿下送上战场，我们大王就能让他再也回不来！如此……"

陌生人郑重地磕头："小王爷得偿所愿，我们大王不敢奢求别的，只求小王爷掌权后，分出一点点兵力，助我们大王夺回他应有的东西。"

郁赦轻轻地摆弄着腰间玉佩，道："得偿所愿……我有什么愿？"

陌生人无法，尽力不得罪郁赦："有关小王爷的身世，我们大王也听说过一些传言……若那是真的，夺位之苦想来小王爷也是品尝过的，就更能体会我们大王如今的仓皇无奈了。"

郁赦面上依旧是淡淡的："你们知道得倒是多。"

"我们大王对中原很是倾慕，以前就很爱听过往的商人们聊中原的故事，所以就……"陌生人抬眸扫了一眼，试探着道，"就知道了一些事，知道郁小王爷本该入玉牒，本该承皇姓，本该……"

郁赦偏过头："够了。"

陌生人怕触怒郁赦，忙转口道："不提这个，是我们大王很替小王爷不甘，愿意替小王爷扫清障碍，小王爷……"

陌生人抬头，看着郁赦沉声问道："您就没恨过他们吗？"

"这天下本就应该是您的，他们拿走了您的东西，反过来却要逼迫您到这境地，这是什么道理？"陌生人道，"我们在草原上也听过您和文曲星的美好又悲伤的歌谣，小王爷，若不是那些人心狠手辣，若不是您手中没有足够的权力……您之前又怎么会如此不顺遂？"

郁赦脸色微变。

陌生人趁势而起："小王爷，只要您来日能继位，再没有什么人能妨碍您了。"

隔间的钟宛暗道"不好"。

郁赦别是也要被这北狄人蛊惑吧？

郁赦眯着眼，突然道："皇上如今并没有出兵的打算，你们要如何应对？"

来人见郁赦有所意动，忙热切道："怕来不及同小王爷联络上，我们不敢侵扰过甚！只等小王爷一个点头，我们马上会举兵压境，再向南走一百里！北疆上年壮的中原人不少已南迁，但总有老弱病残的，我们会将他们解决干净，若你们的皇帝还不动兵，我们可以再往南走三百里！一切但凭小王爷吩咐！"

郁赦道："宣琼去北疆后呢？若他贪功冒进……"

陌生人道："那我们会将活捉的中原人扮成我们的样子，命他们迎敌！待五皇子殿下向你们朝中汇报军情时，小王爷直接向你们的皇帝参奏五皇子殿下冒领军功！这在你们中原是重罪，五皇子殿下又不知那些人是中原人，他百口莫辩。"

郁赦又问："那他要是畏缩不前呢？"

"那就更简单了，我们只需继续向南行军就是，一百里一百里地屠戮下来，全是五殿下畏敌不前的过失！我们可以再给小王爷提供一点儿'罪证'，证明五殿下是得了我们的好处，所以才不正面迎敌。"陌生人对郁赦自信一笑，"通敌的罪有多重，小王爷就更清楚了。"

郁赦眸子一动："死路活路，都堵死了……"

隔间，钟宛听出郁赦意动，急出了一身的汗。

陌生人压低声音："小王爷什么也不用做，静候五皇子殿下被困死在北疆的消息就好。"

郁赦自言自语："只要我让他随军去了北疆，就能永远解决了这个麻烦。"

陌生人道："正是！"

郁赦静了许久，抬眸："事成之后，北狄王只要一点兵？"

陌生人大喜，忙谦卑道："正是！我们需要的只是您在心愿达成后的一点点回报罢了！给我们大王一点点兵力，我们会永远是您最忠诚的朋友。"

郁赦起身，慢慢踱步到窗口，轻声道："有一点我还不放心，北狄王……为什么这么确定我会同他交手？"

陌生人眼中闪过一抹血色，发狠道："因为我们大王说，心中怀有大恨的人，才是真的能做大事的人，小王爷这些年来尝遍世间苦楚，被至亲一个接一个背叛的滋味您是最清楚的。"

"小王爷数年来被身边亲人在心中插了一刀又一刀，过的是什么样的日子，常人难以想象。"陌生人索性将话摊开了说，"小王爷的血统是没五皇子殿下纯粹，但我们大王说得好，身体里血液最肮脏的人，才越是能成大……喀……喀……"

郁赦一把取下墙上挂着的佩剑，转身一剑穿心，从陌生人背后将他捅了个对穿。

陌生人难以置信地低头看着从自己胸口捅出的刀刃，口吐鲜血："小……小王爷……"

郁赦面无表情，将剑往前一寸寸地推进，低声重复："将边境上的老弱妇孺留给你们残杀？

"纵着你们南侵？

"让你们逼迫我北疆子民迎战北伐大军？"

郁赦手腕一转，让剑在陌生人的胸口活活转了一圈，陌生人杀猪似的号叫了一声。

郁赦松开手，转过身撕开陌生人的袍子，将那份血书拿了出来，淡淡道：

“我的血是脏，但我再脏再恶心，也不至于同异族苟且……”

郁赦厌恶地看了死透了的北狄人一眼：“你们算是什么东西。”

隔间里，钟宛脱力地坐在榻上，彻底放了心。

章贰

泥人

六十六

钟宛大病未愈，心力不济，心绪几次起伏后有点儿支持不住，闭上眼稍稍休息了片刻，再睁开眼就见郁赦已经走进隔间来了。

郁赦将血书放在一边，见钟宛神情不对，皱眉："不舒服？"

"没有……"钟宛估计自己脸色不太好看，自嘲一笑，"我自惊自怪……见笑了。"

"我好歹也是在史太傅身边读过几年书的人，"郁赦表情平静，"纵然比不上你，也不至于做出卖国的事来。"

钟宛垂眸，低声道："北疆的事……你预备如何应对？"

郁赦没回答，反问道："北狄王到底想做什么，能猜到吗？"

钟宛肺腑有点疼，怕让郁赦看出来，没敢揉，假作思索暗暗调整呼吸，片刻后道："我猜他派人来寻你，不单单是想多一重保障。"

郁赦微微皱眉："你说。"

"你们两人都知道他的计划了，之后无论谁去了北疆都会多加防备，这计划再要实行起来就没那么容易，如此一来……"钟宛看向郁赦，"有两种可能，一是你和宣琼都想通过北疆的战事借刀杀人，都想让对方随军出征，这样朝中两股势力彼此制衡，反倒难以出兵，如此北狄王就有了足够的时间在北疆站稳脚跟，待他在我们边境上虏获了足够的粮草和俘虏，就有了和自己兄长们一战的实力，到时候他拍拍屁股就走了，就依着朝中如今这个不主战的形势……八成不会在意他掠夺的那点东西，随他走了。"

郁赦静静听着，道："第二种可能？"

"第二种可能，自然就是出兵了。"钟宛道，"可不太可能会是你们其中的一个了，很大可能，是在你和宣琼彼此明争暗斗许久后，发现两厢僵持，然后退而求其次，将宣璟推了出去。”

“这样就更简单了，北狄王既养足了兵马，又能同你们之间的一个甚至是两个同时合作，齐心协力除掉宣璟，这样北狄王手中又多了未来皇帝的一份承诺，想要攻回草原腹地，指日可待。”钟宛道，“新的北狄王很清楚我们朝中的动向，命脉拿捏得很稳，也很了解你们三个人之间宣璟的势力最薄弱，继位的可能最小，所以……”

钟宛眼中带了三分戏谑：“这份血书，他唯独没有送给宣璟，你信不信？”

郁赦闻言嘴角微微勾起，低声道：“宣璟若是知道自己被看人下菜碟了，估计要气炸……”

钟宛轻声笑了下，道：“当然，这也只是我的猜测……北狄王大概唯一没料到你根本不理会他，世子，来使已经被你斩了，第二条路已断，你准备如何？”

郁赦没接话。

钟宛并不催促，就安静地等着。

半晌，郁赦忍住心头恶心，皱眉：“我自请出征。”

钟宛愕然，不等他说话，郁赦道：“不然，我要如何让皇上名正言顺地认回我？”

“你……”钟宛斟酌着语气，“当真……愿意让皇帝认下你？”

郁赦道：“不愿意。但已经没的选了。”

“无论是宣璟、宣琼谁继位，都容不下我。”郁赦似是在说别人的事，语气轻松，“我想活命，就必须夺权，怎么夺？用这个世子之位？”

钟宛吃力道：“我只是觉得……你心中恨皇帝，不想顺他的心意。”

“是不想，但也要分分轻重。”郁赦道，“肆意了这么多年，如今临时转舵没那么容易，总要做些违心的事，不然……”

郁赦看向钟宛，咽下下面的话。

不然，我们要如何活下去呢？

肉麻的酸话郁赦想听不想说，他继续道：“皇帝清楚宣璟的资质，自始至终就没想过让宣璟继位，他又不喜宣琼太依赖郁王，这些年他对郁王既倚重又防备，并不想在百年之后将政权交到郁王手上，所以……如今更偏重我一点，自然，同我资质无关，只是我恰巧成了如今最合适的人。”

钟宛沉默片刻：“被认回之后呢？你……真的要北征？”

“当然不。”郁赦摇头，“皇上身子不太好了……我不能出京。”

“那你……”钟宛一愣，看向桌上那份血书，瞬间明白了，“待出征前，你再把这份血书送给皇帝……皇帝自然不肯再放你走了。”

郁赦淡淡一笑。

钟宛前后想了想，点头：“可行，宣琼并不知道北狄王也联络了你的事，怕是会反过来助皇帝认回你。”

郁赦深呼吸了下：“如此，万全。”

郁赦起身：“没时间耽搁，我去宫中请安……给皇上献出点认祖归宗的诚意来。”

钟宛知道郁赦并不甘愿，心里发苦，迟疑道：“要不……我同你去？”

钟宛突然觉得可行，起身道：“让我陪你去吧，这样你什么话都不用说，我来替你，我同皇上说你多年来心中一直将他当父亲，只是因为小人在中间作梗才让你们有了误会，我来，我求他，跪着求哭着求都行！反正他心里也有数，明白现在只是缺个人服软，我来我来……”

钟宛越想越觉得合适：“我去换身衣服……”

“别闹了。”郁赦失笑，“你去说？”

钟宛点头：“对啊，我又不要脸！”

“可我要。”郁赦皱眉，“我巴不得你根本不知道此事，还让你看着？当着你的面向他低头……这不可能。”

不等钟宛再争，郁赦又道：“且你以什么身份同他说？奴籍？前进士？”

钟宛呆了下：“你信我，我说绝对比你说要强很多，且这种事是我做惯了的，真的，就那边陲之地的九品小官我都能奉承得妥妥当当的，我……”

“你做惯了这种事，”郁赦淡淡道，“不是我能如此糟践你的理由。”

钟宛怔了下。

“你如今既已斩断前尘，改来到我家，就要遵循我家的规矩。”郁赦起身，“我不好耽误时间，不跟你缠了，你自己好好想想，该不该再拿应对宣瑞的那一套来应对我。”

郁赦说罢就走了，钟宛站在原地，好半天没反应过来。

自己不是谋士吗？

受辱的事，不堪的事，令人不齿的事……本来不就该自己做吗？

钟宛头一次撂烂摊子被拒绝，很不适应，呆呆地回到郁赦卧房里心里许久不上不下的。

久没让人如此看重过，钟宛反倒不习惯，在房里走来走去，吃过晚膳后也没等到郁赦回来，躺在郁赦床上，翻来覆去地睡不着。

足足又等了半个时辰，外面传来脚步声，钟宛披上衣裳起身，果然是郁赦回来了。

郁赦看了钟宛一眼，不满道："太医不是让你早睡？"

"睡了一觉醒了。"钟宛睁眼说瞎话，不安道，"如何了？"

郁赦脸色不是太好看，他喝了口茶："没如何，我没明说，但他知道我的意思了，挺意外，不免……教训了我几句，我跪着听了。"

钟宛上下看了郁赦一眼，还是有点回不过神来，这……

过不了多久，郁赦就要变成皇子了？

郁赦转头看钟宛："又在想什么？"

"我……"钟宛顿了下，道，"想……你来日并不北征，北疆的事要如何处置。"

"没什么不好处置的，总归不会如北狄王的意就是了。"郁赦眼中闪过一抹厌恶之色，"为了夺权就引诱我们北伐去征讨他的子民，八成也是个疯子……"

钟宛忍不住笑了下。

钟宛深沉地看着郁赦，想着他方才的话，不由得出神。

初来京中时，林思同钟宛说，郁小王爷性情大变。

之后钟宛同郁赦不尴不尬地见了几次，几次骇然，不过数年，郁赦竟脱骨换胎，完全变成另一个人。

但就是那会儿，钟宛看着面目全非的人，仍移不开眸子。

被郁赦如何冷言冷语，钟宛也不会往心里去，只是有一点点伤怀。

他们分开实在太久了。

但变得再多，那依旧是他自年少时就倾慕的挚友。

再后来，知道了郁赦是如何被一步步折磨成了现在这个样子的时候，钟宛又觉得郁赦就是变得再不通人情也怪不得他，他是活生生被逼到这一步的。

但再过了一段日子，同他靠得越近，钟宛就越能感受到藏在他这副成年骨肉里的郁子宥。

克己复礼的还是他，为仁由己的还是他。

任凭风霜摧残，八千里刀山火海蹚过，即使让这坎坷命途磋磨得面目全非，少年心中自有絜矩。

不管是面对外族的诱惑，还是日日伴他身旁的自己，郁赦自有章程，不会做一点不规矩的事。

钟宛半酸不苦地笑了一下。

怀孕的事一传出去，江南江北的话本不知又会如何撰写，但那些执笔书生，谁又能知道自己的处境呢?

外人只觉得自己过得光鲜亮丽，但侯门深深深几许的苦，只有真正尝过的才能懂。

郁赦见钟宛半晌不说话，表情先是悲怆又是愁苦，不禁骇然："你又在想什么？！"

钟宛自苦喃喃："想我怀孕之事……"

郁赦满目震惊。

生死关头，家国大义面前，这人……

"方才……"郁赦费力道，"皇上还真问过你。"

钟宛回神，讶然："问我什么？"

郁赦磨牙："宫中传言，老天怜我郁王府，特显灵赐子，就赐在你……肚子里。"

六十七

想起这个来郁赦就气得牙痒痒，方才捏着鼻子去给崇安帝请安，崇安帝似早就料到了一般，着意早早地叫了两个内阁的老臣和几个宗亲过去了。

郁赦没再同往日一般神情冷淡地敷衍应对，神情肃穆，规规矩矩地给崇安帝磕头请安，崇安帝有意敲打郁赦，没让他起身，当着众人的面，让郁赦在冰凉的石砖上跪了足有一炷香的时间，先问他近日在内阁听政的事，实打实地教训了一番，摆足了老子的威风后，又缓和了语气，问了问郁赦最近累不累，辛不辛苦，这要是往日，郁赦起身就走了，但这次没有。

郁赦脸上那表情虽说不上恭敬，但跪得端正，崇安帝问什么废话他都一一应答，没敷衍半分，看得旁人一愣一愣的，不知郁赦怎么就突然转了性。

崇安帝始终不让郁赦起身，最后还是一个老宗亲看不下去，开玩笑地闲话家常，说起了钟宛的事。

老宗亲含笑看了郁赦一眼，问道："听说郁王府上出了个喜事？子宥还不起来，跟皇上说说？"

崇安帝不明所以，他身边的老太监忙上前，将内阁里传出来的新鲜事跟崇安帝低声说了一遍，崇安帝半晌说不出话来，他摸不准钟宛这是什么路数，不由得看向郁赦："归远……他要做什么？"

郁赦跪在地上气得肝疼，这才过了多久，已经传得有鼻子有眼，孩子是男是女居然都已经定了。

郁赦在心里将钟宛骂了一顿，冷声回道："府上人糊涂，传错话了。"

崇安帝心头一动，笑道："那是别人怀上了？你屋里的丫头有了？"

郁赦眼中厌恶一闪而过，早几年的时候，因为不肯成亲，有段日子崇安帝和安国长公主轮番想往郁王府别院里塞人，郁赦一个不要，尽数都挡了。

这两兄妹见安插不进人来，又相继劝郁赦纳几个妾，再不行，收几个丫头也行。不说还好，说了这话后郁赦将自己府中成年的丫头全遣散了，只留下了几个年过五旬的老妇和一个不满十岁没家可回的黄毛丫头，到现在，郁王府别院偶然招待外客，回回都只能靠那个十来岁的丫头撑场面。

这事儿崇安帝也知道，他困惑道："你府中的丫头才多大？"

郁赦心中腻烦："没人怀上。"

崇安帝闻言摇摇头，道："那不是空欢喜一场？罢了，不如朕给你挑几个好女子，你不喜欢高门大户家里出来的，朕知道，给你挑几个门第清寒的可好？早早晚晚的，也有人伺候……"

郁赦心道：果然，这些人都是这样，你让一步，就要欺上来一步。

崇安帝近日给了郁赦不少好处，那都是标好价码的，相应地，郁赦该给崇安帝的，一样都不能少。

比如他如今要日日竭力把持着自己不犯病做个"正经人"，比如现在就要老老实实地跪在这里，让崇安帝显摆给别人看。

郁赦深谙这权柄相互制衡的玩法，但并不准备做过多的让步。

"谢皇上关怀，但不必了。"郁赦眸中闪过一抹戾色，"我如今刚学着听政，没那工夫应对房里人。"

崇安帝笑着咳了两声："这会费你什么工夫？不过是多了几个伺候你的人，你放心，朕知道你规矩大，不会硬塞给你谁，你自己去挑，挑你喜欢的，合心意的，不管是谁，朕都给你。"

郁赦语气平静："我没什么喜欢的。"

崇安帝脸上的笑意淡了几分，这半日郁赦都老老实实的，不想一提到纳妾的事又犟了起来，崇安帝其实对此并不十分着急，但既要敲打郁赦，想要将郁赦彻底驯服，就不能让他再由着自己的心意做事。

崇安帝倚在软垫上，语气淡了些："这还只是纳妾，将来娶亲呢？没喜欢的，就不娶了？子宥……你也不小了，别再说孩子话，你不喜女色无妨，但孩子难道将来也不要？别胡闹了，自己去挑挑，选几个……"

郁赦并不松口："不必。"

崇安帝默然，语气又冷了几分："子宥……别忘了你想要的是什么。"

郁赦闻言嘴角微微挑起了些，忍不住笑了下。

崇安帝心头疑惑，这有什么好笑的？

郁赦垂眸，没再说什么。

崇安帝困惑地看着郁赦，不懂他怎么突然就脾气上来了，自己近日还不够偏爱他吗？如今不过是让他纳个妾，这有什么？

崇安帝心口憋气，咳了数声后问道："又出什么神？！"

郁赦没解释，根本就不是一路人，说不通的。

崇安帝丢了些面子，想要找回来，又怕逼郁赦太紧物极必反，犹豫间，一个宗亲适时插嘴笑道："子宥这是怕耽误正事，罢了，依我说，皇上就是太疼子宥了，一气儿让他挑好几个，他也应付不过来，不如折个中，只挑一个就是了。"

崇安帝勉强默许了宗亲的说法，看向郁赦。

郁赦皱眉，心中烦躁，忍不住迁怒钟宛，好好的，非要说什么喜脉的事，牵扯出这么多乱七八糟的东西来。

郁赦跪在地上，闭了闭眼，心道：是钟宛你对我不仁，将我坑害到这一步，就不要怪我对你不义。

"想什么呢？一直走神。"不明真相的钟宛疑惑地看着郁赦，"皇上说什么不好听的话了，还是跪了太久，累着了？"

郁赦多少有点心虚，偏过头不看钟宛："不早了，睡吧。"

"我又不困。"钟宛道，"是有什么为难的事？跟我说啊。"

"没什么。"郁赦起身，"你睡吧，我去书房睡。"

钟宛哑然，这是怎么了？

前些天还衣不解带地守在床前呢，现在自己病还没好，怎么突然不理会自己了？

"这是……"钟宛干巴巴道，"要当上皇子了，所以架子大了？"

郁赦："……"

郁赦无法："睡……我陪你。"

钟宛躺回床上，久久无眠。

郁赦心中有愧，也一直睡不着。

钟宛觉得郁赦神色不对，心里暗暗着急，他替郁赦将前后之事又想了一遍，想着想着又记起了话本的事，更觉得自己命苦。

郁赦这将来若真的登基做了皇帝，可能只肯让自己住在御膳房了。

御膳房倒是也不错，至少吃喝不愁，看谁不顺眼，还能在谁的饭菜中撒尿，郁赦将来若娶了皇后妃子什么的，自己就日日站在灶头前尿尿，让这一家子白眼狼吃个没完。

但……

钟宛苦道："童子尿好像还是一味药，便宜死你们了。"

郁赦背对着钟宛，闻言倏然睁开眼："说什么梦话呢？"

"没。"钟宛可怜巴巴道，"世子，你知道薛平贵吗？"

郁赦木然。

郁赦翻了个身："又在想些什么古怪东西？"

"想你忘恩负义……"钟宛小声道，"世子，将来我要是在御膳房撒尿了，是不是连御膳房也不能住了，然后连饭都吃不上？你和一群妻妾坐在屋里吃饭，我只能蹲在窗外饥肠辘辘地吃草，吃秃了盆景还会被人骂，然后我就只能去喝湖水，等到冬天湖水结了冰，我就连湖水都喝不上了……"

"……"郁赦尽力心平气和地问，"你是不是晚饭没吃饱？"

钟宛摇头："吃饱了，但饭这种东西，你知道的，有了上顿没下顿。"

郁赦合上眼，不想理钟宛，但又忍不住坐起身："你到底要做什么？"

"没啊。"钟宛苦哈哈地说，"我就是觉得自己命不好。"

郁赦被噎得说不出话来。

你命不好，我命就好了？！

郁赦本要训钟宛两句让他快睡，但白天才在宫里做了对不起钟宛的事，这会儿没那个底气发火，只能压着火气道："明天还有不少事做，我得去内阁，你得去见宣璟，早点睡。"

钟宛双眼炯炯有神："心里突然有好多事，睡不着……"

郁赦从牙缝里往外挤字："你是真睡不着，还是另有所图？"

钟宛闭上眼笑了下。

“太医说了，你连番生病，身体快被熬空了，每天别往心里装太多事儿。”郁赦身子绷得死紧，低声道，“睡不着就随便念些东西，多念几遍就睡着了。”

钟宛真的惨兮兮地开始背《心经》。

中气十足，声音洪亮。

郁赦：“……”

郁赦被折磨得没了脾气：“大半夜……你是想让全府都睡不着吗？”

郁赦忍无可忍，掀开被子翻过身，捂住了钟宛的嘴。

“卒买鱼烹食，得鱼腹中……嗯……”

钟宛瞬间老实了。

隔日，钟宛起床时郁赦早已走了，吃早膳时见冯管家从外面回来，一副如释重负的神态，问道：“怎么了？”

“没事。”冯管家上前给钟宛倒茶，“刚听说了昨日皇上要给世子纳妾的事，吓了一跳。”

钟宛愣了下，咽下嘴里的粥：“他要、要纳妾了？”

“是啊。”冯管家道，“原本是要纳的，但……”

冯管家上下看了钟宛一眼，磕巴道：“但世子同皇上说少爷你心黑手毒得很，怕是一言不合就会、就会……

“皇上怕你弄出人命来，就没再提这话了。”

六十八

钟宛哑然："跟我闹着玩的吧？他说得出这种话？"

"世子确实是这么跟皇上说的，不少人都听见了。"冯管家硬着头皮，"世子应该没说得那么糟心，但外面传得就有点难听了，说您性子就是如此，早年因为类似的事儿，就大闹了一场，然后您一边哭一边跑，一跑就是七年，沿着两河一路哭过去，经过的地方，还留下很多奇奇怪怪的话本……"

钟宛失声："活活哭着跑七年？我就是个牲口也该跑死了吧？！"

"还有！老子当年是一路风餐露宿强撑着一口气走回黔安的！为的是宁王！"钟宛被气得脑袋嗡嗡作响，"郁子宥他往自己脸上贴什么金？！这跟他有什么关系？什么时候成他的事了？！而且谁是一路哭着跑回去的！三个月的脚程，还要哭着跑！你让他连着跑一个给我看看！！！"

冯管家忙安抚道："这可不是世子说的，就是口口相传，谁料到传着传着就……"

钟宛被气得五脏六腑一起疼："他……还说什么了？"

冯管家忙道："世子没再说什么不好听的了，就说您架子大，不喜欢府上多一些乱七八糟的人，到时候麻烦得很……"

"行了行了，别说了。"钟宛头皮发麻，崩溃，"我突然不想替他去见宣璟了。"

冯管家怕钟宛回来同郁赦吵，忙又劝和："别动气，别动气，世子这不也是为了不纳妾吗？您如今可是世子的谋士了，气量不能小，不是您说的吗？您是谋士，什么丢人的事都愿意为世子做，这事儿您就认下吧，这是大义！是您对世子的忠心！"

“我他娘的就没听说过……”钟宛被气得奄奄一息，“谁家的谋士要为主人背这种黑锅的。”

冯管家只能干笑：“能者多劳……”

钟宛心中淌泪，把所有的苦都埋进了心底。

勉强吃过早膳，钟宛让人备车，自己去寻宣瑜。

钟宛到了宣瑜府上的时候，正好遇见宣瑜下朝回来，宣瑜看着挂着郁王府标志的马车很不痛快，但还算是客气地将钟宛迎进了府。

上了茶，宣瑜让下人们避开，一拍桌子：“林思呢？”

不等钟宛开口，宣瑜怒道：“别想再骗我！原黔安王私自回京，郁赦去围剿的时候，不少人都看见林思了！他必然是从我这儿一跑就去找你了！枉我之前还信了你的鬼话！”

钟宛哑然，都这么久了，林思竟还一直避着宣瑜吗？

钟宛不知林思是怎么打算的，虽对他这一味躲着的做法不太赞同，但也不想替林思做主，顿了下道：“是，林思确实找过我，但你也知道，之后我连着病到了现在，一直没出过郁王府别院，他如今到底在哪儿，我确实不清楚了。”

宣瑜眼神暗淡，犹豫道：“他……是不是还怪我？”

钟宛根本不知两人到底如何了，只能道：“没有，我问过他，他说是自己心中有愧，不敢见你。”

宣瑜骂了句粗话。

宣瑜不耐烦：“你来找我，是郁赦有话跟我说？”

“是，也是我自己的意思。”钟宛正色道，“北狄王频频在我边境侵扰的事，你必然已知道了？”

宣瑜不信任地看着钟宛：“知道啊，如何？不过是现在青黄不接，那些狄子又吃不上饭了，惯例来打劫一波。”

钟宛在心里叹口气，果然，四皇子没人疼没人爱，异族同朝中苟且都不带他玩。

宣瑜皱眉：“怎么了？”

“没什么，只是替世子来提醒你一句。”钟宛道，“来日朝中若同北狄开战，你万万别被人蛊惑，随军出征。”

宣璟警惕道：“你们在想些什么？北疆上统共才有几个北狄人，这值得开战？”

“值得。”钟宛隐去北狄探子找过郁赦的事，将北狄王同宣琼密谋的事告诉了宣璟，“朝中就两位皇子，既然北狄王没找过你，那这个陷阱就是给你准备的，来日若真应验了……你自己想个法子，装病也好，自残也罢，总之别出征就是了。”

宣璟听傻了，好一会儿才明白过来，盛怒道：“北狄王也不是个东西！他怎的不跟我合伙坑宣琼？！”

钟宛：“……”

钟宛安慰得很违心：“大约是知道四殿下你心怀天下，料到您不会与他同流合污。”

宣璟闻言怔了下，被钟宛搔到了痒处，不自在地咳了两声：“那是自然。”

宣璟端起茶盏来，又放下来，疑心道：“郁赦怎么会这么好心，特意来提醒我这话？”

“四殿下，”钟宛坦然道，“您不会同北狄王同流合污，世子就会吗？”

钟宛道：“朝中自己人内斗就算了，勾结上异族人，将本该早早平息的边境小乱拉扯鼓动成一场大战，这种事能做？”

宣璟拧眉，想了片刻后冷笑：“别瞎奉承了……北狄王这是没来找我，若是找我了，我说不准就会想办法把宣琼送到北疆去……谁爱死不死，宣琼背靠着郁王府的大树，他一天不倒，我就没一天日子好过。”

宣璟转头看向钟宛：“郁赦就不怕宣琼？实话跟你说，就我这边知道的消息……宣琼如今忌惮郁赦比忌惮我还多，郁赦既然突然有了良心好心来提醒我一句，那我也告诉你一件事，郁王爷近日对郁赦的种种举动很不满意，你们……”

钟宛皱眉：“什么意思？郁王要做什么？”

“那我怎么会知道？郁王那边的消息是出了名地不好探听，我能知道这个就不容易了，总之，你们好自为之。”宣璟道，“让郁赦别做梦也别瞎指望，他是个什么东西，郁王最清楚，郁王一心要保宣琼上位，郁赦现在已经碍着他的眼了，你们……自己掂量吧，消息是从安国长公主那边传出来的，你们自己去问。”

钟宛沉默片刻，点头：“谢了。”

“你……”宣瑞欲言又止，“你既要谢我，那……待你见着林思，让他早点回来，就跟他说，说……”

宣瑞满脸烦躁：“说我不怪他了，一个哑巴，在外面让人堵了，叫都叫不出声来，东躲西藏的做什么？！”

钟宛一笑，起身：“好。”

宣瑞满腹心事地将钟宛送出府，忧心忡忡地回府去了。

钟宛心里清楚，自己刚才说的话，宣瑞并不会全信。

但这并不重要，只要宣瑞知道宣琼的计划，在将来不会脑门一热跟着北征就好。

而且在这种情况下，郁赦再自请出征，宣瑞就知道了郁赦有借此争储的念头，必然是要拦着的。

还会往死里拦着。

崇安帝会怎么想？

两个皇子，一个默不作声，一个竭力拦着，待来日，郁赦将留下的那份北狄探子的血书呈上去，崇安帝又会怎么想？

经此一事，崇安帝会对宣琼彻底失望。

钟宛轻声叹气，盼着来日宣瑞不要太怪罪自己。

大不了……哪天林思来找自己，替宣瑞给他下点蒙汗药，让冯管家帮忙把林思送到宣瑞那儿去就是了。

从宣瑞府中出来后天色尚早，跟车的家将问钟宛是回府还是去哪儿，钟宛犹豫了下：“罢了，不去了。”

家将一愣：“钟少爷想去别处？世子说了，您只要不出城，哪儿都能去。”

“不了。”钟宛怅然一笑，“我同他……没话说了。”

家将试探道：“少爷说的是原黔安王？他还在京中呢，要见也方便。”

钟宛摇摇头，放下了车帘。

晚间，听了一天政的郁赦终于回府了。

郁赦没在前院停留，回府就往钟宛院中来了，手里还拿着一包东西。

钟宛正在看书，两人四目相对，郁赦眼神瞬间转向了别处。

在崇安帝面前造谣钟宛的事，钟宛必然知道了。

郁赦有些过意不去，下朝回来的路上经过点心斋，特意下了车，给钟宛买了一包糖回来。

“给你的。”郁赦将包好的糖放在小桌上，“早、晚吃药的时候吃。”

钟宛叹气，郁赦这是将自己当小孩哄了？

自己二十好几了，什么物件也不比别人少长，现在缺的是糖吗？

钟宛低头玩玉佩，突然小声道：“宣璟今天笑话我了。”

郁赦瞬间有些心虚。

钟宛可怜巴巴地说：“我今天回府，走在路上感觉所有人都对我指指点点。”

郁赦眼神闪烁，迟疑着，把桌上的糖包往前推了推。

钟宛要被气笑了，吃了糖这事儿就算过去了？

六十九

吃过晚膳，钟宛将今日见宣瑨的事详细同郁赦说了一遍，问道："郁王会做什么？"

郁赦半晌无言。

郁赦摇头："猜不到。"

"自小，他在想什么我就总是拿不准。"郁赦道，"所以我如今主动做皇上制衡他的棋子，不断激化他和皇帝的矛盾……说到底，皇帝立宣琼就是立郁王，皇帝一直纵容我，很大原因也是知道我不会做郁王的傀儡。"

钟宛道："你说……宣琼勾结北狄的事，他知不知道？"

郁赦摇头："多半不知道。"

钟宛顿了下，忍不住笑了。

郁赦眼中笑意一闪而过。

"消息是从安国长公主那儿传出来的，到底是不是故意的就不好说了。"钟宛道，"世子，你要去见见长公主吗？"

"自然。"郁赦道，"明天。"

钟宛："我陪你一起？"

"别，纳妾的事……"郁赦难得理亏，"她怕是会怪你，别去自找不痛快。"

钟宛故意问道："你会看着公主打我不管吗？"

"不会。"郁赦道，"但我不能捂住她的嘴不让她骂你，行了，这事没的商量，你明天自己在家待着。"

钟宛无法，点头道："对了，劳世子跟你那些家将嘱咐一声，近日林思若是来找我，劳烦大哥们通融一二，别再拦了，我有正事跟他说。"

郁赦下意识地皱眉，不是很情愿。

钟宛好奇道："世子……有件事我觉得特别奇怪，你为什么会讨厌林思？"

郁赦垂眸喝茶，不回答。

"他一个哑巴，并烦不着你，平心而论……"钟宛道，"他心肠很好，人也实在，我真想不明白为什么有人会不喜欢他。"

郁赦嗤笑，反问钟宛："你想要见他，除了有事交代他，可是还要替宣璟当说客？"

钟宛一愣，郁赦是怎么知道的？！

郁赦又问道："我要是再没猜错……是不是他和宣璟闹了点儿不痛快，两人闹崩了？"

钟宛想了想道："也不算崩吧……宣璟今天刚跟我说，让我同林思说，他不怪林思了，让林思回去。"

郁赦听了这话脸色更差，厌恶道："让你在中间跑腿……烦！"

钟宛忍不住笑："还没问你，你怎么知道宣璟和林思不单单是互相利用的？"

郁赦漠然："早就猜到了。"

"有多早？"钟宛哑然，"我还是前几个月才知道的。"

郁赦道："数年前。"

钟宛骇然："林思他这么早就……他这良心可以啊，那会儿向黔安传信说他有多不放心我，忧虑得茶饭不思，整日整日地吃不下饭，我还真信了，怕他担心我，还糊弄他说我身子挺好……那他前几个月还跟我装？！"

郁赦瞥了钟宛一眼，转口道："那时候林思是怎么考虑的，我不清楚，但之前……"

郁赦不是很有谈兴，拿了药来给钟宛，钟宛好奇死了："之前如何？"

郁赦无奈："想听？"

钟宛点头如捣蒜，郁赦道："先吃药。"

钟宛无法，吃了药丸，不住催促："说说……"

郁赦眯眼想了一会儿："四年前？宣璟的母妃淑妃去他府上……给林思吃了点教训。"

钟宛变了脸色，郁赦不甚在意道："没下狠手，而且根本就是个误会。"

"那段日子……临近淑妃的生辰，是个整生辰，宣璟在自己府中设宴，要大办特办，淑妃提前一天去了他府上，一眼看见了林思。

"林思穿着仆役的衣裳，却在内院进进出出，身上还不伦不类地佩着一枚古玉，淑妃看他觉得古怪，问了一句，知道他是落了奴籍的罪臣之后，更觉得讶异。

"淑妃以为他是混到内院来偷东西的，让人去他房里搜看，果然找到了不少金银之物，他一个奴才，月例都没有，怎么会有银子？淑妃料定他偷东西了，偏林思那个哑巴又只会比画，谁看得懂？

"他解释不得，被捆了起来，本来也不是什么大事，谁家没手脚不干净的下人，淑妃还在过生日，也没想重责，就让人打了……有二十几杖吧？"

钟宛眉头拧起："然后呢？"

"然后宣璟回来了，就看见了，当时其实已经要打完了。"郁赦表情漠然，"但宣璟一见林思趴在地上挨打，仰天大吼一声，质问苍天谁敢打林思，知道是淑妃的意思后，他声嘶力竭地说'母妃你要打死他就先来打死我'。"

钟宛："……"

钟宛抚额，宣璟这个蠢货……

郁赦木然："别说淑妃，我都惊着了。"

钟宛费力道："然后呢？"

"没什么然后了。"郁赦道，"淑妃被吓了一跳，一时没反应过来，宣璟以为淑妃是要活活把林思打死，气得跳脚，扑上去替他挡，林思翻身把宣璟挡在了身下，因着宣璟这一番闹腾，林思多挨了好几下。"

钟宛忍着笑，一点儿也不心疼。

"淑妃简直觉得莫名其妙，好好过个生辰，差点把自己儿子打了，她质问了宣璟许久林思的来历……"郁赦道，"但林思真的没有什么特别之处，只是因着两人感情亲厚，宣璟才如此护他，淑妃问他们，问府中下人，都没查出什么来，也就不了了之了。"

郁赦道："后来，宣璟怕林思再出事，没再给过他值钱的东西。"

郁赦出神地看着烛火，幽幽道："宣璟那院里，有一株老核桃树……结的核桃还不错，宣璟不敢再给林思金银，就把自己院里结的核桃当银钱赏给他，林思想要什么或是想买什么的时候，就拿那小核桃跟宣璟换。”

钟宛想了想：“那也不对啊，这是宣璟蠢，你迁怒林思做什么？”

“我不是迁怒他一个人，我是嫉恨他们两个。”

郁赦脸上的笑意散去，漠然道：“凭什么相似境遇下，他们两个就能过得这么有滋有味，而我……”

钟宛心里疼了下。

“你若没走，我必然待你比宣璟待林思好……”

郁赦看了钟宛一眼，没再往下说了。

七年过往，现在想想，到底还是意难平。

钟宛病还没好，体虚又易累，吃过晚膳后就一直在打哈欠，强打着精神听郁赦说了半天的话，这会儿眼睛已困得睁不开了，他见郁赦有点不快，还想跟郁赦说会儿话，郁赦却起身道：“睡吧，今天就不应该让你出去。”

“还好，就是有点累。”钟宛揉了揉眼睛，对郁赦歉然道，“都因为我，你近日天天要跟着早睡……”

郁赦反问：“谁跟你说我要睡了？我还有事。”

钟宛不太放心，强忍着困意道：“你是不是又要去书房？”

郁赦失笑，不等他解释，钟宛吓唬道：“你知不知道别人府里，主人家大晚上去书房，都是什么意思？”

郁赦对这个还真不清楚，蹙眉看向钟宛，钟宛虚张声势：“那意思就是你要去私会姘头了！”

郁赦骇然。

钟宛说得有板有眼：“但就你府上这个情况，你说你去会谁合适？那几个嬷嬷、个子刚过我腰的那个小丫头，还是你那些山一样高的家将？或是冯管家？这话传出去了，你觉得好听吗？”

郁赦：“……”

钟宛自怜道：“而且你这样也会让我很难做，你这样大晚上贸然走开，你府上的人会觉得咱俩闹崩了，长此以往，他们就不会这么用心地照顾我了，继而给我穿旧衣服，给我吃剩饭，最后把我赶到柴房里去，我就只能一边舂米一边唱歌……”

郁赦平静道：“接着编。”

钟宛讪讪闭嘴。

郁赦皱眉：“你先睡，我一会儿就来。”

郁赦去了书房，让人将今天跟着钟宛出门的家将叫了出来。

家将事无巨细，将钟宛这一天做了什么，说了什么，细细说了一遍。

郁赦听到钟宛迟疑着见不见宣瑞时顿了下，家将道：“原黔安王的妹妹派人往咱们府上送了好几次东西，每次都让人带话，说想见钟少爷，钟少爷倒是给她回过信，但一直没去见过，今日出门事又少，属下特意问过钟少爷，要不要去郡王府坐坐，钟少爷说不必。”

家将道：“但看钟少爷那神情，明明是犹豫的。”

郁赦敛眸：“他还是觉得对不起宁王。”

家将不懂这些：“那怎么不跟世子你说？”

“他怕我难做，不肯跟我开口。”郁赦闭眼低声道，“反倒怕我不痛快，总跟我没心没肺地说笑话……”

家将隐隐也察觉到了自己主人如今争储的意思，语气硬邦邦地低声劝道：“这有何难？将来世子若能得偿所愿，给那小少爷一个亲王之位，还封他做宁王，再给那小姐封个郡主，如此钟少爷可就彻底对得起宁王了！”

郁赦心中一动：“……倒是个法子。”

七十

隔日，郁赦没去朝会，去见了安国长公主。

钟宛还是想跟着，他如今以郁赦的谋士自居，怎么想也觉得这应该是自己的差事，他又担心郁赦一言不合同安国长公主吵起来再被扇巴掌，想着若有万一，自己还能在中间缓和一二，遂跟着郁赦一同起了个大早，衣服都穿戴好了，死活要一起去。

郁赦命他留下他不听，郁赦往外走一步他跟一步，就差贴郁赦身上了，郁赦被缠得无法，又不能真找条锁链将他拴起来。

无可奈何，郁赦让跟着出门的人先在外面候着，自己将钟宛拉进内室锁好，这才转身出了门。

家将们见郁赦出来了，忙跟了上来，没头没脑地问道："钟少爷不是说要跟着吗？"

"他昨夜还发热了呢，跟什么？"郁赦边走边回道，"只是借故随便闹闹，不必理他。"

家将咽了下唾沫，心想：我也只是随口问问。

郁赦却很有谈兴，似体察民情道："你们平日出门，府上也会有人拉着你们，不许你们走的吗？"

家将语塞，想了下道："家中只有贱内，贱内……不敢。"

"他就很敢。"郁赦又问另一家将："你家呢？"

另一家将呆滞了下，忙硬邦邦地摇头，大声辩驳道："从不会！"

"也是个胆子小的。"郁赦点点头，杀人诛心，"自然，也可能是因为并不在意你们。"

几个家将暗暗咽下血泪，敢怒不敢言。

郁赦整理好了衣襟，上了马车，烦恼地自言自语："又晚了好多，这要是去上朝，这月又要被罚俸了。"

马车夫默然，这些年郁小王爷上朝甚少有不晚的时候，现在居然突然做出一副晨兢夕厉的样子来，矫情。

安国长公主府。

安国长公主让人仔细准备了茶点，早早等在了暖阁中。

因着早上出门前的事，郁赦心情很好，母子俩至少维持了个表面的和睦。

安国长公主不疼不痒地问了几句郁赦近日饮食起居的事后屏退左右，叹了口气："我上次同你说什么来着？宣琼若上位，必然没你的容身之处，如今皇兄刚起了要认回你的心思，那边就坐不住了。"

郁赦低头品茶："郁王爷准备如何料理我？"

安国长公主静了片刻，没回答，反问道："子宥，你先跟我交个底，来日我若助你上位，你……能保全我，保全郁王府吗？"

郁赦笑了下："公主，来日宣琼登基，郁王会保全我吗？"

安国长公主黯然。

看着安国长公主，近日不知是不是被钟宛搅和的，郁赦心也软了，总会想起少时那些腻腻歪歪的事。

他和安国长公主，也曾母慈子孝过的。

郁赦顿了下，道："你若现在想掉头去拥立宣琼，我不怪你，将来无论结果如何，我不会动公主府，但郁王……我如今不可能给自己留这种后患。"

安国长公主身份尴尬，既是宣琼的亲姑母和亲舅妈，又是郁赦的养母，二人争储，她没法置身其外，必然要站队。

安国长公主一辈子心高气傲，不想将来被郁妃踩在脚下，如今就只能舍弃一些东西。

"我同郁王虽早就离了心，但早些年，我确确实实也做过对不起他的事……"安国长公主摇头，"算了，不说了。"

安国长公主低声道："皇兄近日实在是急了些，先让你进了内阁，又频频同老宗亲们明示暗示，前些日子还要给你说亲，如今就差最后一步了，郁王怎么可能眼睁睁地看着你被皇兄认下？他……”

郁赦打断安国长公主，道：“是不是想翻腾我生母的事？”

安国长公主讶然：“你怎么知道？”

“猜的。”郁赦平静道，“不然还能如何？我这些年虽混账，但只混账我自己的，从未害过旁人，他要向世人证明我不配争大位，就只能从我这身世上找麻烦了，而且……”

郁赦自嘲一笑：“这事儿还是皇帝的一桩隐疾，他如今只消放出一点风声来，皇帝担忧早年的事被世人知道，很有可能将我和那早就入土的人一起埋了，如此大家干净。”

“皇兄不会狠心至此。”安国长公主皱眉，“再说……这不是还没翻腾出来吗？”

郁赦看了安国长公主一眼，浅笑：“您这不也犹豫了吗？大家都清楚，我永远是个平衡各方的关窍，到了要命的时候，只要弃了我，就能少许多麻烦。”

“不是说丧气话的时候。”安国长公主低声道，“详细的我打听不到，只是听说郁王前些日子派人去了个挺远的地方，似乎是去寻人。”

郁赦道：“当年宫里伺候过……伺候过那个女人的人？”

安国长公主点头。

郁赦眯着眼：“我只有一点想不明白，郁王就不担心皇帝拼着颜面尽失，咬牙承认同我生母的事，也要认下我吗？”

“这……”安国长公主半吐半露道，“若将你生母的事摊开了说，那……其实反而不好证明，你是皇兄的儿子了。”

郁赦不解。

安国长公主狠了狠心，尽力说得和缓些：“先帝驾崩前，宫里多处宫殿在修葺，先帝嫌乱，就挪去北边行宫住着了，一去就是几个月，你生母是没有跟着的，也就是那会儿有了你，可当时宫里进进出出的，不只有皇兄。”

“你生母既然能同皇兄……”安国长公主低声道，“那也就有可能，也同别人……”

安国长公主闪烁其词：“若郁王找来的旧时宫人胡乱说话，说你生母还同旁人有些什么……那皇上要如何证明呢？”

郁赦直直地看着地面，突然笑出了声。

安国长公主怕郁赦又犯病，忙道：“自然，我能保证，你绝对是皇兄的孩子！只是当日皇兄见你生母不易，我们只能多让那些工匠去整修你生母的宫苑，不然又要如何混进去？事情前后我都有料理，我都清楚的，只是……只是当日确实做得有些不合规矩，御史台那边说过几次，宗亲们提过要让你生母迁宫，是太后拦下了，但怕是还有记档，郁王近日也在查那些老皇历，我就怕他在这上面做文章。”

安国长公主急急忙忙地解释着：“子宥……你明白吧？你自己可别瞎想，你确确实实是皇兄的儿子。”

郁赦直直地看向安国长公主，问道：“既然这些事这么要紧，你们为何还要留下那些人，没杀干净呢？”

安国长公主嘴唇动了动，突然反应过来，下意识地捂住嘴。

说错话了。

郁赦却都明白了。

“你和郁王当年担心皇帝不能顺利登基，怕还有变动，就暗暗藏了这几个人，想着若登基的是宁王，还能凭着这人证物证，向宁王投诚是不是？”郁赦思路顺畅，替安国长公主道，“皇帝登基后，若想鸟尽弓藏，这些人又变成了你们的护身符，再到现在……又成了牵制我的好棋子，不错。”

郁赦看向安国长公主，压下心中难言的恨意，费力地对她笑了下。

你早就知道。

郁赦自嘲一笑。

原来早年的母子和睦，又是他自作多情了。

就在刚才，郁赦还同安国长公主说，将来哪怕她转头去拥立宣琼，他若能继位，也会保全她。

因为少时，郁赦是真将安国长公主当自己亲娘的。

郁王另有妾室，接连生下庶子，甚少往公主府来，少年郁赦那么守规矩，却曾因此事几次顶撞郁王。

当时这些人看着自己，就像看个笑话吧？

郁赦眼中慢慢爬满了血丝，他闭上眼，自言自语：“没事……早就习惯了，这没什么，本来就是这样的……”

安国长公主后悔不迭，一时不小心没将自己择干净，她匆匆补救道：“我……我是早就知道，但一直藏着这些人，也不光是防备着你，我也要防着郁王啊，况且我若不留这个后手，在其中排布上我的人，如今又如何能告诉你这个要紧的消息？”

郁赦低声道：“别说了……”

“我尽力，提前找到那些人。”郁赦起身，“我会想个法子……借旁人的口，将此事透露给皇帝，试着让皇帝去和郁王两人斗法……”

安国长公主焦急道：“子宥，你是不是怪我了？你……”

“答应你的，我都会给。”郁赦头痛欲裂，“我要……回府。”

七十一

郁赦出府后，钟宛吃了药，替郁赦将大理寺那边送来的公文看了。

看了一个时辰的公文，钟宛精力不济，趴在书案上眯了一会儿。

钟宛是被郁赦扰醒的。

钟宛睡得迷迷糊糊，睁眼就看见了郁赦，还没反应过来就被郁赦压在椅背上，钟宛睡眼蒙眬，没看清郁赦的表情，只觉得郁赦周身带着煞气，胸口里似乎藏着滔天怨气，钟宛恍惚，这是怎么了？

郁赦犯了病，下手没轻重，一只手死死地扣在钟宛手腕上，生生攥出了几道红痕，钟宛吃疼，轻抽了一口气。

片刻后，郁赦放开钟宛，脱力一般，俯身揽住了钟宛的肩膀。

钟宛笑了下，刚要打趣郁赦两句，就听郁赦低声道："归远……"

听出郁赦音调不对，钟宛吓了一跳，脸上笑意散去："怎、怎么了？又跟长公主吵起来了？"

钟宛要偏头看郁赦，但被郁赦重新揽住了，郁赦力气很大，钟宛动弹不得，心中不安："到底怎么了？"

郁赦好一会儿哑声道："归远，我有时候……真的不知道该恨谁。"

郁赦说得没头没脑，不知为何，钟宛心里却突然疼得厉害。

钟宛犹豫着，回抱住郁赦，轻声道："是安国长公主说什么了吗？"

郁赦没回答，片刻后突然道："钟宛，将来无论如何……别嫌我恶心……"

"偶尔……"郁赦自言自语，"我偶尔觉得，我对不起所有人，但细一想，又觉得不甘……这出身并不是我选的。

"我想尽办法，不让你见汤铭，不让你见公主，我怕你全知道后，怪我，恨我……我又辩白不了什么，但我总不能将这身血肉剜下来还给他们吧……”

钟宛听不下去：“行行，我不怪你，也绝不会觉得你恶心，你到底怎么了？”

郁赦又不说话了。

过了许久，郁赦低声道：“我想睡会儿。”

钟宛无法：“行，我陪你。”

两人和衣躺在榻上，郁赦不一会儿就睡着了。

钟宛侧身看着郁赦，眉头微皱。

有关郁赦的身世，两人一直没说破过。

郁赦默认了自己是崇安帝私生子的事，至于其他，始终没跟钟宛多言，钟宛旁敲侧击地问过，都被他含糊过去了，钟宛知道这是他心中隐疾，没多问过。

不过钟宛近日心中已隐隐有了个答案。

钟宛长叹了口气，谁嫌弃谁呢？都是身不由己。

钟宛枕在自己手臂上，毫无睡意，约莫半个时辰后，郁赦的手动了动，睁开了眼。

神情已经如常。

郁赦坐起身，怔了片刻，记忆回笼，想起自己方才失态的样子有点烦躁。

钟宛轻声问道：“到底怎么了？”

“没事。”郁赦一边整理衣裳一边淡然道，“近日人变矫情了，听了几句不顺耳的就受不了……”

郁赦瞥了钟宛一眼，不忘迁怒：“都是让你闹的。”

“没事了。”郁赦神态如常，低声叮嘱，“下回我再发疯……别理我，有多远走多远。”

“那怎么行？”钟宛道，“我走了，你又怎么办？”

郁赦失笑。

钟宛再一次问道：“长公主到底说什么了？”

郁赦当没听见，起身道：“你的手腕有点儿青了，我去取点药油替你推推瘀血。”

“子宥，”钟宛坐在床上，轻声道，“你自己同我说……总好过别人跟我说吧？”

郁赦脚步一顿，依旧没说话，自去取药油。

钟宛无奈。

不多时，郁赦自己端了一盆热水来。

郁赦挽起袖口，揉了热帕子，替钟宛敷在手腕上。

“如今的皇上……”郁赦等了片刻，待帕子稍稍凉了，就取下来，重新在热水里浸湿了，拧干后再裹在钟宛手腕上，“做了很久的皇子，很久很久。

“先帝长寿，熬死了好几个皇子，当时最大的皇子，就是如今的皇帝，当日的二皇子……

“先帝并不太喜爱二皇子，更喜欢六皇子……就是宁王。”

郁赦再次换了帕子，郁赦怕水没方才热了，自己用双手捂在钟宛手腕上，继续淡淡道：“陈年旧事，这些你都是清楚的，不多说了……那会儿先帝动了立幼的心思，不……不是动了，是几乎已经立了，差就差在了一封诏书上。

“那几年，大旱后接着闹了洪灾，先帝觉得年份不好，不吉利，又自认身子康健，想在来年丰饶年份里立储，顺便大赦天下，图个顺当。

“先帝当日很宠宁王，明眼人都已看出来了，二皇子……很着急。

“先帝年纪虽大了，但一直将朝政把控在自己手里，二皇子在明面上是做不了什么的，即使有郁王这个助力。

“怎么办呢？郁王给他想了个好法子。

“郁王透过安国公主，暗暗在宫中放出流言，说先帝要杀母留子，在立储后，就了结了大小钟妃。”

钟宛心里咯噔了下。

“你也听了那些传闻，信了这是先帝的主意，是不是？”郁赦淡淡道，“不，先帝自己从未动过这个心思。

“钟府没什么成器的男子，钟贵妃更是个贤惠女子，不至于让先帝如此忌惮。

“但别人就不这么想了，你家的两个皇妃听了这话日夜惶恐，但不敢问，钟贵妃日日垂泪，每次见到宁王就像最后一面似的，一来二去，假话都要变成真的了。

“钟贵妃甘愿为了儿子的前程赴死，小钟妃……就不那么甘愿了。

“宁王又不是她的儿子。”

郁赦将帕子丢到一边，拿起药油来倒在掌心，微微搓了搓，待药油化开后，将掌心轻轻地按在了钟宛手腕的伤处。

“小钟妃同二皇子妃是手帕交，在入宫前就和二皇子见过面，两人……有点什么？不清楚。

“二皇子待小钟妃信了流言后，托宫人给她传递了消息，同她说，自己多年来对她念念不忘，只恨她已是自己的庶母，空有再多情愫也只能缄默不语，如今听说她要遭难，没法再听之任之。

“小钟妃当时日日担心自己会因为姐姐的儿子没了命，心惊胆战之际，接到这个消息，如何不动心？

“二皇子许诺她，来日皇帝若要杀她，自己必然设计保全，或用替身，或寻假死药给她，总之，不会让她真的身殒宫中。

“小钟妃终于抓住了这根救命稻草，感念不已，两人托宫人来回传话，各种山盟海誓……说得十分动听。”

钟宛艰难道：“先帝从未想过要杀两个钟姓皇妃，这谎言早晚是会被戳破的……”

“对。”郁赦放开手，再往手心里倒了些药油，搓了搓，重新捂在钟宛手腕上，“不急，这只是他们计划的第一步而已。

“二皇子和小钟妃起初还只是透过宫人来回传话，后来渐渐地会在宫中见一两面，再后来……

“小钟妃就有孕了。

“她吓了个半死，第一个念头就是要把这个孽种打掉……也真的这么做了。

“但可惜，她身子很好，”郁赦用指腹轻轻替钟宛揉瘀血，“一碗堕胎药下去……疼了个半死，竟也没把孩子打下来。”

郁赦嗤笑：“命大……

“二皇子等的就是这一日，听说后忙派人同小钟妃说，绝不可伤了这个孩子。

“二皇子说，他自己儿子夭的夭病的病，很想要这个心上人的孩子，又假作怨怼，说小钟妃狠心，并不以真心待自己。

“小钟妃还要靠着二皇子活命呢，怎么敢同他翻脸，但又不能真的把孩子生下来……先帝多年没理会过她，这孩子赖不到先帝头上。

“这要怎么办呢？

“二皇子给小钟妃出了个好主意。

“他给了小钟妃一剂毒药。

“先帝当日感染风寒，是钟贵妃日日衣不解带地侍候……小钟妃想要混过去，很容易。

“二皇子同小钟妃说，先下手为强，与其等着皇帝将他们都杀了，倒不如先结果了这个心狠的老东西，如此，她和她的姐姐都不用死了。

“二皇子又问小钟妃……”

郁赦自嘲一笑：“问她，想不想做皇后，想不想让自己腹中的儿子，做将来的太子。”

钟宛手指微微发颤。

“二皇子说，待皇帝驾崩后，他会善待钟贵妃，会将宁王当自己的亲弟弟，会将小钟妃藏在皇陵的庄子上，过个一二年，就给她改名换姓，重新将她娶回宫。

“但事实如何呢？你都知道了。

“药是经了钟贵妃手的，她脱不了干系，先帝驾崩后，钟贵妃百口莫辩，都没能等到消息传出去，就被皇后灌了毒药捆上了白绫，根本没能再见宁王一面。”

“钟府自然也逃不了。”郁赦拉过钟宛的另一只手继续揉，“皇后‘仁慈’，说这是皇家丑事，没宣扬，只传出话来，说是钟贵妃畏惧杀母留子的传言，一时糊涂做了这种事，但她毕竟有宁王这个儿子，不能不顾全皇子的前途，所以钟府一夜败落，留下的人也不敢多说一句话……毕竟这已是天恩了，若真按弑君罪论处，钟家人一个也留不下。”

钟宛肩头微微颤动。

“该解决的都解决了，二皇子本要将小钟妃一同杀了，但临了……皇后，哦，已经是太后了，太后突然不肯了。

“二皇子自己没个康健的儿子，太后怕小钟妃肚子里的是个男婴，舍不得了。

“好巧不巧，安国公主刚没了孩子。

“更巧的是，安国公主的驸马，是二皇子既倚重又忌惮的郁王。

“这个没成形的不知男女的胎儿……来得太合适了。

“所以，在皇陵别庄住了一个月，心心念念等着重新入宫做皇后的小钟妃，没等到二皇子，却等到了安国长公主。”

郁赦放开钟宛的手，平静道：“那个男婴是谁，你自然就知道了。”

“若是没这个早该被一碗打胎药流掉的男婴……”郁赦起身洗手，“很多人都不用死的，你家……

“也不会家破人亡。”

七十二

钟宛既然要留下来，那这些事总会知道的，早早晚晚而已。

数月来，郁赦如临深渊，如履薄冰，时时刻刻都担心被钟宛知道了内情，但如今郁王要拿自己的身世做文章，实在是瞒不住了。

钟宛说得也对，自己说，总比让别人说好。

郁赦尽力平静地将前事交代清楚后，钟宛怔怔的，一直没说话。

郁赦想给自己辩解几句，但又无从开口。

如他到今日也不知该恨谁一般，郁赦也不知该如何向钟宛剖白。

生父生母和养父养母一手策划的血案，自己身为他们的儿子，能干净到哪儿去呢？

若当年宁王能顺利继位，钟宛身为钟家人，必然能平安长大，少年折桂，长大出将入相，何至于沦落到这一步？

自己真就那么无辜吗？

这些年的优渥日子，当真跟钟宛无关吗？

郁赦几乎是逃出了钟宛的院子。

郁赦神情恍惚地进了书房，将门关好。

郁赦倚在门上，手指发抖地摸了摸胸口……

郁赦想要将胸口的东西拿出来，犹豫了下，没舍得。

不至于的，还没到用得着的时候。

郁赦不确定钟宛听了这些话后会如何，钟宛要是走了，那自己今后用得着这东西的时候还多的是，不能浪费。

郁赦摸了摸胸口，坐下来，不再耽搁时间，传了家将来，吩咐下去，命人尽力搜寻当年伺候过小钟妃的宫人。交代清楚后郁赦换了朝服，命人备轿，准备入宫。

进宫的路上，郁赦尽力冷静了下来，生死关头，现在还不能掉链子。

崇安帝照常没去内阁，在自己宫里看了看送上来的文书就歇了，伺候崇安帝的老太监们守着大殿门口，一晌午拦了好几拨求见的人。见郁赦来了，老太监们犹豫了下，进去通报了一声，不多时就出来，将郁赦迎进了内殿。

崇安帝半躺在榻上，见郁赦来了，满意一笑："近日怎么总记得来请安了？来……"

郁赦垂眸行礼，起身道："臣有事要同皇上秘禀。"

崇安帝蹙眉，摆摆手，内殿中伺候的太监们退下了。

郁赦深吸了一口气，将从安国长公主那儿听来的计划，一五一十，尽数同崇安帝说了。

郁赦漠然道："听了这些话后，臣也有些动容了，还请皇上告知，臣的生父，到底是……"

"无稽之谈！"崇安帝脸色大变，气得浑身发抖，"都是无稽之谈！你……你就是朕的，朕的……"

崇安帝眩晕了片刻，扶着小桌狠声道："朕如今就这么一个成器的儿子了，这些人还要来害朕，老天好不容易留给朕一个好孩子，他们、他们……"

郁赦直直地跪在地上，不告罪，也不劝慰。

屋里没太监伺候，崇安帝只能自己颤巍巍地起身拿起茶盏，勉强喝了一口参茶，脸色苍白："这是谁的阴毒主意？"

郁赦眸中闪过一抹异色，幽幽道："五殿下，宣琼。"

崇安帝失神："琼儿？他……朕上次明明警告过他了，他为何……"

"上次秘密扣押皇陵之人未果之后，五殿下频频在臣身边安插人手，臣不胜其扰，每每隐忍，不想他查得如此深……"郁赦沉声道，"此番查探，更要给臣改名换姓，臣……"

"别瞎想。"崇安帝打断郁赦，"你的身世朕再清楚不过！别说了……"

崇安帝悲愤不已："逆子！自己不成器，整日只会依仗着外家钻营些歪门邪道的东西，现在还敢污朕清誉，逆子……"

崇安帝摔了茶盏，郁赦微微偏头，避开了飞溅而起的碎瓷片。

这其实是钟宛的计划。

北狄王私下联络宣琼的事，郁赦人证物证俱在，钟宛原本是想将实情告知宣璟，待事发时，再同崇安帝说，一切都是郁王的计划。

郁王自始至终不知情，如此才能打他一个措手不及。

届时宣璟不可能不落井下石，如此两厢告发，崇安帝疑心重，必然会认定这是他们甥舅合谋的。

既能将宣琼的罪责攀到郁王头上，那郁王的动作，又为什么不能栽给宣琼呢？

郁王心思深沉，这会儿定然已做好了脱身的准备，直白地告发，没准会被反咬一口。

与其如此，不如让宣琼背了这口黑锅。

崇安帝平复了好一会儿才缓过来，低声道：“你……回府吧，此事你不要再管，朕自有道理……”

郁赦起身，转身刚要往外走，崇安帝突然又叫住他：“子宥。”

郁赦停住脚。

崇安帝长叹一口气：“好孩子……不管你是为了什么，如今，你愿意一心向好，朕是当真欣慰。”

“朕这一辈子，没子孙福，伤了几次心，如今剩下这两个儿子，不成器的不成器，忤逆的忤逆……”崇安帝眼神浑浊，怜悯地看着郁赦，“幸好还有你，朕明白，这些年你是受委屈了，但人活在世上，哪有不受委屈的呢？朕也委屈，朕做皇子的时候，也是这么过来的……”

崇安帝叹气：“你回府……别再出门，晚间……朕自有旨意。”

郁赦心中波澜不惊，背对着崇安帝，摸了摸胸口。

郁赦转身，跪了下来。

崇安帝欣慰一笑：“好孩子……要是没你，朕这会儿真不知道该指望谁了，你也知道朕身子不行了，是不是？朕不信你是怕死，怕将来宣璟、宣琼容不下你才要争储位的，你是为了朕，是不是？你也不忍心了，是不是？到底……是血浓于水，你终于谅解朕了，是不是啊？”

郁赦死死咬牙，忍着恶心，躬身磕头。

经此一事，崇安帝不会再犹豫了。

这就够了。

崇安帝拭了拭泪，摆摆手："好孩子，去吧。"

郁赦起身出了内殿，崇安帝脸上笑意散去，低声道："传……宣琼。"

郁赦在宫门口站了许久，跟着他的随从问了几次郁赦才反应过来，郁赦失神道："回府？"

随从道："是啊，不回吗？"

郁赦有点怕。

他怕回去了，钟宛不在。

郁赦最终还是上了轿子。

中间几次叫停，路过点心斋，郁赦下去给钟宛买了糖；路过糕点铺，郁赦下去给钟宛挑了糕点；路过桥边看见捏泥人的，郁赦都下了轿，给钟宛买了几个。

七年前，钟宛没事找事，自己出不了府，总让郁赦给他捎这些东西。

哪座桥边的泥人，哪个胡同的糖葫芦，什么小街上的吹糖人，什么巷子里的纸画，钟宛说得头头是道的，指挥着郁赦去买。

少年郁赦好声好气地跟钟宛说，公主不让自己买街面上的东西，不入口的东西也不行，不安全，就是真买了，也不能带进府，外面的古怪东西，谁知道吃了碰了会如何。

少年郁赦是很敬畏自己母亲的，安国长公主的话，他都会听。

钟宛同他说了几次，郁赦都不听，被问得多了，郁赦就让府里的厨子给他做，做得不伦不类的，钟宛并不喜欢，这事儿就这么不了了之。

"劳您捏得仔细一点，"郁赦低声道，"他说了……要孙悟空的。"

捏泥人的老人没见过什么大人物，心惊胆战地捏好了泥人跪着捧给郁赦，不敢收银子。

郁赦就在小摊子边上放了一枚金锭，小心地护着手里的泥人上了轿。

"我当时……"郁赦看着手里的泥人，在轿子里自言自语，"居然为了她的话，不给你买……

“你只想要个泥人，我居然都不给你……”

郁赦闭上眼，心疼得浑身发抖。

戕害你到这份儿上，到底要怎么补？

郁赦也不知自己是在拖延时间还是真的要补救，在闹市上兜转了许久，买了一堆零碎东西，不让人碰，自己捧着回了府。

“钟少爷……”郁赦护着“孙悟空”头上的翎羽，尽力自然地问道，“睡了吗？”

冯管家小心地上下看了郁赦一眼，低声道：“世子，您出门没一会儿……钟少爷就走了，回黔安王府去了。”

冯管家心惊胆战，生怕郁赦发疯，不想郁赦只是轻轻地点了点头：“这样啊。”

郁赦手有点抖，不小心捏碎了“孙悟空”的手臂，忙用袖子接着，前言不搭后语道：“那我给他留着……给我弄点糨糊来，我给他粘好。”

冯管家眼睛一红，答应着去了。

郁赦把自己关在书房里，小心地修补着泥人，他手太抖了，修了一会儿，又弄坏了几处，他不敢发火，怕碰坏更多，只能压着脾气，一点一点修补。

郁赦足足修了两个时辰，其间宫里来了人，传了旨意，崇安帝终于将他认回，郁赦隔着帘子忙自己的事，跪都没跪，只让人将圣旨放下了。

没多一会儿宗人府的人也来了，几个老宗亲又来了，都没见着郁赦。

天黑透了，手里的泥人碎得不成样子，郁赦不敢发怒，几次起身，又几次坐下了。

“对不住……”

郁赦小心地取了一点胶，慢慢地涂在泥人身上，声音发哑：“我尽力了，但还是把你伤成这样了……”

“我真的不知道……”郁赦终于崩溃，放下泥人，死死攥拳，“不知道该怎么办才好……”

钟宛匆匆赶回郁王府别院的时候，已经是半夜了。

冯管家看见钟宛吓了一跳，指着他洇着血的额头惊呼：“您这是怎么了？！全是血……”

“没事。”钟宛淡然一笑，随手抹了一把，“自己磕的，我……下午听到消息了，满城昭告，好生热闹，世子呢？”

冯管家咽了下口水：“在书房呢……”

钟宛点点头，要回自己院子，冯管家忙道：“您先去看看世子吧！”

钟宛推开书房的门。

书房中一片狼藉，圣旨诏书被生生撕成了几片丢在地上，书案上放着一堆看不清是什么东西的小玩意儿，书房窗下，郁赦衣衫凌乱地坐在地上，手里拿着一个小小的纸包。

钟宛心头咯噔一下，寒石散……

钟宛恨透了自己，非要矫情，去什么祖坟！逼得郁赦又吃了这东西！

钟宛几步上前，不等他把郁赦手里的东西夺过来，突然愣住了。

“你……”

钟宛难以置信地看着郁赦手里的东西，眼眶瞬间红了：“你怎么还留着……”

月色下，犯了病，根本没觉察到钟宛的郁赦缓缓地打开手里的纸包，纸中包着一撮绿油油的茶叶，郁赦捏了一小粒，珍之重之地放进了嘴里。

那是黔安的茶叶，被钟宛喝得只剩了这么一点。

可冯管家说过，虽然少，但都是芽尖，是钟少爷一点点挑拣出来的。

只有这么一点，所以他不舍得喝。

七十三

钟宛半跪在郁赦身边，额上不住渗血，血自眉心流了下来，钟宛没顾上管，声音沙哑地追问："你只吃了这个，没吃寒食散，是不是？"

郁赦微微抬头，看了钟宛一眼，这会儿神志不清，根本看不明白眼前的人是谁。

钟宛心疼得直抽气，他小心地在郁赦怀中摸索了下，没找到什么，再次问道："没吃寒食散，是不是？"

郁赦细细咀嚼着嘴里的茶叶，轻轻摇了摇头。

不等钟宛放下心，郁赦又自言自语道："归远不让我吃。"

钟宛握着郁赦衣襟的手僵在原地。

钟宛死死忍着眼泪，微微哽咽："没看到我给你留下的信？你以为我走了？不回来了？"

郁赦皱眉看着钟宛，不明白眼前人在说什么。

"我……"钟宛脸上血液蜿蜒，他怕吓着郁赦，起身随手拿了一盏茶，仰头将茶水浇在自己脸上，茶水刺得他额上伤口生疼，钟宛顾不上管，抹了一把脸，转过身来跟郁赦低声道，"先……先起来，我不走。"

郁赦被钟宛扯了起来，不忘护着手里的茶叶包，他将茶叶包好，重新放在了衣襟里。

钟宛将郁赦拉到了床上，随便扯了条被子给他裹了上去，郁赦静静地由着钟宛动作，双眼无神地低声嘱咐："别动我桌上的东西……"

"什、什么？"钟宛往外看了一眼，忙道，"我没动，什么东西？圣旨？替你收起来？"

郁赦摇头："别碰，那是我给归远买的泥人。"

钟宛嘴唇微微发抖，心疼得要裂了。

钟宛隔着被子搂着郁赦，肩膀剧烈地颤抖着，低头将脸深深地埋在了被子里。

"我……"

钟宛顾不得郁赦到底听得到还是听不到了，轻声道："泥人坏了就坏了，没事，我也没多喜欢……七年前逼你去给我买，是我当时想家了。"

"王妃一向纵着我，她前头没有孩子，带我的时候……惯得很，小商贩们都知道宁王府小少爷的银子好赚，那会儿……"钟宛顿了下，低声道，"他们掐着时辰，等着我跟林思下了学的时候，就都凑在宁王府角门外的那条胡同上，只要是小孩子的东西，王妃都会让人给我买。"

"还有就是……"钟宛通红着眼，抖声道，"我就是故意逗你……长公主看管你太严，感觉你小时候日子过得没滋没味的，我想让你也去街面儿上走走逛逛……"

"那会儿我也是装得很，有什么话，都不肯直说……"钟宛艰难道，"我当时再清楚不过你的为人，但……所有人都说是你父王杀了我父、杀了宁王，很多话，就不能说了。"

钟宛呢喃："后来，我想开了不少，我这辈子……总归是有负宁王、王妃的养育之恩，没脸再见他们了，我自己不怕报应，但……"

钟宛忍着泪看着郁赦，轻声道："但你呢？"

钟家列祖列宗在天上，知道自己同崇安帝之子交好，会不会迁怒于郁赦呢?

白日里，郁赦走后，钟宛缓过一口气来后，死撑着病体，留了一份手书，出了府叫马，去了钟家祖坟。

钟宛已经七八年没去过了。

钟宛自认有辱祖先，将自己在族谱里除了名，不肯再踏足祖坟半步。

如今得知当年血仇，不来不行了。

钟宛在父母坟前磕了几个时辰的头。

钟宛不敢为自己这些年辱门败户的事辩白半句，磕了数不清的头，血染石阶，只求地下的父母宗亲要怪只怪自己一人，不要再迁怒子宥了。

钟宛随意抹了一下脸："若真有罪，也是我的……"

郁赦闭上眼，睡着了。

钟宛侧过身，让郁赦躺好，自己则和衣躺在了郁赦身边。

"子宥……"钟宛将头抵在郁赦身上，喃喃，"我也不清楚你这些年受的罪是不是地下的人在讨债，我怕他们不清楚，就想去说一说……做错事的不是你，有罪的也不是你。"

钟宛脸上血泪渗入棉被里，静谧无声。

不知过了多久，他就这么睡着了。

天光乍亮时，钟宛醒了。

郁赦仍在昏睡。

钟宛坐起身摸了摸郁赦的额头，没什么感觉，俯下身和郁赦额头相触，钟宛吃了一惊，自己竟比郁赦热许多。

钟宛浑身酸疼，额头更疼，这会儿才察觉出来自己在发热，轻轻吐了一口气，轻手轻脚地下了床。

钟宛也不知道自己是风寒还是什么，自悔昨晚不该跟郁赦同榻，也不知传上郁赦没有，他扯过郁赦的外袍穿上了，出了卧房，一弯腰捞起地上被撕扯得不成样子的圣旨。

钟宛暗暗心惊，这圣旨上……居然还有几点齿痕。

钟宛把圣旨拼好看了一遍。

崇安帝还算和缓，旨意下得没那么石破天惊，只说郁赦是他当年同安国长公主府中的一良家女子所生，当日皇长子、皇二子接连夭折，皇三子体弱，年岁不和，崇安帝担忧襁褓中的郁赦也会遭祸，故而暂夺了郁赦的皇姓，将郁赦养在郁王和安国长公主的膝下。

崇安帝旨意上并未正式为郁赦更名，只说择日要为郁赦加封亲王爵，大赦天下。

没改姓，没提立储。

钟宛眯眼……

这话怎么说都行，郁赦是崇安帝之子的事虽朝中人早已心照不宣，但真要认回，那必然是要一步一步来，上来就立储不太合适。崇安帝如今让郁赦入内阁，也是为了让郁赦能有点政绩，如此逐步嘉赏，更能服众。

这么想，崇安帝的安排很合适。

但反过来说，这是崇安帝在拿捏郁赦。

崇安帝是什么人，怎么可能真信了郁赦是突然将他当父亲了。

多少条命在中间挡着，多年来父子情渐行渐远，怎么可能真的一朝回到从前。

真的立储了，就郁赦如今的性子，他会不会做出弑父弑君的事来？

郁赦这些日子的忍辱负重崇安帝全看在了眼里，会想不到这一层吗？

就算郁赦不会做什么，一旦正式立了太子，郁王和宣琼会不会狗急跳墙？

崇安帝两方都在忌惮。

钟宛攥着圣旨，感觉下一封立储的诏书怕是没那么快。

他得再想点办法。

钟宛有点眩晕，他浑身烧得难受，不敢再托大，把圣旨收好，自己去寻太医。

走到门口，钟宛犹豫了下，怕床上的郁赦一会儿醒了，又同昨日一样，一时找不到自己就疯了。

郁赦犯病的那个样子，钟宛是真的不想再看一次了。

钟宛想了下，叹口气，折回来，站在郁赦床前，低头苦笑了下，脱了外袍，把自己上衣的里衣脱下来，放在了郁赦手边。

看见这里衣，这人不该再瞎想了吧？

钟宛自认料理得周全了，穿上外袍，强撑着去找太医了。

半个时辰后，天光大亮，郁赦迷迷糊糊地醒了。

每次犯病后，郁赦记忆都会很模糊，他坐在床上，反应了好一会儿，依稀记起了昨日的事。

郁赦怅然地看着床帐，自嘲一笑。

全完了。

钟宛走了，一切都完了。

郁赦原本以为这已是最坏的情况了，等他坐起身时才明白，世事无常，命途多舛，每当他绝望的时候，前面总有更可怕的事在等着他。

郁赦眸子微微发颤，看着凌乱的床榻，被子上斑斑的血迹，还有手边来历不明的一件里衣，脸色血色瞬间褪尽。

郁赦起身，低头查看自己的手臂、胸口……

完好的，连一道伤口都没。

这血迹不是他的，那就只能是别人的。

郁赦憎恶地看着床上的里衣，怒道："来人！！！"

外间的冯管家连滚带爬地滚了进来。

"谁……是谁？"郁赦嘴唇苍白，指着床上的里衣，压着滔天怒火，"这是哪个贱人的？"

冯管家呆滞了片刻，心道：两人吵架了？

冯管家小心翼翼地准备和稀泥，道："什……什么？"

郁赦根本就不记得昨晚发生过什么了，他清楚自己有这疯病，所以根本不敢在府里留丫头，就是怕自己在犯病时让人钻了空子，但不想千防万防，居然还是没挡住。

冯管家感觉郁赦这神态实在是不对，心惊胆战道："世子……到底怎么了？"

"你看不到吗？"郁赦声音发抖，"被子上的血，还有贱人的衣服，你看不见吗？是谁？！"

冯管家咽了一下唾沫，轻声道："这怎么弄的，老奴不清楚，但有件事老奴必须得跟您说清楚……"

冯管家轻声道："从昨晚到现在，只有钟少爷来过这个房间。"

郁赦如遭雷劈，僵在了原地。

钟宛回来了？！他还受伤了？！是怎么伤的？！

郁赦问冯管家："他人呢？"

冯管家瞟了郁赦一眼："早上起来就说又发热了，去找太医了。"

郁赦："……"

七十四

冯管家正要再解释些什么，郁赦却道：“你下去吧。”

冯管家只能忧心忡忡地退下了。

郁赦待冯管家出了门后转身，胡乱将被面拆了下来，他不得其法，一不小心还将被面扯了个口子。

好不容易将被面拆下来，郁赦胡乱裹了下丢在床下，又拿起那件里衣来。

里衣上，也蹭了一点血迹。

郁赦本也要丢到床下，但又觉得让仆役们来清洗似乎不妥，郁赦想了下，把里衣浸在预备给他洗脸的水盆里。

郁赦来不及梳洗，就这么散着头发赤着足，站在水盆前，挽起袖子，慢慢揉搓里衣。

世家公子，头一次做这种事，不免笨拙些，好在郁赦够耐心，也够认真。

怕洗不干净，郁赦还抓了一把洗脸用的皂角涂在血迹上，轻轻搓洗。

郁赦抓着里衣，合眼细想……

实在是想不起什么来了。

他只记得昨夜自己一直在修补那怎么也修不好的泥人，根本没印象钟宛回来过。

郁赦好不容易搓洗干净了里衣，将满是皂沫的里衣展开挂好，胡乱梳理了下，出了卧房。

府里的下人们昨日也听说了旨意，看向郁赦的眼神有敬有畏，都只敢行礼，不敢多言。

郁赦神志恍惚，没多理会，走到钟宛院门口，又停住了脚。

近乡情怯。

府里唯一的小丫头从钟宛院里出来了，郁赦叫住她，眉头紧锁："钟少爷……如何了？"

小丫头畏畏缩缩地低声道："一直发热，也吃不下东西去，太医怕伤了少爷的肠胃，没让少爷吃药，正在行针。"

郁赦踟蹰，又问："他有嘱咐你什么吗？"

小丫头摇头："没说什么，哦不，说了，说让我们看着点，世子要是醒了，让我们跟世子说，他昨夜就回来了。"

郁赦稍稍松了一口气，摆摆手让小丫头下去了，正要进钟宛的院子，外面一个家将赶了过来。

郁赦不耐："又怎么了？"

家将看出来郁赦这是要去见钟宛，自知碍眼，讪讪道："宫里来人了，宣世子入宫。"

郁赦道："说我病了，不去。"

"还有还有，"家将忙拦着，"公主府里也来人了，自然，惯例是让冯管家挡回去了，不过……咱们的人也有事要跟世子说。"

郁赦往院里看了一眼，无奈转身跟家将出来了。

"不出世子所料，昨日皇上传了五殿下去后，大发雷霆。"

郁赦心不在焉，烦躁道："拣着有用的说！"

探子躬身："是，皇上昨日传了五殿下后，一开始没提……没提宫人的事，只问五殿下，为何频频同世子犯难，是不是听谁说了什么。

"五殿下还算机敏，没提郁王半句，拒不承认之前坑害世子的事，皇上不信……属下猜测，皇上也不信五殿下有本事能找到钟妃宫中旧人，明着暗着问了半晌，逼问五殿下，是不是郁王哄骗了他什么，但无论皇上如何问责，五殿下都没吐口。

"皇上诈了五殿下一句，说宫中旧人已被扣下了。"

探子钦佩地看了郁赦一眼："世子这招行得妙，五殿下是真不知情，故而应答十分不得当，这下皇上信了，宫里的事，是五殿下在安排，宫外的事，全是郁王经手的。”

郁赦垂眸，低声道：“不是我的主意，其实是钟……罢了，还有什么？”

“皇上怒火攻心，但并未问责郁王，但这更要命……皇上心中已有了定论，所以连问也不想问了。

“属下等记得世子的话，昨日待世子出宫后，隔了一个时辰后去公主府传话，说世子触怒龙颜，求公主帮忙向皇上求情，安国长公主听了这话等也没等，马上进宫了，时辰卡得很好，正是皇上责问五殿下的时候。”

郁赦轻声道：“皇上没见她？”

探子点头，眼中发光：“没见，但在听说公主求见后，皇上气得将书案上的东西一把推到了地上。”

郁赦嗤笑：“皇上以为公主是接到了消息，要为郁王求情。”

“是。”探子道，“听老公公说，皇上气得只喘息，还说……还说了一句‘女生外向’。”

郁赦嘴角微微挑起。

探子不放心道：“只有一点属下有些忧心，长公主虽没见着皇上，但一回府接着消息，必然就知道是被世子算计了，那……我们以后再如何让长公主帮扶我们？”

“自始至终……”郁赦低声道，“我就没指望过她，怕什么？”

探子不解，郁赦淡淡道：“且她心里清楚，我不会诓她，许诺她的，我都会给，但如何给，如何用她帮我，就要按我的规矩来了。”

郁赦相信安国长公主是真心要帮自己的，但多年母子情分早已断，郁赦是真的不敢毫无保留地信任她了。

“我命悬一线，只能在他们彼此猜忌时才能有机会。”郁赦道，“经过这件事，皇上必然疑心公主了，郁王也会怀疑公主是故作姿态，公主会怪我，恨我，但只有这样……她才能更倚重我，她指望不上旁人了。”

探子明白了，点头：“也对，公主虽同世子多番许诺，但谁知回头会不会反水，还是早点断了公主两头顾着的念头好。”

郁赦道：“宣琼呢？”

“已被软禁了。”探子忙道，“按世子的吩咐，公公们一直在求情，让皇上顾念父子之情，没真的将五殿下关到宗人府去，不然我们下一步棋就走不得了。”

探子顺势拍了郁赦的马屁：“世子考虑得真周到。”

郁赦冷笑，没说话。

崇安帝不会因为老太监的几句话勾起对宣琼的温情，没大力斥责宣琼，不过是留着他制衡自己罢了。

“暂时不要再做什么。”郁赦道，“该做的我们都做了，万事过犹不及，如今先看他们内斗，传出话去，我病了，下不了床，让他们闹吧。”

探子答应着去了。

好不容易打发走了探子，郁赦来不及喝口茶，起身往钟宛院里去了。

钟宛屋里，外面屋子里吊着一口小小的药锅，正炖着药，屋中空无一人，施过针的太医已经走了。

郁赦转过屏风进了内室，卧房里，钟宛赤着上身趴在床上，后背上还扎着十来根银针。

郁赦微微低头看了一眼……钟宛睡着了。

郁赦放轻脚步，走到钟宛床前坐下了。

钟宛头上裹着白绸，郁赦想了下心下了然……他昨日刚知道了内情，大约是在给自己家人戴孝。

郁赦上下看了看，钟宛劲瘦白皙的后背上并没什么伤痕，露出一半的脸颊和脖颈也干干净净，没有伤处。

那就是伤在下半身了，估计钟宛是不愿让太医碰的。

郁赦留意到床边有一瓶药，他拿起来看了眼——瓷瓶上贴着的纸上写的是金疮药。

郁赦皱眉，这种外伤药真的是什么伤都能治的吗？

这太医到底会不会治？

回想那斑斑血迹，郁赦没法不担心。

郁赦犹豫再三，放下了药瓶。

郁赦将搭在钟宛腰上的被子慢慢掀开，修长的手指轻轻搭在钟宛松松垮垮的腰带上，迟疑片刻后，将他腰带轻轻扯了下来。

“子宥……”

不知何时醒来的钟宛一把扯住自己裤腰，艰难道：“我这还病着……你要做什么？！”

郁赦微感尴尬，但没松开手，他忍了片刻，语气里带了几分愧悔，轻声道：“我想看看你伤在了哪里。”

钟宛：“……”

钟宛怀疑地想：自己这是彻底烧迷糊了吗？

七十五

钟宛发热烧得浑身筋骨疼，睡得并不踏实，房里进来人时就察觉到了，他估摸着是太医，想着该起来，又困倦得撩不开眼皮。

过了一会儿没动静，钟宛就又睡过去了，直到他感觉有人在摸自己的衣物。

比起郁赦，钟宛才真是从小就被丫头婆子伺候大的，别人给他穿衣、掖被子什么的都没事，唯一点，真的贴身的事儿，钟宛自小都是自己来的，倒不是从小就懂避嫌，实在是他身上痒痒肉太多。

郁赦解他腰带的时候他瞬间就醒了，他本就偏着头，垂眸就看见了郁赦，这才没动。

见郁赦好好的，钟宛稍稍放下心，起先还以为郁赦是怕自己系着腰带睡觉不舒服，就顺水推舟地装睡由着郁赦摆弄自己。

郁赦破规矩太多，见自己醒了，没准就不帮自己了。

想着昨日的心酸，钟宛还暗暗地想，等会儿突然睁眼逗逗他，这么多年都过来了，如今两人好不容易重聚，还有什么苦是熬不过去的呢？

但不一会儿，钟宛就真的装不下去了。

钟宛后背上还插着一排银针，坐不起身，这种被动的感觉让他有点狼狈，低声道：“别闹。”

郁赦想钟宛可能是在生气，只能放轻声音，“是我……你还怕我看吗？”

“不是。”钟宛糊里糊涂的，也不清楚郁赦这是清醒了还是仍在犯病，他压低声音急道，“你贸然过来……太医不知何时就要回来了，让人家看见了这算什么？你……你……”

郁赦不甚满意地瞟了床上的金疮药一眼：“进来更好，我还有话问他呢，顺便让他也好好给你看看。”

不等钟宛回答，郁赦起身把卧房的门反锁了，又将床帐放了下来，坐在了钟宛身边，用尽平生攒下的所有温柔，低声道：“总要让太医看看，不然我也不能放心。”

钟宛没有反应过来，警惕道：“不是，你……”

“你若觉得伤处位置尴尬，不愿太医看，我给你看看，行不行？”郁赦看着钟宛苍白的脸心焦不已，趁他不注意将他的手用方才那条腰带捆了起来，哑声道，“别动，拖着不看不行的……”

钟宛两手被捆在了床头，被气得没了脾气，索性把涨红的脸埋在了枕头里：“行……行吧，随便你！”

郁赦站起身，深呼吸了下，褪下了钟宛的亵裤。

郁赦：“……”

钟宛从脸到脖子都红了，闷声道：“看出什么来了？看出老子是个雏儿了？”

郁赦终于觉察出有些东西不太对了，钟宛的下半身并没有任何伤处。

郁赦小心翼翼地拉过被子给钟宛盖好，尽力镇定道：“我……我还有点事，宫里找我……我去去就来。”

郁赦失魂落魄地出去了。

一炷香后，太医过来取针，看着钟宛双手还被捆着吓了一跳，钟宛已经没脸见人了，自暴自弃地干笑：“那什么，侯门的日子……不好过。”

太医心惊肉跳地把钟宛放开了，将针都取下后，谨慎道：“少爷，您这个身子，现在可万万不能再瞎折腾。”

钟宛苦哈哈地自言自语：“是……但我这不是没法子嘛……”

太医不赞同地看了钟宛一眼，又体谅地点点头：“那我去跟世子说说？”

钟宛摆摆手，把所有苦往自己肚子里咽：“行……您要是能劝住……”

太医唏嘘地去了，钟宛神志不清地重新躺下来，心中感伤被郁赦搅和得一点不剩，只剩下怅然。

“怎么就这么走了……”钟宛喃喃。

郁王府别院外，安国长公主带着七分火气，怒道：“怎么了？谁在前面堵着？”

安国长公主的马车夫上前回道：“回公主，前面是黔安王府的车马，就是不知车里是谁。”

“黔安王府？”安国长公主失笑，“黔安王不都被褫夺了爵位？哪儿还有什么黔安王府，去……让前面的车马让开。”

马车夫去了，不多一会儿又回来道：“公主，车里是原黔安王的妹妹，好像也是来见世子的，他们府上跟车的正跟门口的家将们说话，等着通报呢。”

“呵。”安国长公主笑了，“子宥连我都不见，能见她？去，让他们的马车去外面路上等着，别在这儿挡路。”

马车夫觉得不太好，如今所有人都知道钟宛是郁王府别院的座上宾，是郁赦真正在意的人，钟宛又是出身宁王府，在郁赦府门口下人家的面子，似乎有点过了，他低声道：“她的车没在正路上，挡不着公主，小的稍拐一下就能避开的。”

安国长公主本就窝着火，怒道：“怎么？如今我连个连封邑都没的小宗室女都要怕了？我体谅她没出阁，没让她当街下来给我跪地请安就算宽厚了，让她去一边儿候着！”

马车夫不敢触安国长公主霉头，忙去了，不多时，宣从心的马车果然驶出了正路。

安国长公主是兴师问罪来的，问也不问让人开了别院大门，坐着马车进了别院。

正路边上，宣从心撩开马车帘，皱眉问：“那是谁的车驾？”

林思比画了下，宣从心勉强看出来了：“安国长公主……是，那我这个小宗室女是该给她让路。”

林思看出宣从心脸色不好看，打手语：安国长公主是世子的养母，身份又尊贵，自然要她先。

宣从心苦笑：“不用宽我心了，这么久了，往这边送了多少东西，问候了多少次，钟宛都不见我，我还敢说什么？要不是他们府上的主子如今改姓宣了，我连来都不能来。”

宣从心和郁赦虽沾亲，但总归是外姓之人，郁王府别院里没当家的女眷，宣从心一个未嫁女，是不能自己来这边走动的。宣瑜本要替她来，宣从心又信不过他，自己大哥是被郁赦亲手处置了的，宣从心怕宣瑜糊里糊涂地说错话又给钟宛惹麻烦。昨日宣从心听说了旨意，知道郁赦被皇帝认回，和自己成了同姓之人，终于不用避嫌了，隔日就赶着过来了。

宣从心皱眉问道：“安国长公主要见的是郁赦，我要见的是钟宛，应该……碍不着吧？我难道要等她出来了才能进去？”

林思也说不好，比画：先等等吧。

宣从心看了一眼车上的东西：“算了……见不着就下次，一会儿他们要是不让我们进去，你把衣服和食盒替我送进去，顺便跟钟宛说，有……有时间，让人跟我说一声，不必他回府，我来看看他。”

宣从心吐了口气，憋着火：“听说郁赦不是个好相处的，这么久了，也不知道他在这边受不受气，缺不缺什么，到底如何了。”

林思比画：再等等。

宣从心放下车帘，等着吃闭门羹，不想不过一盏茶的时间，郁王府别院的家将疾步走过来，行礼后道：“怠慢了，请小姐入府。”

林思扯着缰绳，本以为要从侧门进，不想家将们大开中门，恭恭敬敬地把宣从心迎进了府。

宣从心进了府，下了车，由内院的仆役领着进了正厅。

正厅首位上，安国长公主正脸色不快地喝茶。

宣从心上前行礼，安国长公主微微撩了下眼皮，低声“嗯”了一声。

宣从心起身，不等她坐下，里面冯管家一溜小跑出来了，讪讪地同安国长公主躬身笑了下，转头对宣从心道：“小姐这边请。”

安国长公主匪夷所思道：“什么？”

冯管家心中叫苦，心道：您前几日刚又伤了世子的心，另一头，世子刚把钟少爷从里到外得罪了个透，听说宣从心来了正心虚着呢，哪儿顾得上您。

冯管家硬着头皮笑道：“世子大约是想着公主过来一趟不容易，所以想让公主多坐一会儿。”

安国长公主被气得变了脸色：“好，好。”

宣从心抬眸看了安国长公主一眼，压下微微挑起的嘴角，对她福了福身，跟冯管家进了内院。

七十六

郁赦回自己院里，先找了冯管家来问，钟宛额头是不是磕着了，冯管家点头如捣蒜，道："可不是嘛，昨晚回来的时候还血流不止呢。"

郁赦抑制着将冯管家痛打一顿的冲动，有气无力："那你为何不跟我说？"

冯管家无措地看着郁赦，不懂这有什么可单独说的，那伤处那么明显，郁赦只要没瞎就看得到啊。

冯管家谨慎问道："世子刚去看过钟少爷了？他好点了吗？"

郁赦说不出话来。

冯管家试探道："世子？世子？"

冯管家还要再细问，外面传话来，说安国长公主和原黔安王府的小姐来了，冯管家意外道："这两位怎么还结伴来了？"

传话的仆人交代清楚了，冯管家看向郁赦："先见公主？世子？世子！"

郁赦如梦初醒，想也不想道："请宣从心来。"

冯管家迟疑了下："不好吧，老奴估计小姐就是来见钟少爷的，世子可见可不见。"

"她八成是给她大哥求情的，不必让钟宛见了。"郁赦稍稍整理了下衣衫，"请她来。"

冯管家无法，去请宣从心了。

郁赦收拾好情绪，在堂屋里见了宣从心。

两厢见过后，两人各怀心事，都没什么话。

郁赦心里清楚自己和宁王后人的血脉关系，但许是出于憎恶生母的缘故，郁赦对宁王的孩子并无半点多余的温情，今天给宣从心这么大的面子，不过是因为钟宛。

郁赦骨子里有点迂性，在他心里，宁王府就是钟宛的本家，无论多不想跟宁王后人碰面，该给的面子必须得给的，不然让外人看见了，不就等于自己不重视钟宛了吗？

按钟宛说的，那钟宛不就在这府里没有立足之地了吗？

另一头，宣从心也有点尴尬。

宣从心自小没受过什么管束，黔安她大哥最大，可她大哥也管不着她的事，横冲直撞地长到这么大，来了京城才知道天宽地阔，在京中住了半年，又经历了宣瑞的事，再锋利的棱角也要被打磨平了。

钟宛将她护得好，有关郁赦和钟宛的事，她是真的一点儿都不知道。

宣瑞的事出来后，宣从心回府向严管家问，又问了林思，这才明白，郁赦就是那个“夸父”。

厘清楚前事，宣从心心里五味杂陈，觉得钟宛一辈子都不回府也是有可能的了。

郁赦心中只念着要如何跟钟宛赔罪，没空跟宣从心耗着，问道：“小姐这次来，是有什么事用我帮忙的？”

如何料理宣瑞，郁赦心中早有计划，将来如何安排宣瑜、宣从心，也有了主意，备好了说辞，就等着宣从心来求情。

宣从心犹豫了下：“钟宛……”

郁赦抬眸。

宣从心尽力将姿态放低：“我大哥的事，钟宛是真的不知情，还请世子不要因为他的事，迁怒钟宛。”

郁赦意外地看着宣从心：“你是……担心钟宛？”

宣从心准备壮士断腕，反正大哥是自己作死救不回来了，干脆不管了，尽力将钟宛洗干净，免得他在这府上也住不踏实，她低声道：“他身体不好，好不好的就爱生病，还请……世子不要因为我大哥，苛待他。”

郁赦眯起眼。

他突然想起了钟宛以前诓他时说的一句话。

寻常两人若是吵架了，一般都是有长辈劝和的。

钟宛平时虽总胡闹，但那句话其实说得对。

郁赦看着宣从心，心中涌起一个堪称下作的念头。

钟宛心里有多牵挂这对双胞胎，郁赦是清楚的。

他和钟宛命苦，没有靠谱的长辈，这个丫头倒可以暂时借来用一用。

郁赦默不作声地看着桌上的小摆件，低声道："实不相瞒，我和钟宛之间，确实有了点隔阂。"

宣从心心道：我就知道。

宣从心暗暗把成事不足、败事有余的宣瑞骂了八百遍，尽力恭敬道："世子不要信别人的话，我可以做证，钟宛他是真的……"

"你误会了。"郁赦长嘘了一口气，"宣瑞的事，我对他没有半分怀疑。"

宣从心皱眉："不因为我大哥，还能因为什么？"

郁赦看向窗外，幽幽道："前日，我跟他说了些前尘往事，自然，同你大哥也有点关系，说完之后……钟宛就跑了。"

宣从心吓了一跳："跑了？去哪儿了？"

郁赦讳莫如深，又道："我很心焦，他是带着伤回来的，回来后就病了，我再去看他，他……他就像变了一个人一样。"

郁赦顿了下才道："他不愿意再让我亲近他了。"

宣从心忍不住问道："这到底为什么？"

郁赦摇头："不知道，他骂了我很难听的话，还说要用剑捅我，还不许我帮着看他的伤处。"

宣从心大惊失色："钟宛他……不是这样的人啊。"

宣从心突然想到了什么，道："他难不成是在怪你？怪你不救我大哥？"

郁赦闪烁其词："不知。"

宣从心怒道："宣瑞他自己找死！能保他一条命就不错了，钟宛怎么能这样不明事理地护短？"

郁赦又不说话了。

郁赦起身，片刻后回来了，他手里拿着个拼好的泥人，交给宣从心，低声道："我拼了一夜的东西，你将这个给他……替我带句话，请他别怪我了。"

“这是自然。”宣从心一口应下，“钟宛若还敢跟你发脾气，我也要跟他急了。”

宣从心看着手心里小小的泥人，心酸道：“这难道是他摔了，你辛苦拼的？”

郁赦看向别处，摇头：“别问了。”

宣从心一时间激愤不已，忍无可忍，用帕子将泥人包好，跟着冯管家去找钟宛了。

因着之前的闹剧，郁赦现在是真的没脸去见钟宛了，他默默祈祷宣从心能顶点用，助自己过了这一关，起身去见安国长公主了。

正厅里，茶都凉了。

安国长公主脸色很差，见郁赦来了，如没见一般，眼皮都没抬一下。

郁赦坐下来，命人换茶。

不等安国长公主按捺不住质问，郁赦先道：“公主也接到旨意了？”

安国长公主青着脸，半晌“嗯”了一下。

郁赦不紧不慢地问道：“皇上并未给我改姓，公主怎么看？”

安国长公主憋着火，语气生硬：“哪有那么快？”

郁赦淡淡道：“但公主上次不是同我说，皇上精神不太好了吗？”

安国长公主一愣。

“皇上有些自负了。”郁赦声音很轻，“他想以我和宣琼的相互制衡来保全最后一段岁月的安宁，我是可以等，但宣琼呢？他容得下我吗？”

安国长公主皱眉：“皇兄已经认回你了，而且明显是更偏爱你的，你还没安心？”

“一日未登大宝，我一日不能安心。”郁赦眼神隐晦，“我需要再点一把火。”

安国长公主来不及兴师问罪了，她不安道：“你要如何？”

“我请公主替我做一件事，”郁赦轻松道，“替我将我的身世捅出来。”

“你疯了？！”安国长公主起身，慌乱地往外看了一眼，压低声音，“你疯了？你生母的事……能让旁人知道吗？！”

郁赦平静道：“为什么不能？皇上已认下了我，无论我生母是谁，皇帝都是我的生父，这动摇不了我的身份，我该继位，还是能继位。”

毁了的，不过是皇帝和小钟妃，还有自己的名声。

郁赦根本不在乎。

安国长公主难以置信：“你到底要做什么？”

“替郁王向皇上施压。”郁赦道，“昨日的事一出，郁王措手不及，想不到这口黑锅怎么就落到了宣琼身上，必然慌乱，这会儿不会再做什么手脚，一天过去了，他可能都已经想好了应对的法子，正伺机而动。”

郁赦摇头：“我等不得，他不动，我替他动。”

安国长公主气得冷笑：“你是在替他动吗？你这是替我跟他划清界限！”

郁赦失笑：“公主，之前我已同你说过了，你随时可掉头去扶持宣琼，我永远不会拦着，不是你自己说的，要一心帮我吗？”

安国长公主语塞。

安国长公主坐回椅子上，半晌道：“你……要我如何做？”

“我信公主在郁王府内必然有自己的人，经他们的口，”郁赦道，“往外传递消息，说我是小钟妃所出。”

安国长公主迟疑许久，最后摔了茶盏，霍然而起，话也不说直接走了。

冯管家心惊胆战地从屋外走进来，躬身收拾茶盏，小声道：“公主这是答应还是没答应？”

郁赦嗤笑：“必然是答应了。”

冯管家还是不放心：“世子……这么要紧的事，交给长公主做，能放心吗？”

郁赦轻快道：“无妨。”

反正这一次，安国长公主不过是个幌子。

自己的身世，会由郁妃宫里那个如今成了郁妃心腹的老太监——汤钦说出来。

吊了那两个老东西那么久，终于也要派上用场了。

郁赦捏了捏眉心，将自己的计划又想了一遍，他刚刚犯过病，不太放心自己，准备跟钟宛交个底，让钟宛替自己周全一二。

不过……

郁赦问道：“宣从心还在他院里呢？”

冯管家紧张点头。

郁赦有点亏心，重新坐下来，等着宣从心的好消息。

钟宛院里。

钟宛坐在床上，看着振振有词的宣从心，目瞪口呆。

“你们既然要在一处，就好好的啊。”

宣从心苦口婆心：“一吵架，你就摔东西，摔过了就跑掉，还跑了整整一个晚上？”

钟宛茫然：“我摔什么了？”

宣从心把小泥人递给钟宛，不解道：“你平时对我们那么好，一点儿脾气也没，怎么就不能分一点好性子给他呢？你们不是自小便相识吗？”

钟宛：“我……他都跟你说什么了？！”

“你还骂他？这不是他跟我说的，你不要再冤枉他了。”宣从心不满地看了钟宛一眼，“我在咱们府里就听别人说，你平时为了一点儿破事就同他吵，还总借着小事把他从内阁叫回来，难道是假的吗？”

钟宛憋得心口疼，点头：“是，我认。”

“没冤枉你吧？”宣从心道，“你知道世子有多可怜，小心翼翼的。”

钟宛艰难道：“对不住……”

“这话别跟我说，去跟世子说吧。”宣从心叹气，“我之前听说郁小王爷脾气不好，日日心惊胆战，以为你要被他折磨，万万想不到……”

宣从心摇头：“听说今天就因为想看看你的伤口，你就急了？怎么脾气这么不好了呢？看看你伤口不是为你好吗？”

钟宛气得咬枕头。

郁子宥这个……实打实的疯子！

他以为让从心来按头自己不生气，自己就真的不会生气了？

他真的不是派从心来拱火的？！

宣从心受人所托忠人之事，道：“你就给我一句准话，让他看看，行不行？”

钟宛将枕头咬得咯吱咯吱响：“……行。”

章叁

流言

七十七

钟宛院外的凉亭上，郁赦坐在石凳上，近乎偏执地盯着院门口，等着宣从心出来，等着宣从心跟他说，钟宛不怪他了。

那他就能再去看钟宛了。

郁赦坚信，被家人劝和过的钟宛，是不能再翻旧账的。

虽然他从来没试过。

冯管家给郁赦披了件披风，忧心忡忡："世子……老奴怎么想怎么觉得，钟少爷可能会更生气呢。"

"不可能。"郁赦死死地盯着院门口，无意识道，"你为什么会这么想？"

冯管家无言以对，这还用问？

冯管家尽力把话说得和缓一点，道："世子，您刚才虽没说谎，但谁都听得出来，你那意思是钟少爷无理取闹在跟您闹脾气，钟少爷……能不气吗？"

"不然呢？"郁赦语气平和，嘴唇微动，像是在说给自己听，"我跟那个丫头说，是我自己发疯，误会我将钟宛折磨得血流如注，然后又在钟宛针灸动弹不得时，硬要给那个我猜想出来的伤口上药？"

冯管家呛了一口风。

郁赦声音越来越轻："我要是这么说了，你猜那个丫头会不会觉得钟宛在这边度日如年，然后劝钟宛搬回原黔安王府去？"

冯管家细想了下，惊觉还真有可能。

"我也不想这样，但我已经得罪了归远，若不拉拢好这一个，再由着他们见面，两厢一合计，越说越气，气得一起跑了，怎么办？"郁赦看着树上新钻的绿芽，摇头，"钟宛很看重她，我刚同她聊了几句，看得出来她也是真心在意钟宛的，所以不能这样冒险……”

“她很可能是来刺探我的……对，她就是来考教我的，她要看我同钟宛是不是真心和睦。”郁赦戒备地看着远处，“他们才是一家人，我一定要表现得很好……她才不会劝钟宛离开我，等她走了，钟宛就不会怪我了。”

郁赦看向冯管家：“我每天都在同各类人说谎，敷衍，为什么不能骗她？”

在郁赦缜密的逻辑下，没人能撑得过半炷香的时间。

冯管家一时不察，差点就被郁赦说服了。

但隐隐总觉得郁赦这神神道道的样子有点不对，冯管家疑惑地细看了看郁赦的脸色，叹气，又犯病了。

那就没什么可掰扯的了，冯管家道：“世子说的全都对。”

郁赦点点头：“现在就等那个丫头出来就好了……我猜想钟宛会原谅我的身世，我猜想他会原谅我唐突了他，以后就算再同我吵架，我也能去请宣从心帮忙。”

冯管家心道：我猜想钟少爷可能会拖着病躯追出来打你。

他不敢说出来，只能同郁赦一起等。

两人等了许久，将近半个时辰后，宣从心终于出来了。

郁赦眼睛发亮，低声催促：“去……好生送她出门。”

冯管家去了，郁赦自己整了整衣衫，进了钟宛的院子。

卧房内，钟宛倚在床头，捧着手里的泥人。

被郁赦气得眼冒金星，但钟宛对这泥人还是小心得很，生怕再碰坏了，伤了郁赦的心意。

钟宛听到外面有什么动静，撩起床帐，见郁赦站在卧房门口。

钟宛牙根痒痒，他不知郁赦身后有没有人，不想在外人面前让郁赦丢人，磨牙道：“你……先过来。”

郁赦不。

郁赦迟疑了下，道：“你说，我听得见。”

钟宛气闷，郁子宥这是怕自己跳起来咬他吗？！

钟宛憋小声音质问道：“你跟从心装什么可怜了？！”

郁赦微微蹙眉，细看了下钟宛的脸色：“你怎么还生气？”

钟宛失声：“世子！我现在该开心吗？”

郁赦难以理解地看着钟宛：“不是你说的，吵架了……有长辈来劝，就没事了吗？”

钟宛蒙了，自己什么时候说过这个？

钟宛哑然：“再说从心什么时候成我的长辈了？她刚还问过我，以后能不能管我叫哥……照这么说，我是她长辈才对啊。”

郁赦再一次抓住了重点，犹豫着问道：“必须得长辈才行吗？”

钟宛自少时哄起郁赦来就是满嘴胡话，根本记不清自己说过长辈劝和的事，不知所以：“什么长辈？”

郁赦不说话了。

郁赦直直地看着钟宛，像是在挣扎什么。

郁赦倚着门框，几番动摇后，艰难道：“我是得……请皇上或长公主，或是郁王来劝你？”

郁赦满心都是拒绝，但还是道：“我哪个都不想理，但你要是想要……我可以去想办法。”

钟宛难以想象崇安帝或是安国长公主像方才从心一样劝自己的样子，吓出了一身汗：“世子，你饶了我吧。”

郁赦亦松了一口气，轻声道：“那你不怪我了？”

钟宛忍辱负重地摇摇头，不敢怪。

郁赦稍放松了些，走进卧房，坐在了钟宛床头。

郁赦拿过钟宛手里的泥人，插在了一旁的盆景上。

郁赦看了看钟宛头上缠着的白纱，沉声道：“是这里伤着了？”

钟宛一哂：“我自己不小心，磕了下。”

郁赦像是没听到钟宛说了什么一样，又问道：“你去给谁磕头了？”

钟宛顿了下，福至心灵，突然笑了：“我明白你误会什么了……”

郁赦坐得靠近了些，抬手小心地解开了钟宛头上的白纱。

“哎别，”钟宛往后躲了下，“真没事……”

郁赦充耳不闻，像在拼泥人似的珍重仔细，慢慢地解开了钟宛头上的纱布。

钟宛原本白皙的额头上，血肉模糊。

钟宛之前趴着不小心，又蹭出了血，将之前上的药化开了些。

郁赦将白纱丢到一边，起身去取药，重新给钟宛换药。

钟宛倚在枕头上看着郁赦，轻声道："我去给我亲生父母磕头了，我也不知该说什么，就想多磕几个头，盼着……"

郁赦给钟宛换好药，拿了干净的白纱来替钟宛裹好，哑声道："盼着他们不要怪我。"

钟宛低声笑了下。

郁赦说："归远……我会尽力赎罪。"

钟宛想了下，轻声道："将来你要是登基了，给我家重新修修坟吧，好多年没打理了，我昨天去看，不少坟都塌了，全是荒草。"

郁赦点头："这不用等登基，明天就让人去修。"

钟宛迟疑："不好吧，你突然去修钟家的祖坟，会不会让人多想？"

郁赦道："以你的名义。"

钟宛想了下觉得可行，悠悠道："将来，给宣瑜封个郡王吧，也别让他再去黔安了，说实话……我是半点不想回那个鬼地方，可能是自小在这边长大的缘故，宁愿挨冻，还是觉得这边好，至于从心……"

钟宛又道："也给个郡主吧，单独给她建个府，将来让她自己选亲事。"

郁赦默默听着，没说话。

钟宛想不出什么来了，郁赦替他周全："将钟家人，能找到的都找回来，能给爵位的全部给，实在不能给的，就赏赐金银。"

钟宛笑了："这么大方，还要给爵位？给什么爵位？"

郁赦道："承恩公。"

钟宛皱眉："你这是生怕别人不知道你生母是谁？"

这个封号一般都是给外戚的，郁赦给钟家人这种封号，必然让人猜忌……

郁赦不置可否。

"说起我生母来……"

郁赦将自己的计划跟钟宛说了。

钟宛考虑片刻："富贵险中求，可行。但子宥，有件事我从早就在担心……"

郁赦道："你说。"

钟宛困惑地看着郁赦："为何我总感觉你行事还是有点过激？凡事都有万一，万一郁王也不要命了，要跟你拼个鱼死网破，就是要将你生母的事大白于天下，或者他还有后招，能模糊你的出身，让人觉得你有可能是小钟妃和旁人生的……你要如何？"

郁赦低头一笑。

钟宛无奈："问你呢，你就没想过这些？"

"想过。"郁赦轻松道，"不就是大家都不要脸了吗？在你来京中之前……我原本就想在死前这样轰轰烈烈地闹一场的。"

郁赦道："放心，只是以前的念头。"

"我现在只需要让宣琼彻底没了继位的可能，别的都不重要了。"郁赦答非所问，"只要解决了宣琼就行了。"

钟宛隐隐觉得还有点不对，但不等他细想，郁赦又说了一句十分戳他心的话："总之，以前那些我不愿做的事，觉得恶心的事，现在都能做，只要能保住你。"

钟宛怅然，郁赦一直厌恶自己的出身，之前连这个世子之位都不想要，如今为了活命妥协了这么多，实在是不容易。

郁赦道："你要是也觉得可行，那我就命人去吩咐汤钦了。"

"汤钦……"钟宛刚要嘱咐郁赦要小心被那个老太监反水做猫腻，心中突然一亮，笑了，"你倒是物尽其用。"

郁赦淡淡道："汤铭他们本来不就是想要翻腾以前的破事，造皇帝的反吗？我这哪儿是在逼他？我这是在助他。"

郁赦将这两兄弟留到今日，为的就是这一步。

郁赦道："他要是脑子不清楚，非要跟我过不去也行，我今晚就割了汤铭的脑袋送给他，我不在乎，反正他俩对我就这一点用处，用不着就宰了，我想那老太监自己也清楚。"

钟宛点头："好。"

七十八

身世的痛，虽被郁赦这一顿阴错阳差的发疯混过去了，但细想起来，钟宛还是觉得心口疼。

他替郁赦疼。

过往之事，根本不能细想。

桩桩件件戳人心。

郁赦发病的时候，失魂落魄地坐在地上小心吃茶叶的样子到现在还印在钟宛心中。

这人居然会以为自己跑了，不回来了。

要是真的不回来了，子宥要怎么办？

那么少的一点茶叶，他能吃多久？

郁赦心中几番挣扎，看了钟宛一眼，皱眉："又在想什么？！"

钟宛道："想以前的事。"

郁赦短暂地怔了下，似乎也想起了从前，沉默片刻，道："归远，有件事，我一直想问又不太敢问……"

钟宛失笑："你还有不敢的？什么事？"

郁赦看向钟宛，眼中几乎是带了几分望而却步："你是什么时候开始想要真心实意待我的？"

钟宛心道：这有什么不敢问的？

钟宛其实不爱提这些事，之前被汤铭一语道破心事的时候，几乎有些恼羞成怒。

但他今天想哄哄郁赦。

"初始……我自己也懵懵懂懂的，当时年纪太小了，也说不清楚。"钟宛忍着难为情说了实话，"认真算起来，大约是……初见你的时候吧。"

钟宛又用膝盖撞了郁赦一下："我待你一向都是带着真心的，你高不高兴？"

郁赦脸上并不见欣喜。

"所以，七年前你刚来我府上的时候，"郁赦看向钟宛，眼中带了几分不忍，"就已经是这样了？"

钟宛呆了下："是啊。"

七年前，在这院、在这府中发生的种种像跑马灯一般在郁赦脑海中飞快闪过，郁赦紧紧抠着床沿，手指要掐进去了。

往昔相处的日夜，大体其实是轻松开心的，但要是加上"钟宛当日早已真心待他"这个前提后，再甜的糖，不免也带了苦味。

郁赦一直不敢同钟宛确定，怕的就是这个。

他不敢回想。

他不敢回想怀揣着真心的少年钟宛，故意凑在自己身边，嘴里一句接一句地说着不正经的玩笑话。

原本以为钟宛当时是在故意激怒自己，谁知这人话中藏了双关，又偏偏用最不正经的话说了出来。

点点滴滴，都成了刺人心口的刀。

钟宛叹口气，郁赦什么都好，就是心不够宽。

八百年前屁大的事，一定要较真。

"好吧，这是你自己非要听的。"钟宛不老实地用腿撞郁赦，"我当时早就钦慕郁小王爷你了，知道你把我买了来时，面上演得刚烈，心里却有点隐秘的欣喜，觉得老天待我不算最差的，在最倒霉的时候……居然把我送到你手上来了。"

郁赦眼中意难平更甚。

钟宛继续道："起先你避嫌，不来别院这边，我还遗憾来着，那会儿天天往外逃，想着走了都没见着你一次，有点可惜。

"后来冯管家被我闹得受不了，把你请了来，我心里其实有点高兴。"

钟宛抿了抿嘴唇，厚着脸皮低声道："刚回京你把我劫到府上来的时候，看你现在的模样，我没法做到心如磐石……哪怕是每次你对我疾言厉色的时候，我心底也是快慰的……”

郁赦听不下去，抬手捂住了钟宛的嘴。郁赦到底不放心钟宛的身子，想去再问问太医，他骗钟宛道：“我还有点正事要做，你先睡，晚上……等汗落下去了再沐浴。”

钟宛如今也很惜命，老实答应了。

目送郁赦出去了，钟宛躺好了，忍不住闭眼重温方才两人的对话。

不等他细想，卧房的窗棂响了下。

钟宛瞬间睁开眼，起身扯过中衣披上了，待他把中衣的扣子扣好，林思轻手轻脚地进屋来了。

钟宛咳了下道：“病着……就不起来了，你坐。”

林思坐在钟宛床尾，比画：今天随小姐过来，本要替小姐来看主人顺便说点要紧事的，没想到郁小王爷能放小姐进来，这才耽误到现在。

七十九

钟宛道："什么事同我说？"

林思正色道：主人，前两天宗人府那边想择日送宣瑞回黔安。

宣瑞的事基本已经结案了，崇安帝只褫夺了他的爵位，但黔安的府邸和封邑并未收回，如今尘埃落定，确实该送他回黔安了。

钟宛道："怎么了？"

林思比画：折子还没送到内阁，就被郁王爷派人拦下了。

钟宛皱眉："郁王什么时候管上宣瑞的事了？"

林思比画：就是这个奇怪，我这些天一直陪着小姐和小少爷，小姐听了主人你的话，遇事都会同我商议，宗人府那边有人来府上，消息往来，小姐从不避我，听他们前几天的意思，明明是马上就要送宣瑞走的，但就在前两日，突然就转了口风，说南疆路远，万事还要筹备。

钟宛想也不用想就知道这是托词。

林思打手语：我觉得不对，多番探听，才知道是郁王知会了别人，假借旁人的手拦下了，我不太明白这其中含义，所以急着来告诉主人。

钟宛倚在床头，皱眉："郁王留下宣瑞是想做什么……"

林思猜测：你和郁小王爷的事，郁王不会不知道，可能就是想留宣瑞在京中，堵心郁小王爷？

"不会。"钟宛摇头，"为了这点儿事大费周章也太蠢了，他难道是想鱼死网破的时候，以宣瑞的命来要挟郁赦？不……这也不对。"

钟宛失笑："不用要挟，郁赦自己都想要宣瑞的命。"

钟宛问林思道："郁王的手伸得有多长？若有万一，他能从宗人府夺人吗？"

林思不太确定，比画：我去查查。

“我会让郁赦也去查一下。”钟宛低声道，“不过若我说，郁王大约做不到。”

林思看着钟宛，钟宛道：“他要真能左右宗人府，又何必派人去拦，自始至终不让宗人府提送宣瑞回黔安不就得了？反正皇帝自始至终没在意过这桩案子。”

钟宛低声道：“倒像临时起意。”

林思点头，比画：正是，按时间算，应该是皇帝决议要认回郁小王爷的当口上。

钟宛喃喃：“宗人府若送宣瑞走，郁赦必然会派自己的人押送，直将宣瑞送回黔安怕都不能放心，还要留人看守，免得返京之事重演，也就是说……宣瑞从宗人府一出来，就落在了郁赦的掌控之中。

“郁王是为了避开这个吗？为什么？

“宣瑞为什么突然要紧起来了？”

林思也是想不清楚这一关窍。

钟宛沉吟片刻，道：“你去吧，这事交给我，你看好从心和宣瑜就好。”

林思点头起身，钟宛又道：“还有……”

林思忙认真听着。

钟宛叹气：“你抽个空去见见宣璟吧。”

林思敛眸，片刻后比画道：趁他睡着的时候，我看过他几次。

“睡着了还有个屁用。”钟宛道，“他上次同我说已经不怪你了，别虚耗光阴了，早点同他说开了去。”

林思眸子一动，点点头去了。

林思一走，钟宛取了干净衣裳穿好，命人请郁赦来。

郁赦那边还没找着太医就被钟宛急吼吼地催了回来，郁赦命传话的仆役先下去，满脸无奈地低声道：“你怎么每时每刻都要闹腾一番？”

钟宛语塞，耳朵一红，差点忘了想说什么正事。

“跟你、跟你有要紧事说。”钟宛将林思刚才说的话一字不漏地同郁赦说了，又道，“可以去查查，我心里有个猜想，不太确定，不敢同你说。”

郁赦静了片刻，一笑：“这有什么不敢说的？我也猜到了。”

郁赦坐下来，眯眸：“这些日子郁王不太好过，朝局不稳，皇帝又频频提拔我，他心不安了，狡兔三窟，开始给自己寻后路了。”

钟宛轻声道：“他想将宣瑞当最后的退路。”

“宣璟和郁王府交恶多年，指望不上。”郁赦轻声道，“将来若我将宣琼一口吞了，最后关头他还可以走一步险棋，将我和宣璟杀了，然后……”

钟宛道：“扶宣瑞做傀儡。”

郁赦嗤笑：“奇怪了，宣瑞这是什么好命？这么多人想扶持他。”

郁赦看了钟宛一眼，脸色不佳：“还有人多年拼死护着他。”

钟宛失笑：“说正事呢。”

“宣瑞再不济也是宁王嫡长子，从血脉上算，除了皇子他是最贵重的，他又是那样好哄骗的性子。”钟宛自己也承认，“确实是老天赏饭吃的好傀儡。”

郁赦沉默片刻，道：“我有办法。”

钟宛抬眸，郁赦起身：“你不用管了，我明日入宫自有道理。”

钟宛哑然：“急什么？你有什么办法？不、不跟我商量了？”

郁赦看了钟宛一眼：“宣瑞被郁王盯上了，你当真不急？”

钟宛抬手握住郁赦的手腕，小声道：“有点着急，但更担心你。”

郁赦脸色瞬间好看了许多。

郁赦将他的打算跟钟宛说了，钟宛咋舌：“你……”

“最简单的法子，有时候最有效，既然敌在暗我在明，我索性借此为倚仗。”郁赦抬手摸了钟宛的额头一下，“热还没退，躺回去，我明日会去上朝，回来就给你交代。”

钟宛无法，老老实实地躺了回去。

隔日，崇安帝不出意料地免了朝会，郁赦却准时出现在了内阁。

这是崇安帝下了认回郁赦的旨意后，郁赦头次露面。

阁老们也不知该如何称呼郁赦，面面相觑，都有点不上不下的，郁赦却面色如常，淡然道："诸君一切照常即可。"

众人如释重负，胡乱行了礼，依旧各忙各的了。

郁赦看了一会儿文书，走到孙阁老的书案前。

孙阁老忙要起身，郁赦谦敬地虚按了一下孙阁老的手臂，轻声道："孙阁老不必如此，是我有事要麻烦。"

郁赦这些年行事悖逆，名声很不好。

乍然得知这位要入内阁学政的时候，内阁众人一面在心里肯定了他是崇安帝私生子的传闻，一面在心中叫苦不迭。

怕郁赦在这儿吃了寒食散发疯，怕郁赦突然寻死觅活，怕一个照应不好，大家都要跟着一起吃挂落儿。

出乎意料，郁赦除了偶然迟到早退，并没做过什么出格的事。

郁赦安安静静的，若不注意，都不会发现内阁多了这么一尊神。

由他经手的文书，各门各类，还频频有他独到又切中要害的批注。

倒不能说这样就如何厉害了，但相比什么都看不明白的宣璟，相比没脑子还乱指挥的宣琼，这就太拔尖了。

这么些日子过来，几个老阁臣对郁赦都有些改观。

比如要是另外两位皇子，那万万是不会用这种态度、这种语气同阁臣们说话的。

孙阁老不自觉地心已经偏了，见郁赦虚心找他，忙也低声道："不知……不知世子有何交代？"

郁赦犹豫了下，似乎有点不便开口。

孙阁老忙道："世子但说无妨。"

郁赦摇头一笑："钟宛的事，不想劳烦大人了。"

"世子吩咐就是。"

郁赦轻抿薄唇，低声道："钟宛是宁王府出身，大人应该是知道的。"

孙阁老干笑道："归远啊……他年少那会儿，我见过他的。"

郁赦点头："大人必然也知道，原黔安王的案子了？"

孙阁老点头："那案子不是世子经手的吗？"

"是，但原黔安王是宗亲，进不了大理寺，自案发就软禁在宗人府了。"

郁赦忧虑道，“案子已经结了，但这么久了，他一直还在宗人府。”

孙阁老不满道：“是宗人府懒政了。”

“倒也说不上，慢不算很慢，但……”郁赦声音更轻了，“归远忧心他，茶饭不思的，我日日看着，心里也着急。”

孙阁老感叹：“宁王这个义子还真是没白养。”

郁赦道：“我如今身份尴尬，在宗人府也说不上话，想请孙大人帮忙拟一份文书，敦促宗人府将这事儿提到议程上来，不知方不方便？”

孙阁老笑道：“这有何难？”

孙阁老本来心里还揣着几分警惕，怕郁赦是要拉拢自己，怕郁赦有什么大事让自己两难，万万没想到，郁赦头次同他开口，竟是为了钟宛，又竟是这么小之又小的事。

顺水推舟的人情，何乐不为？

孙阁老低声道：“世子若着急，其实有个更简便的法子，避开宗人府，直接就办了。”

郁赦道：“还请孙大人指点。”

“不敢。”孙阁老轻声道，“这事儿不大，用不着几个衙门来回周折，也不必再同宗人府拉扯，如今只需写一道折子，说明要务，然后……”

孙阁老示意郁赦看一旁堆得两尺来高的折子：“就放在今天的折子里，一会儿就能送到御前，皇上若看了，必然就肯了，直接发去宗人府……事情不大，皇上若没看，晚间转回我们这儿来，我们盖上章子，依旧发到宗人府去，宗人府一样要马上着手送原黔安王走，不耽误的。”

郁赦点头：“原来能这样省事，多谢大人提点了。”

“不敢不敢，多大的事，我这就替世子拟折子。”孙阁老乐于卖郁赦这个人情，“世子看了后觉得没甚要改的，半个时辰后就能送到御前去了。”

郁赦嘴角微微勾起：“辛苦大人了。”

郁赦回到自己书案前，静静等着，到了晚间，崇安帝看过的折子全部送了回来，孙阁老那道折子果然没动过。

崇安帝如今精力不济，内阁送去的折子都分好了类，他一般也只看最要紧的几道，剩下不疼不痒翻也不翻，直接打回来交由内阁处理。

孙阁老有意帮郁赦，他的那道折子，就放在了不要紧的一类里。

折子挑拣出来后，孙阁老批注，命宗人府即刻护送宣瑞回黔安，不得延误，郁赦亲自下了印。

敌在暗我在明，索性借此为倚仗。

圣旨已下，郁王是拦不住了。

晚间回府后，郁赦不急着去寻钟宛，先叫了自己的心腹家将来，又命人去请太医来。

这是郁赦原定护送宣瑞回黔安的人，不等家将说话，郁赦淡淡道："免了你的差事，不用跟着了。"

心腹怔了下："世子不是说要我们始终盯着原黔安王，免得他再受歹人蛊惑，横生枝节吗？"

心腹被郁赦这临时改的主意惊着了，实在想不明白，郁赦费了这么大功夫将宣瑞从宗人府抢了出来，竟又不盯着他了。

那不是白费心思了？！

"不用了，我另有安排。"郁赦眼神幽暗，"你们去了反而误事。"

心腹还要再说，郁赦道："自然，跟还是要跟的，你们送他出城，待他出了城就回来，下面不必再管。"

心腹哑然："那不是跟没去一样？"

冯管家带着太医来了，郁赦摆摆手："我心里有数，我这儿还有事，你先去吧。"

心腹心事重重地退下了。

太医不敢多看多听，等心腹家将走远了才上前道："世子。"

"之前一直忙着，没顾上问太医。"郁赦轻轻地敲了敲桌面，将钟宛的身体情况大致描述了一遍，压低声问道，"碍事吗？"

"这……"太医想了下，严谨道，"钟少爷身子确实不好，但他正当年，若只是像世子说的偶尔那样嬉闹一次，那是没什么妨碍的。"

郁赦眉间忧虑不减，半晌低声道："怕就怕他不肯少折腾些。"

太医愣了下，抬头看了一旁的冯管家一眼："世子的意思是……"

说话间，伺候钟宛的那个小丫头轻手轻脚地进了屋，说钟宛请郁赦过去。

郁赦摆摆手打发走小丫头，好似被多大的麻烦困扰着，看了太医一眼道：“看，又来了。”

钟宛之前明明还发着热，郁赦越想越后悔，后悔昨日同钟宛闹腾那么半晌，他有气没处发，只能寻太医的麻烦，蹙眉质问：“你到底知不知道他多爱闹我？”

太医表情呆滞，在心里尖叫：我为什么会知道？！

冯管家就站在郁赦身后，见状忙打圆场：“世子不用急，有办法！太医有办法的。”

太医心道：我能有个什么办法？！太医忍辱负重，苦思冥想后道：“世子，不然这样……我可以给钟少爷开一点清心的药。”

郁赦蹙眉：“又吃药？”

郁赦记得很清楚，就是这个太医说的，钟宛身体底子不好，应该少吃药，多养着。

“不不，当茶喝就好。”太医对冯管家道，“取一点桑叶、白菊花、陈皮，用滚水冲过后佐一点蜂蜜，给病人当茶水喝。”

都是清火的温和药材，冯管家觉得靠谱，对郁赦道：“应该能管用。”

郁赦却觉得这没什么高明的：“不咸不淡的寻常去火茶而已。”

太医只得道：“或可以再加一点金银花……”

“罢了，再多药材，也只能医他的身子。”郁赦似忧似喜，一句话轻飘飘地否定了太医的心血，“你，医不了他的心！”

太医：“……”

八十

郁赦幼时在宫中长大，偶尔有恙，自然有专门给皇子、公主们诊脉的宫中国手看顾。

后来他少年长成，在内宫中行走多有不便，搬出宫来，就在郁王府和安国公主府两下住着，有了疾病，都是由安国长公主的心腹太医来医治。

再后来，郁赦同郁王和安国长公主恩情断绝，常年独居于这边别院中，谁也信不着了，用的太医也换成了他自己一手提拔上来的履历清白的几个，这位太医就是其中之一。

在为郁赦效力之前，这太医也伺候过不少王公贵族，莫名其妙的要求，他也听过不少。

太医不吐不快道："其实类似情况也是有的，大多是人到中年，精力有限，禁受不住闹腾，只能同医家讨要强身健体的方子来应付，类世子这样反过来医治别人的，确实是头一个……"

这话冯管家就不爱听了："瞎说什么呢？世子是应付不了吗？！世子从来就没应付过！"

郁赦瞪了冯管家一眼，瞬间就没了谈兴，起身悻悻道："我去看钟宛，你们……去准备那个什么茶吧，聊胜于无。"

两人目送郁赦去了内院，太医小心翼翼地悄声问道："世子这是？"

冯管家讳莫如深地摇了摇头。

钟宛院中，郁赦同钟宛一道吃晚膳。

钟宛已经退热了，晚膳准备的都是他喜欢的菜色，被郁赦催着，他吃了不少。

饭后钟宛摸摸肚子，不想躺这么早，正要同郁赦说说宣瑞的事，外面冯管家送了一壶茶进来，说是特意给钟宛准备的。

钟宛一笑："不了，刚吃得实在有点多，喝不下东西去了。"

冯管家犯难地看向郁赦，郁赦使了个眼神，冯管家放下东西就下去了，郁赦替钟宛倒了一盏茶递给他，低声道："多少喝点。"

钟宛低头闻了闻，道："甜腻腻的……这什么东西？还说专门给我备的，治什么的？"

郁赦敷衍道："喝就是，总归对你好的。"

钟宛只得老老实实喝了，问道："今日的事还顺利吗？"

郁赦隐去拿钟宛当借口托付孙阁老的事，跟钟宛交代了下。

"这就行了。"钟宛放下心来，"若是不出岔子，是不是明日宗人府就要送宣瑞走了？"

郁赦点头。

钟宛犹豫："林思之前说过，想要亲自送宣瑞回黔安，但……"

"但来回就是好几个月，我还是想他留在京中，早点把他和宣璟的事说通了为好。"钟宛对郁赦一笑，"能不能劳烦世子多派遣些人，替他跑这一趟？"

这话正中郁赦心事，郁赦不动声色地点头："好。"

当夜，郁王府书房灯火通明。

"子宥的手伸得也太长了……"

郁王郁慕诚低头看着属下誊抄的书折，眉头紧锁："我不过刚拦了拦，他就马上让内阁下了折子。"

郁慕诚的幕僚悄声道："要不要再在宗人府那边想想法子？"

"没用了。"郁慕诚摇头，"虽没朱批，但那折子是经过御前的，再由内阁发出来，同圣旨无异……晚了。"

郁慕诚将书折丢到书案上，叹气："皇上倚重内阁，那是因为内阁中人个个都是皇上的亲信，四殿下、五殿下当初都是这么在内阁学政来着，四殿下学了半年，五殿下是生生学了快两年，两年都没能结交上内阁大臣，子宥去了不过月余，孙阁老竟已经肯为他的事殷勤了。”

郁慕诚长嘘了一声，低声道：“是不是真有天命所归这一说？”

另一幕僚忙道：“哪有什么天命所归？不过是一切都凑巧了而已！当日五殿下入阁听政时，皇上身体康健，将朝政把持得紧紧的，阁老们哪个敢结交皇子犯皇上的忌讳？可如今……谁不是在给自己谋后路呢。”

郁慕诚失笑：“是，我这不也是已经在寻后路的后路了吗？”

一个幕僚还要再说，外面进来一人，跪下低声道：“王爷，别院那边有动静。”

郁慕诚道：“说。”

探子沉声道：“咱们世子私下吩咐了家将，说不必再护送原黔安王回封地，只将人送出城就好。”

众人面面相觑。

殚精竭虑的时候抢不来，不抱希望的时候竟又一头撞了回来。

这是什么道理？

郁慕诚命人下去，不明所以地看向幕僚们。

一个幕僚轻声道：“王爷，小人有个念头，世子出面料理这件事……会不会只是面儿上情呢？”

一旁人问道：“谁的面子？”

“宁王义子，钟宛。”幕僚轻声道，“据属下所知，咱们世子当日围剿京郊叛贼的时候可是险些连原黔安王一同处置了的，他会真心想帮原黔安王吗？”

另一个人摇头道：“这同真心不真心，帮不帮本也无关，世子既已猜到了咱们王爷可能将宣瑞当最后一颗棋子，只是不肯宣瑞抢在他之前继位罢了。”

“都是先帝的孙儿，一个是宁王嫡长子，另一个是今上同庶母所出的乱伦之子，宗亲和朝臣们要拥立谁还真说不好，世子怎会容他？”

起先开口的幕僚一拍手：“关窍就在这儿了，世子既不想容宣瑞，那将他扣在黔安，就能放心了吗？”

郁慕诚眼中闪过一抹异色。

还有人想不明白：“那不再护送看管，不就是将宣瑞放给了我们？”

旁边人见他还没懂，忍不住开口道：“别做梦了，世子这是起了杀心，要在半路杀了原黔安王，再随意栽赃给宗人府或是我们。”

幕僚心惊，纷纷看向了郁王。

郁慕诚坐了下来，半晌悠悠道：“子宥这次太贪心了。”

“世子当真打的好算盘，一面不肯同钟宛离心，要在那边扮深情；一面故意将宣瑞放给我们，再釜底抽薪要了宣瑞的命。”幕僚咋舌，“以前是我等小看了世子，恣意妄为了这些年，以为是个面上狠的，不承想背后捅刀子比谁都厉害。”

幕僚看向郁慕诚：“王爷，这……要不我们索性收手？免得拉拢宣瑞不成，回头不察再被世子抓住了痕迹，将杀宣瑞的罪责扣在我们头上。”

郁慕诚静静的，半晌摇头：“不。”

“子宥想要什么，我给他什么就是了。”郁慕诚慢慢道，“他想要宣瑞死，好……我成全他。”

一个幕僚忙要劝阻，他身旁的人拉了他一下，悄声道：“假死。”

幕僚想了下，恍然大悟，躬身道：“王爷英明。”

“子宥非要宣瑞死，那只有听到宣瑞的死讯才能放心，我就给他演这么一出戏。”郁慕诚低声道，“护送宣瑞的人派多一些，回头事情做得要像模像样，把宣瑞救下后务必藏好，以待来日……”

幕僚诡秘一笑：“来日若真走到了那一步，宣瑞是信王爷这个救命恩人，还是信亲自褫夺了他爵位的子宥和钟宛呢？”

郁慕诚沉声道：“等不到他，单是受到愚弄的钟宛知道真相后，就能要了子宥的命。”

有个幕僚仍不放心，道：“王爷，若我们猜错了呢？若世子真的只是不愿多理会宣瑞呢？”

郁慕诚微笑，眼中居然真的有了几分慈和的味道：“那我这个做养父的，就要揣摩着这孩子的心思，替他‘杀’宣瑞一次了。”

幕僚彻底放下心来，连声笑道：“王爷做事当真滴水不漏，那时钟宛同世子恩断义绝，说不准无须我们再做什么，世子自己就旧疾复发彻底疯了，一个疯子，还如何继位？”

另一人阴恻恻道：“世子也算命好了，明明早就有了病，却赖着身世装只是脾气不好，混到现在竟让皇上生生不信他真有疯病，也是运气好。”

“病得确实不厉害，他又有心克制，皇上就真的被糊弄了。”

“不，他真不是折在这病上，子宥这孩子……”郁慕诚怅然道，“是亏在太贪心了，一边想要皇位，一边还想要钟宛，他怎么不想想，古往今来，有谁能如此好命，事事如意呢？

“他什么都想要，就必然什么都要不成。”

隔日清早，得知宗人府马上要送宣瑞回黔安后，郁赦的心腹家将再次同郁赦确认，是不是真的只需送出城。

郁赦点头：“是。”

家将疑虑重重，郁赦一笑：“你知道，近日我最得意什么吗？”

家将下意识地问道：“什么？”

“最得意的是……”郁赦轻松道，“疯了这么些年，如今这些人，谁也不知道我真的想要什么，这么多人，都在用他们的恶心心思来猜我。”

家将闻言更迷糊了，郁赦想了下摇头：“不，除了钟宛，归远他还是明白我心意的……”

家将没听清：“什么？”

“没什么。”郁赦不动声色，“去吧，没事了。”

家将还没走，冯管家风风火火地赶过来了，郁赦皱眉：“怎么了？”

冯管家干笑：“世子，坏事了，不知谁的口风这么不紧，让钟少爷听说了……”

郁赦并不在意：“我的事没有什么要瞒他的，知道了就知道了，什么事？”

冯管家咽了下口水：“就是那个茶水，不知怎的，钟少爷知道那是治什么的了，说什么也不肯喝了，还说，还说……”

郁赦面色一僵：“说什么？”

冯管家低声道：“钟少爷说，世子你这是要气死他！”

郁赦头疼：“我什么时候……”

郁赦起身要去寻钟宛，外面往日跟着郁赦出门的家将寻了来，催促道：“世子，时辰差不多了，该上朝去了。”

郁赦摘了朝冠，匆匆往外走：“今日不去了。”

"不去了？"家将愣头愣脑道，"那该寻个什么由头骗他们？"

郁赦嫌他不机敏，又生怕别人不知他是为了钟宛才误了早朝的，烦道："骗什么骗？这朝堂之上还能不能有几句真话？实话实说就是！"

郁赦说罢回内院去寻钟宛了，家将无辜地看向冯管家："那到底该……如何说？"

冯管家揣摩上意，叹道："就说，我们府上的钟少爷又开始闹腾了，不让世子出门。"

八十一

宫中，宣琼已被软禁了整整五日。

郁妃心急如焚。

五日前，郁赦入宫一趟，不知同崇安帝说了什么，走后崇安帝马上传了宣琼，斥退众人殿门紧闭，不到半个时辰，崇安帝下令将宣琼软禁宫中，任何人不得探视。

郁妃三魂六魄吓掉了一半，没等她同郁王传话，崇安帝又下了旨意，大张旗鼓地认回了郁赦。

郁妃当即晕死了过去。

这几日，郁妃度日如年。

皇上虽未软禁她，但让宫人给她传了话，口谕说得好听，说宣琼言辞无状，软禁他只是给个小教训，不会再多加惩戒，不等郁妃松一口气，传口谕的宫人又温言对郁妃道："皇上让五殿下思过，待殿下自己想明白了，改正了，自然就没事了，这会儿怕的就是横生枝节，皇上并未斥责娘娘，还请娘娘忍耐一二，不要探视，不要代殿下请罪，最好……也不要托别人代殿下求情。"

郁妃心惊肉跳，她心里明白，这个"别人"说的怕就是郁王。

郁妃六神无主，不知道这话是不是崇安帝的意思，忙命人给宫人塞银票，宫人不动声色地收了，声音放得更轻："娘娘，圣上如今只是软禁了殿下，有些人不甘心，正在想别的办法呢。"

郁妃失声道："软禁还不够吗？还会如何？"

宫人摇摇头："那就不知道了，但皇上既不许娘娘探视求情，那就也使不上力不是吗？还请娘娘先忍耐片刻，或许人家如今得偿所愿，愿意放他人一马呢？”

郁妃气得变了脸色：“郁、赦。”

宫人退下了。

郁妃坐立不安，郁赦如今已被崇安帝认回，择日就要封王，都走到这一步了，他会放宣琼一马？

不可能的。

郁妃想要装病传郁慕诚入宫来，但想到方才宫人的话，又怕引火烧身，不敢触怒崇安帝。

她自己从来就没什么主意，思来想去半天也想不出什么好办法，半晌突然道：“对了，去……”

郁妃声音发抖：“去把汤钦叫来！”

不过月余，汤钦又老了许多。

郁妃急不可耐道：“大哥可让人跟你说过什么？他如今是不是也在避嫌，不敢入宫来了？”

汤钦刚刚得了郁赦的授意，这会儿像吃了只苍蝇。

汤钦不想替郁赦办事，但郁赦偏偏明晃晃地把翻旧案的刀柄递到了他手上来。

这把刀他想要许久了，可一想到是郁赦的意思，总不免堵心。

汤钦眼神浑浊，想到了自己陷在郁赦手里生死不知的亲弟弟，叹了口气，声音沙哑：“回娘娘，王爷并未往奴才这边传递过消息。”

郁妃满眼怨怼：“他是不是也想着撇清干系呢？！”

汤钦说话很慢：“娘娘，皇上已认回了郁小王爷，大局将定，这会儿人人都想自保，再说……求情怕也没用了，安国长公主之前不也入宫来求情了吗？皇上一向敬重长公主，但这次连见都没见，让长公主跌了好大的脸面，王爷来怕也差不多。”

“这夫妻俩……”郁妃怒目切齿，“怕是想临时转舵了吧？是啊，郁赦说到底也是他俩养大的，就算情分已失，将来也未必会担着不孝的恶名处置他们，但我和宣琼呢？”

汤钦静静听着，低声道：“娘娘如今只能自救了。”

郁妃不安道：“我能有什么办法？！”

汤钦慢慢道：“皇上的旨意里说，郁小王爷是皇上和公主府中的良家女子所生。”

郁妃眉头一动：“你的意思是……”

汤钦道：“这是皇上的一块心病，只要把旧事翻腾出来，圣上必然会想方设法遮掩，母子一体，要压下小钟妃的事，就得把抬举郁小王爷的事一起往后压……这就要看圣上如何权衡了，圣上要脸面，就必须得委屈郁小王爷了。”

郁妃悚惶：“可万一，皇上拼着不要脸面，也要立小钟妃的儿子呢？”

汤钦顿了下，道：“那就只能见招拆招了，届时娘娘再从郁小王爷的身世上做文章也可，小钟妃是先帝之妃，她肚子里出来的儿子，生父是谁……哪里说得清？”

“对，皇上若执意要立他，还可以在身世上做文章，可是……”郁妃六神无主，“我不能出头啊，谁能把这事儿捅出来？”

汤钦低声道：“老奴和郁王早年的几个亲信还有联系，可以让他们帮忙。”

郁妃连忙摇头：“不行，万一被皇上查到了，那不把大哥牵扯进来了？”

汤钦叹气：“娘娘，王爷看样子不就是要明哲保身站到郁小王爷那边了？您这会儿不拉扯他，还要等什么时候？”

郁妃怔怔的，半晌狠了狠心：“是，他不想帮我，我也得逼他帮我……单是这样还不够，你替我在宫里也放出话来，他们不是要瞒吗……我就偏要人人都知道。”

十分不堪的皇室秘闻，就这么同时在宫里宫外炸了窝。

多日未在朝会上露面的崇安帝，今日本要上朝的，但听到消息后临时免了早朝。

阴错阳差，郁赦正好误了今日的朝会，朝臣们一面默认郁赦这是避嫌了，一面信了有关他的生母是小钟妃的传闻。

朝会后，宗亲和御史台一同发难，这其中有史今留给钟宛的人，有郁赦安排的人，还有不少是同宣璟、宣琼有利益纠葛的，众人好似约定好了一般，折子如雪花一般送到了内阁，内容大同小异，都在质疑郁赦的出身。

出声的人不少，独独没有郁王府一派的亲信。

崇安帝看着堆得山高的书折，目光阴沉："郁王的人这次倒是没跟着添乱。"

给崇安帝侍奉笔墨的校书太监轻声道："王爷忠心，又明事理，自然不会听风是雨。"

"但怎么……让人去查，查出来消息好像就是郁王府传出来的呢？"崇安帝脸色发青，"前些天，琼儿不懂事，竟去追查旧事，朕问他，是不是听他舅舅说了什么，琼儿咬死了不是，呵。"

崇安帝低声道："琼儿宁愿被朕软禁，也不肯供出他舅舅来，这是把舅舅看得比父皇还重了……"

崇安帝眼中杀意一闪而过，太监噤若寒蝉，不敢接话。

崇安帝问道："郁王那边，有什么别的动静吗？"

校书太监摇头："早朝之后，郁王自己没入宫，但让宫人去给郁妃娘娘请安了，急匆匆的，让娘娘敦促五殿下静思己过，又劝娘娘闭门自省，万万不可听信谣言。"

太监轻声道："郁王府那边有些慌乱，似乎……是真的不知情。"

"如此，朕倒是更不信了。"崇安帝闻言冷笑，"天家之事，宗室过问一二就算了，这些朝臣跟着起什么哄？说没人在背后造势，谁能信？"

崇安帝将手里的书折丢在地上："无稽之谈，没什么可说的。"

校书太监把地上的书折捡了起来，轻声问道："不批吗？"

"不。"崇安帝疲惫道，"告诉内阁大臣们，不予批复，另让人查这是谁在兴风作浪、造谣生事。"

太监答应着，崇安帝抬头："子宥呢？他今日没入宫吗？"

太监摇头："告了病，细问过了，说是，说是……"

崇安帝皱眉："难不成他是提前知道有人在生事了？"

"不不。"太监忙道，"说是府上的那位钟少爷身体不适，郁小王爷就被绊住脚了。"

崇安帝哭笑不得："子宥啊。"

太监揣摩着崇安帝的心思，低声道："这些日子那位钟少爷好似动静不小，皇上是不是……”

崇安帝沉吟片刻，摇头：“罢了，随他闹吧，他能闹出什么花样来？”

太监放低声音道：“但钟少爷……再怎么说也是钟家人啊。”

崇安帝脸上笑意淡去：“就是因为他是钟家人，朕才容下了他。”

太监皱眉，随即豁然大悟：“是，郁小王爷越在意钟少爷，越要替圣上瞒下当年之事！不然让钟少爷知道钟家为何灭门，那必然要同他恩断义绝……”

崇安帝皱眉，太监忙噤声。

隔了好一会儿，太监轻声道：“皇上圣明，奴才之前还好奇，皇上如何对此事这般纵容，现在来看，如此牵制郁小王爷，甚好。”

“子宥这孩子，脾气上来容易不管不顾的。”崇安帝叹了口气，“也是孽缘。”

“近日的事，委屈子宥了。”崇安帝揉了揉额头，“去……赏他些东西，顺便跟他说，没事进宫来请安，外面越是有谣言，他越应当毫不在意，不然岂不是自己心虚？还有，问问，钟宛身子若好了，让他也来，上回朕传他入宫，子宥拦下了，如今让他俩一同来，不该拦了吧？就怕子宥没这个心思……”

崇安帝皱眉：“传出这样的话来，子宥不知如何闹心呢。”

郁王府别院，郁赦确实十分闹心。

钟宛从早起就凄凄惨惨的。

“为什么要逼我吃药？”钟宛一肚子苦水，“你心怎么这么毒？”

郁赦好言好语：“我是为了你好……”

钟宛崩溃：“为了我好？”

郁赦无奈：“只是一点点清心的药……”

“那我为什么非得吃这清心的药？”钟宛越想越心惊，“子宥，我有时候是真不懂，你为什么这么能折腾？这府上明明就咱两人，你居然能把日子过得比前朝还复杂。”

郁赦不明所以：“你到底在说什么？”

钟宛难以理解：“还是你觉得我太闲了，怕我养病无聊，你就跟我斗？”

郁赦彻底蒙了，忙解释：“我只是想让你心里平静些……”

“我为什么要平静？”钟宛警惕地看着郁赦，“我现在都担心，你有天晚上趁我睡了把我头发剃了，逼我出家。”

“我好好的，剃你头做什么？”郁赦耐着心，“今天朝中有大动静，咱们筹划多日，今天就要闹起来了，我还想入宫一趟，你乖乖把药喝了，我就走了。”

钟宛缩在一边：“我不。”

郁赦皱眉：“你……”

钟宛小心翼翼：“你会让人撬开我的嘴灌我吗？或者你亲自给我灌下去？”

郁赦只得道：“罢了，不喝就不喝吧，我先走了，你好好歇着。”

钟宛不明所以地躺回床上，越想越觉得郁赦莫名其妙，不多一会儿，冯管家捧着一卷画轴颠颠地来了。

钟宛起身：“怎么了？”

冯管家忙道：“世子走前特意去书房给少爷写的字，让少爷挂在床头，每日看看。”

钟宛一笑，这疯子终于知道对不起自己了，还知道给自己写诗哄自己高兴了？

不过……

钟宛看着冯管家怀里的画卷微微皱眉，写一张信笺就罢了，怎么还弄出这么大动静？

不等钟宛接过，冯管家哗啦一声展开巨大的画卷，画卷上郁赦笔锋遒劲，龙飞凤舞地写着六个大字。

“存天理，灭人欲”。

钟宛：“……”

八十二

崇安帝疑心郁慕诚，一面弹压流言，一面命人暗中调查，几番寻访，几条线索直指郁王府。

崇安帝越是疑心，越是不会当面问责，郁慕诚想要辩解都张不开口。

郁慕诚自然不会坐以待毙，他起先怀疑是郁赦要玉石俱焚，查探两日后，又从安国长公主府查到了点猫腻，没等他质问安国长公主，下面人又查出来，消息最先竟是从郁妃宫里出来的。

郁慕诚恨不得当即宰了郁妃。

“皇上根本没真的信了郁赦，留着五殿下，也是心中还在犹豫！”

郁妃宫中，郁慕诚尽力压着脾气，声音发抖：“胜负未定，一切都有转机，你到底要做什么？你急什么？！”

宫内流言四起，崇安帝借口还没选定吉日，将给郁赦封王的事往后推了，郁妃自以为这是自己的功劳，腰杆硬了不少，她还怪着郁慕诚，觉得自己大哥立场飘忽，闻言冷淡道：“我急什么？如今怕只有我还会为琼儿着急吧？我再不动手，琼儿怕是死了也没人管了。”

郁慕诚失笑：“你这是在帮五殿下？”

“不是吗？”郁妃冷笑，“皇上有本事就接着抬举那个野种！皇上敢给他封王，我就敢接着闹，流言只会越传越难听，我倒是想知道，皇上听多了流言，还愿不愿意多看那个野种一眼。”

“你以为你这是让皇上和郁赦离心？”郁慕诚难以置信，“你这是生生将他们赶到了一条船上！你怎么到现在还不明白，就算要把当年之事捅出来，也不该是这样捅！你抓着郁赦生母的身份不放是什么意思？就算别人都信了，他生母确实是前朝的小钟妃又如何？他不还是皇上的儿子？你这到底是在给郁赦泼脏水，还是给皇上泼脏水？！”

郁妃一愣，固执道：“有什么不一样？！他身世不干净，难道不是他身上的污点？”

郁慕诚被她气得跌坐在了椅子上，他已在安排当年侍奉过小钟妃的旧宫人入京了，为的就是再观望观望。他同崇安帝君臣几十年，比任何人都明白那位的心思，清楚那位还没下定主意，只想留着这道“撒手锏”。若崇安帝真的立了郁赦，再把这事儿抖出来，然后将矛头指向郁赦生父，让宗亲和朝臣们怀疑郁赦是小钟妃和其他人私通生的儿子，以旧日宫人为刀，以诛心流言为刃，一击即中，杀郁赦一个始料不及。

但现在……郁慕诚灰心地看着郁妃，他锻造多年只待插入郁赦心口的一把刀，被郁妃早早地抢了去在郁赦手上划了一道，不疼不痒。

郁慕诚涵养还算好，五脏六腑都被气得似移位也没对郁妃疾言厉色，他抚着心口缓缓道：“我不急着出手，不是不担心五殿下，也不是想转头拥立郁赦，而是没到时候……你以为郁赦真的站得那么稳吗？

“他心中并不敬服皇上，这孝子他能装几天？好，先不说他能不能哄住皇上，他自己难道不是一身的麻烦？

“前些年他吃寒食散吃伤了心腑，时不时地会犯病，只是他自己藏得好，我们让他隐匿不住就是了！这很难吗？

“还有钟宛的事，皇上睁一只眼闭一只眼，好吧，可以先放一放。

“但他这么大了还不肯娶亲的事呢？上次皇上要赐妾，他扯着个站不住脚的由头生生不受，皇上已然不快了，这上面难道也不能做文章？”

郁慕诚疲惫无比：“他身上多少个把柄，你随意挑哪个发作不行，为什么非要提前动这个？”

郁妃愚妄得让人火大：“大哥说得这么清楚，自然也知道身世的事是最厉害的，我要毁他，自然要挑一把最锋利的刀。”

郁慕诚恨不得大吼，“你这是提前用了我的刀”！

郁慕诚突然没了力气，一句话也不想同郁妃说了。

他看着自己固执又愚蠢的妹妹，突然心灰意懒地想，自己殚精竭虑，如今更是冒着开罪崇安帝的危险拼死拥立宣琼，将来就是真能顺利，然后呢？

妹妹如今就已疑心了自己，不肯听从自己的安排，待她做了皇太后呢？郁妃年轻，将来必然涉政。

权力并不可怕，愚蠢的人掌握权力，才是最可怕的。

郁慕诚心焦地想，更可怕的是，宣琼和郁妃，也差不多。

郁慕诚不由得想到了已被郁赦送出京的宣瑞。

原本只是拿他当个最后的退路，就在方才，郁慕诚也没觉得自己真有用得着宣瑞的那一天。

自己亲外甥还在，轮不上那个蠢货。

但这会儿看着郁妃，郁慕诚忽然犹豫了。

宣瑞虽同自己不沾亲，但至少没个愚蠢又爱指手画脚的娘。

郁慕诚心中翻天覆地，面上依旧平静，他叹了口气："好吧，你既然都出手了，我也不再说什么，只有一点，算大哥求求你，别再盯着郁赦的生母了！皇上已经警惕，马上就会查到你头上来，你就不怕吗？"

郁妃眸子一动，不安地看向了别处。

"我今天拼着让皇上疑心也要来看你，不是同你吵嚷的。"郁慕诚恳切道，"你坐不住，非要做点什么，可以，你照着郁赦身上其他的毛病去，行不行？"

郁妃思索片刻，不甘心地点了点头："知道了。"

郁慕诚略显疲惫地扶着椅子站了起来，苦笑两声走了。

郁妃坐了许久，反复咀嚼着郁慕诚刚才说的话，片刻后叫了自己的心腹宫人过来。

"大哥刚才说……"郁妃轻声道，"皇上上次要给郁赦赐妾，被他辞了，还惹得皇上不快，他是怎么辞的，你知道吗？"

心腹宫人低声说了。

郁妃想了片刻，嘴角微微勾起："大哥有句话说对了。"

宫人道："什么？"

"万事不该逆着皇上的心思来，那只会把皇上越推越远。"郁妃轻声道，"皇上想要郁赦纳妾，是不是？"

宫人喃喃："是啊。"

郁妃轻声道："这就对了，既要合皇上的心思，又要给郁赦寻麻烦，你说最好的办法是什么？"

宫人干笑："娘娘，就算是给郁小王爷纳妾，那也不是娘娘能管的事啊。"

郁妃一笑："当然不是我要管，走……去给皇后请安。"

宫人还是觉得不太好："娘娘，是不是刻意了点？"

"放心，我不会直愣愣地送人给他，我又不傻。"郁妃低声道，"我先求皇后赐琼儿一个，就说那孩子现在没人照料，至于郁赦那边……让皇后把人送到御前去，就说选了两个好姑娘，给琼儿一个，顺道也给郁赦一个。"

"皇上本来就想给郁赦纳妾，他必然愿意。"郁妃冷笑，"郁赦不是不愿纳妾吗？我就非要塞给他一个。"

郁王府别院，彻底退了热，病已经好得差不多的钟宛忽然有点心神不定。

钟宛看看床头挂着的画卷，哭笑不得。

自那日挂了这个画卷以后，郁赦已好几日都躲着他了。

冯管家总怕钟宛跟郁赦吵，没事儿就来唠叨："这还真不怪世子，是太医说您需要静养。"

钟宛撩起额发，对着铜镜看自己脑门上还没好的伤口，叹气："行了，我没怪他，您真不用一天好几次地跟我说我不行……"

冯管家干笑："这不是怕少爷误会世子吗？少爷不知道，世子这几天这么忙，每日还不忘一回府就召太医过去，先问问你这一天吃了什么药，有没有好一点……多关心你啊。"

钟宛舔了一下嘴唇，轻笑道："行，那我也关照关照他。"

同一时刻，内阁中，郁赦接着了消息，冷笑一声，没说话。

跟着郁赦入宫的小太监看看四周，不敢大声说话，压低了嗓音："世子，皇后给挑的人，皇上也看过了，让世子回府的时候带着，这怎么办？"

"没什么要办的。"郁赦低头看书折，"不要就是。"

小太监讪讪："这……怎么不要啊？皇上都开口了，就让跟着咱们的马车回去。”

郁赦头也不抬：“轰下去。”

“轰？”小太监吓了一跳，“奴才们怎么敢？”

郁赦不再理会了。

小太监苦不堪言，左右为难地退下去了。

郁赦心里清楚，崇安帝不会因为这种小事同他撕破脸，最多就是再生一次气罢了，不会强逼自己什么。

最多最多，就是崇安帝心里不痛快，借着别的事敲打敲打自己，无所谓。

只要不纳妾，旁的什么都好说。

郁赦很自信，直到晚间从内阁出来，远远看着自己车驾旁比往日多了一倍的仆从。

郁赦脸色瞬间就变了。

崇安帝这次没有让步。

郁赦双眸冰冷，远远地看着自己车驾上挂着的灯笼，心头涌起一股难以自已的仓皇。

自己就这一点儿坚持，这些人怎么总是不能放过？

郁赦直直地站在马车前，脸色差得吓人。

“回宫。”郁赦冷冷道，“哪儿来的，我给她送回哪儿去。”

郁赦自己扯过缰绳，一把掀开了轿帘……

马车里，钟宛裹着一条毯子，倚着车窗，睡得死沉。

郁赦愣了。

钟宛……是怎么来的？

小妾呢？是钟宛把人轰走的？

然后他换了小妾，自己躺在这里等着了？

郁赦没撑住，笑了一声。

郁赦上了马车，低头看着钟宛的睡颜，胸腔里被夜风吹得冷硬的一颗心，瞬间暖和了过来。

八十三

郁赦偏头对外面低声道：“他怎么出来了？”

马车外随车的家将沉声道：“钟少爷今天没再发热，在府里替世子处理了点公务后闲着无聊，说来接世子回府。”

郁赦淡淡道：“胡闹。”

郁赦怕吵醒钟宛，声音很轻：“他要出来，你们就没人拦着？”

家将只得请罪，又问走不走，郁赦坐在马车里，微微摇头：“先别走……让他睡会儿。”

家将们伫立在马车外，郁赦在车里出神地看着钟宛。

过了快一炷香的时间，钟宛咳了两声，醒了。

钟宛看见郁赦瞬间精神了：“出来了？”

郁赦淡淡道：“那女子呢？”

钟宛一笑：“替你送回去了。”

郁赦一愣：“你送回去的？”

“怎么？原来世子不想送回去？”钟宛笑下，“那可晚了，我都替你向皇上谢过罪了。”

钟宛揉了揉肩膀：“那人根本没带出来，今天也是巧了，我想着来接你，过来得有点早，来的时候正好看见宫里出来人，要把你的车驾挪进去接人，我估计着就是那么回事，问了问，正好那两位公公都认识我，也愿意替我传话，这不……我进宫一趟，替你料理了。”

郁赦不甚赞同地看了钟宛一眼，钟宛宽慰道：“没多大事，就是皇后不知突然想起什么来了，要送你个人，估计是为了向皇上卖个好。”

郁赦顿了下，道：“可能是郁妃的主意，就为了让我不痛快。”

钟宛想了想，点头：“也有可能。”

郁赦还是不放心：“你怎么说的？皇帝为难你了吗？别人呢？跟你说什么了吗？”

“没为难我。”钟宛轻松道，“皇帝又不傻，估计也知道这是有人故意刁难你，他只愿做顺水推舟的买卖，见你实在不肯就没再说什么。”

郁赦上下看了钟宛一番：“真的没为难你？”

钟宛微微往郁赦身边靠了靠，放轻声音：“你不放心，自己检查检查？看看我身上有没有伤。”

郁赦侧身躲了下：“别闹。”

钟宛笑笑，老实坐回去，道：“放心吧，就知道你会跟皇帝硬碰硬，多大点儿事，给你挡回去了，也没开罪皇帝，这要是留给你料理，又得大闹一场吧？”

郁赦默然。

钟宛挑眉：“早跟你说了，这些事交给我，给你办得妥妥当当的。”

这点郁赦承认，钟宛办事比他要周全，也更和婉。

钟宛看了看外面：“还不走吗？”

郁赦吩咐家将们回家，又问：“你难不成还给宣瑞料理过这种事？这么轻车熟路的。”

郁赦只是随口一说，为了顺便踩宣瑞一脚，他不信黔安会有谁硬给宣瑞房中塞人。

不想钟宛闻言笑容一僵。

郁赦难以置信：“还真有？”

钟宛笑了。

郁赦冷笑道：“哪家这么不开眼？把好好的姑娘送给他。”

“人家再不济也是个郡王，总会有人想巴结的。”钟宛倚在车窗上，想了片刻道，“不过还真不是他，是……”

郁赦等着钟宛往下说。

钟宛想了想，不太好意思道："是给我送的。"

郁赦脸色瞬间就变了。

这些年来钟宛房中是否有人，郁赦还真不知道。

郁赦眯起眼："什么时候的事？"

钟宛摇摇头："早先的事了，不提了。我又没碰人家。"

郁赦并不被钟宛糊弄，言简意赅地逼问："说。"

钟宛后悔，好好的，非提这个做什么？

钟宛想了想，道："几年前来着……忘了，反正是好几年前的事了。"

"我大病初愈。"钟宛慢慢道，"我们府上难得地摆了宴席，说是给我去去晦气。

"我那天想开了不少事，心情还挺好，虽然身子还没好透，但还是喝了不少。"

郁赦声音低沉："醉了？"

郁赦记得很清楚，钟宛酒量不错，轻易醉不了。

"半醉吧。"钟宛想了想道，"走路打晃，得让人扶，但脑子还算清楚。"

郁赦道："然后？"

"然后……我本想跟宣瑞聊几句的，可一想开口，他就劝酒，我一想觉得也是，都是大男人了，有什么可说的，都在酒里了。

"最后都喝到下半夜了，实在喝不动了，我就让人把我扶回自己院里去了。"

钟宛踉跄着进了自己的院子，喝了口水准备倒头就睡，不想一掀卧房的门帘，看见自己床上坐着一个面容姣好的姑娘。

钟宛当即酒醒了一半。

姑娘局促得很，不知该站还是该坐，紧张地看着钟宛。

钟宛一阵头晕，扶着门框，沉声问："王爷让你来的？"

姑娘胆怯地点了点头。

钟宛当日还不到二十，还是少年人的模样，姑娘也不知该叫少爷还是叫老爷，轻声道："王爷说……让我来替他赔罪。"

钟宛闻言突然弯腰大笑，笑了好久，吓得姑娘以为这人疯了。

钟宛笑够了抹了一把脸，对姑娘拱了拱手，风度翩翩："姑娘好睡，明日我送你回来处。”

姑娘不安道：“你去哪儿？”

“我？”钟宛醉醺醺地摆摆手，“我去……我去赏月。”

钟宛说罢出了屋，将房门关好，摇摇晃晃地出了小院，走到园子里坐在游廊的栏杆扶手上，倚在廊柱上，嘴里哼着旁人听不出的调子，就这么生生坐了一夜。

郁赦眉头紧皱：“你在外面过了夜？”

“我就是不碰她，在院里睡一夜，她名声也毁了。”钟宛叹口气，“何必呢？我又不喜欢她，毁人清白做什么？隔日把她送回家，乡下人家，不计较这个，她后来又嫁了个好人家。”

郁赦静了片刻，问道：“这就是那个太医给你下毒后，宣瑞给你的赔礼？”

钟宛“嗐”了一声，显然不想再提。

郁赦看着钟宛，却怎么也压不下心头恨意。

郁赦问道：“你之前并没跟我说，你死里逃生后宣瑞是如何同你解释的，就是这样？他想送你个女人，就当什么事都没了？”

钟宛静了片刻，道：“我原想同他说开了的，我当时想，他也大了，很多事能同他说了，说通了，免得彼此心里有疙瘩，但宣瑞很避讳，并不想多谈。”

“他也是折腾这些多余的。”钟宛看了郁赦一眼，一会儿的工夫，他眼中怅然已散了个一干二净，不太正经地跟郁赦小声道，“我又不喜欢那姑娘。”

郁赦沉默地看着钟宛，心里清楚，钟宛只是说得轻松。

当日的钟宛，幕天席地地睡在王府花园中，心中不知有多失望、多消沉。

一心一意对待的弟弟，在他差点殒命后往他房中塞女人，以求他能闭嘴，能既往不咎，能继续给黔安王府卖命。

一腔热血喂了狗。

郁赦心中早有了将来对宣瑞的安排，想到这儿，瞬间又改了计划。

对这东西，实在不能太好。

“说了不提了。”钟宛从怀里掏出一个油纸包来，忙叨叨地给郁赦献宝，“看看这是什么。”

郁赦低头看了一眼：“……红枣糕？”

糕点样式精致，不像是街面儿上的铺子能做出来的，郁赦道："哪里买的？"

"皇上方才招待我的。"钟宛小心地掰了一块儿，"我怕凉了，一直放在怀里，你尝尝。"

郁赦难以想象："皇上给你吃的点心……你怎么拿出来的？"

钟宛无辜道："自己开口要的啊，我尝着好吃，想让你也尝尝。"

郁赦垂眸，嘴角不受控制地挑起了些许。

他实在想不到，钟宛是怎么在替自己辞了小妾后，还能旁若无人地跟崇安帝开口要糕点的。

能在宫里连吃带拿的，大约也就是钟宛了。

"你尝尝。"钟宛喂给郁赦，"还热着。"

郁赦低头将糕点含在了嘴里，果然很甜。

郁赦含混道："这么热，烫着没？"

钟宛不在意地摇摇头，郁赦不信，亲自把钟宛衣襟掀开了些，看着他胸口微红，皱起了眉。

"这不是为了哄你高兴吗？"钟宛掖了下衣襟，"对了，打个商量，这两天宣璟可能会来找我麻烦，世子能不能替我挡一挡？"

"你还会怕他？"郁赦没往心里去，"你怎么得罪他了？"

钟宛苦哈哈道："我原本也是好心，从府里出来得太早了，就想先去看看他，顺便问问林思的事，不想……"

郁赦抬眸："不想什么？"

钟宛叹气："不想……从他府里走的时候，不小心，碰碎了他一个物件。"

郁赦不在意道："让他估个价，我十倍赔他。"

钟宛脸色古怪，半晌，小心翼翼道："是一个琉璃盏。"

郁赦蹙眉，突然觉得有点耳熟。

钟宛老实交代："就是他拼了一个多月那个……真不怪我！他家那小厮还是个半大孩子，办事毛手毛脚的，看着胆子还很小，进里间上茶的时候被门槛绊了下，我就顺手扶了他一把，没想到袖子正好扫到了那个要命的东西……"

郁赦："……"

钟宛苦着脸："他说要杀了我。"

郁赦其实是有点同情宣瑞的，但钟宛偷偷从宫里给他带点心的样子实在太招人心疼，郁赦这会儿没了原则，艰难点头道："是，不怪你，是那琉璃盏自己不好。"

郁赦甚至还宽慰了钟宛："给他点事忙很好，免得他闲得难受，来寻我的麻烦。"

说到这个，钟宛更心酸了，痛心道："你知道我这次去，他跟我说什么吗？"

郁赦看着钟宛。

"你能信吗？"钟宛难以置信，"宣瑞最近在很认真地查，上次宣琼在宫里落水，到底是他自己跳下去的，还是你推下去的。"

郁赦："……"

钟宛越想越心疼："他神神秘秘地跟我说，查清楚了这个，可能就能弄懂很多事。"

郁赦艰难道："林思就不能提醒他一下，我们最近已经在争储了吗？"

"林思根本还没见他呢！"钟宛愁断了肠，"你说宣瑞怎么这么倒霉？早年一同念书的时候就他跟不上趟，现在争储也跟不上趟，不过也行，别人争别人的，他跟自己斗，也斗得很精彩……他到现在还担心，你或者宣琼会用那个琉璃盏加害他，去御前告状，说他毁坏御赐之物！"

郁赦面无表情地摇头："我没这好兴致。"

钟宛扼腕："半年了，整整半年了啊，没人提醒他，更没人打扰他，他还在纠结他的琉璃盏……"

郁赦一言难尽，勉强保证道："好吧，你欠他一次，我保证……今后只要他不害我，我也不会加害他。"

八十四

快到府门口时郁赦才反应过来，下车前郁赦捏住钟宛的手腕，低声道：“跟我要什么小心思呢，故意替宣璟装可怜？”

钟宛被郁赦戳破心事，也不遮掩了，一笑：“生气了？”

郁赦不置可否。

钟宛老实交代：“替他装可怜是真的，他太蠢，也是真的。”

郁赦莞尔，把自己的披风丢给钟宛：“裹上再下来。”

晚膳还没备好，郁赦先命人叫太医来，想让他给钟宛看看胸口是不是烫伤了。

钟宛叫苦不迭：“我就是不小心睡着了忘了它，被烫出了个红印，根本没什么事，你别让人又说我闹腾！我这两个月不怎么出门都不知道，原来外面现在说我什么的都有，名声全毁了。”

郁赦无辜道：“瞎说，我何时辱没过你的名声？”

钟宛敢怒不敢言，早年他也没少传郁赦的流言，现在报应不爽，轮到自己了，其实没什么立场质问郁赦，今天出门，从宣璟那儿、从宫里的老太监那儿听说了不少有关自己的传言，听得一愣一愣的，若不是知道这说的是自己，他都要信了。

钟宛实在不想再传出什么奇怪的话来了，可怜兮兮道：“你不放心，你自己替我看看就算了。”

郁赦皱眉：“我又不懂医术。”

说是这么说，郁赦看了看外面，料着太医现来不了，起身放下内室的帘帐，走到钟宛面前，稍稍犹豫后，解开了钟宛领子上的衣扣。

钟宛微微抬起头方便郁赦动作。

郁赦将钟宛衣服解开，重新看了看，感觉他胸口那红痕的颜色比刚才更深了：“这不就是烫着了？”

外面太医拎着药箱来了，郁赦放开钟宛，掀开帘帐命太医给钟宛看伤。

郁赦毫不讳疾忌医，还很配合，细细地跟太医交代清楚了，钟宛胸口的红痕是被红枣糕烫出来的，红枣糕呢，又是他捎给自己吃的。

太医默默腹诽：这个红枣糕不管是带给谁的，该烫伤都是要烫伤的。

“还好，没起水疱，可以涂一点烫伤膏。”太医看过后认真道，“别沾水，过几日脱一层皮就好了。”

郁赦点头，命太医留下药。

吃晚膳时，钟宛边吃饭边道：“郁妃一计不成，会不会再找你麻烦？”

郁赦给钟宛夹菜，道：“大约吧，不过她翻来覆去就那点小伎俩，最多就是恶心恶心我，做不了什么别的。”

钟宛沉吟片刻：“她手中没实权，又有汤钦盯着，翻不出大浪来，现在就怕郁王那边，郁王……他这几日又在做什么呢？你知道吗？”

“隐忍蛰伏。”郁赦道，“被咱俩坑了，他吃了两次张冠李戴的亏，不会再轻易上当了，如今皇上不许任何人见宣琼，他也没什么好办法，这两日……若我没猜错，他在悄悄搜集当年的人证、物证，想着给你府上翻案。”

钟宛哑然：“我们府上？你是说钟府还是宁王府？”

“宁王府。”郁赦道，“他既然有心扶宣瑞做傀儡，那就得给宁王翻案，让宗亲和朝臣们信服，先帝当年确实是要立宁王为太子的。”

“姓宣的这一辈有不少人，想要证明宣瑞才是承天授命的那一个，这是最简单、最合理的办法了。”郁赦自嘲一笑，“不过这也没错，当年若没有他们谋朝篡位，宁王顺利继位，如今该登基的，确实是宣瑞。”

郁赦看向钟宛：“归远，你想过替宣瑞争什么吗？我不是说现在，以前呢？你同他还是有些情义的时候呢？”

钟宛咽下嘴里的饭，轻松一笑：“没有。”

“宣瑞原本有继位的可能，但那不是因为他才能过人。”钟宛淡淡道，

“是因为宁王天资聪颖，为上所喜。”

“他只是沾了宁王的福荫罢了。”

钟宛叹口气：“宁王都没能继位，他又哪里来的这个福气？再说我那会儿只盼着他们能活命，想不到这里。”

“不对。”钟宛想了下皱眉，“宣瑞现在等于还在你手里，郁王为何风向转得这么快？宣琼这边还有希望，他在宣瑞身上费这些时间做什么？”

郁赦喝了口汤，好一会儿道：“谁知道呢？也许……他觉得宣瑞只要活着就还有做傀儡的可能，不过是把人运来要费些时间罢了，他这是笃定了我至死也不会杀宣瑞吧？所以这么放心。”

钟宛一想觉得也合情理。

别人误会郁赦，郁王心里该清楚的，郁赦无论表现得多暴戾，都不会真的穷凶极恶地去随便杀人。

郁赦轻声道：“让他折腾吧，这不很好吗？”

钟宛失笑：“你这是借郁王的手替我们家翻案吗？”

郁赦漫不经心地一笑。

钟宛想了下，放下了心：“那下面你的日子大概会好过很多。”

郁赦挑眉：“怎么说？”

“郁王若存着这个心思，那必然要收敛锋芒，暗中筹谋了。”钟宛道，“装安分了，自然不能再同你针锋相对了，总要做出点输家的姿态来。”

钟宛所料不错，在接下来的半个月里，郁王面上收敛锋芒，被崇安帝明着暗着申斥了几次都老老实实地受着，没给自己解释半分，不管是宣琼的事还是其他的琐碎政事，只要是问责，郁王就应着，还应得很诚恳，请罪的折子一道接一道地递上来，身段放得越来越低，似乎是真的服气了，忍下崇安帝认回郁赦的事，不敢再有半句怨言。

另一边，郁王在暗中发力，当年的事本就是他和崇安帝合谋的，他当日就留了一手，除了伺候小钟妃的宫人，类似的人证、物证还有许多，这种事他做起来比任何人都方便。

崇安帝有没有被迷惑住不清楚，郁赦和钟宛是万万不会信了他的，钟宛使坏，授意郁赦借助内阁之便，多给郁王找点麻烦。

反正他要装认㞞，这会儿不欺负他什么时候欺负？

郁赦深以为然。

自这日起，除了认真给郁王找麻烦，钟宛还多了一件事：每日去接郁赦回府。

风雨不改，乐此不疲。

郁赦同他说过几次，不用他辛苦，钟宛没听。

两人之前有次聊起一起读书时的事，郁赦无意说过，嫉恨宣瑞好命，每日和钟宛形影不离。

钟宛心里明白，郁赦不是忌妒宣瑞，只是还在意难平。

意难平少小同窗时没能早早熟识，没能一同长大。

钟宛也很不甘心，十几岁那会儿要是关系就近了，暗暗在史老太傅眼皮下传书，那多带劲儿。

过去的总归都过去了，钟宛现在尽力补偿彼此。

这天他照例去接郁赦，马车刚一停稳，马车外一个小太监一溜小跑追了上来。

这是每日跟着郁赦入宫的太监，见钟宛来了忙上前请安，道："少爷，世子说了，今日内阁事多，怕是要忙到晚上去了，让您先回府。"

每日呈递上来的公文内阁是要都处理后才能散了的，事多的时候确实先走不开，钟宛点点头："行，你去吧。"

小太监话传到就回去了，钟宛并没走。

他回府也没什么事，不如在宫门口等。

天气越来越暖和了，黄昏时分也不冷，钟宛下了马车，倚着马车眯着眼，不一会儿，一个送人出宫的老太监几步走了过来给钟宛请安。

钟宛笑道："不敢，公公这是做什么了？"

"过来办差，可巧看见钟少爷了。"问清楚钟宛的来意后老太监笑道，"钟少爷又不是别人，要等去内阁等也行的，正巧老奴一会儿要去内阁给郁小王爷送皇上赏赐的茶点，少爷跟我一同过去？"

钟宛犹豫，老太监一心去跟郁赦卖好，低声道："少爷只说是府里给郁小王爷送东西来的就行了。”

钟宛确实想看看郁赦平日办公的样子，一笑：“多谢公公了。”

老太监殷勤地带着钟宛去了。

内阁重地，要进去也没那么容易，老太监将人带到后，恭敬道：“里面大人们应该在用晚膳呢，少爷在这儿稍站一下，老奴去跟小王爷通报一声。”

钟宛点头，规规矩矩地站在门厅里。

钟宛抬眸看看四周，浅浅地笑了下。

不懂事的时候，崇安帝问他要不要做天子秘书，他曾放下厥词，让崇安帝等一个大比之年。

到底成了一纸空谈。

钟宛没能进内阁，其实还是挺好奇的。

站在门厅里，里间有什么动静，钟宛听得一清二楚。

有些许杯盏声，还有小太监整理书折的沙沙声。

钟宛不知郁赦何时会出来，屏息一听……

里间屋子里，众人赶着吃晚膳，等着快点吃过了接着忙。

老阁臣们没少年人的好饭量，仓促着吃不下几口东西，应付几口就算了，等其他人时，看着送上来的膳食闲聊了几句。

一个阁老叹气道：“这两年心口总不舒服，太医说要少沾荤腥，屋里人管得严，不让碰了，这些菜，只能看不能吃了。”

另一个大人被触动了心事：“是，这两年太医让戒酒，原本是戒不掉的，也是让家里夫人管住了。”

孙阁老也跟着笑了一声：“贱内近日不知听说了什么，不让在菜里放姜了，说老骨头受不起，也没再碰过了。”

坐在一旁静静用膳的郁赦抬头看了闲聊的两位大人一眼，隐隐有点羡慕。

但他身体康健，并没什么忌口的东西，旁人也不曾管束过他吃什么的事，故而不太好参与这个话题。

可他又很想说两句。

一个大人道：“贱内让我少吃白肉，说伤肝脾。”

又一个大人想起什么来，补充道：“让我少吃腌菜，说伤肾。”

郁赦欲言又止，几次想插口，都不顺利。

待众人终于聊过一轮了，阁子里安静了点，郁赦放下筷子，尽力云淡风轻地说了他这一天在内阁的头一句话：“钟宛让我少吃寒食散，说会死。”

众阁老：“……”

外厅的钟宛：“……”

八十五

郁子宥一句话断了所有人的后路。

这天聊得未免过于沉重了，老大人们接无可接。

偏偏郁赦还扫了众人一眼，眼神中隐隐还有几分期待的意思。

他喜欢聊这个，还想再聊几句。

一阵难言的静谧后，还是孙阁老点头吃力道：“是，那是会死。”

郁赦点点头，自认为毫不生硬地淡淡道：“我本不愿理会，但架不住总是在耳边嘀咕，只能听他的，他说的本也没错，毒药就得少吃。”

孙阁老硬着头皮道：“可不是。”

郁赦点点头，拿起手绢矜贵地擦了擦手指，命人撤下碗筷，继续看书折。

阁老们面面相觑，迅速扒了几口饭，紧着批折子。

外厅的钟宛把头磕在柱子上，一点儿也不想进去见郁赦了。

伺候郁赦的小太监过来了，刚要开口，钟宛“嘘”了一声：“别通报了，我就在这里等他算了。”

托郁赦的福，钟宛一点也不好奇内阁是什么样的了。

他甚至还有点庆幸，自己没有这种疯子同僚。

小太监点点头，悄声退下了。

钟宛坐下来，一边喝茶一边等着，将近一个时辰后，里面的小翰林开始往外送折子，钟宛知道差不多了，他起身出宫去了。

钟宛让众人替他瞒下了他去找过郁赦的事，只说他是回府后又回来了。他们等了不到半盏茶的时间郁赦就出来了。

郁赦皱眉，一面训斥家将们不遵他吩咐一面架不住钟宛扯他袖子，不情不愿地同钟宛一道回府。

马车夫将马凳收起来，挑起灯笼，掉转马头，驾车回府。

马车里有炭炉，钟宛的手却比在顶着风在外面走了好一会儿的郁赦还凉，钟宛搓了搓手："我身上也冷……这天气实在太不好了。"

郁赦迟疑了下，解开披风，将钟宛裹了起来。

钟宛满足地喟叹了一声，低声道："今日事怎么这么多？"

"郁王暂避锋芒，他那一党的人告老的告老，撂挑子的撂挑子……"郁赦沉声道，"内阁中虽没他的人，但下面办事的少了，琐事自然就挪到上面来了。"

钟宛轻声道："郁王不一定想给皇帝摆脸色，要做出服输的样子来，手下人必然也跟着龟缩，皇上的意思呢？"

郁赦摇头："不清楚，今天送上去的折子他倒是全看了，但没批复什么，几个要职上人员撤换的事内阁也给了意见，皇帝没给准话，让内阁再议。"

钟宛道："是在试探你。"

郁赦"嗯"了一声："我没开口……那几个说话顶用的老臣全是皇帝这些年一手提拔的亲信，不会听我的，到这会儿了，也没向我投诚的意思，多说无益，而且……"

郁赦淡淡道："我也没什么人可顶上。"

郁赦这些年从未想过要争储，也没培养过什么人手，说起来，他在朝中的势力连宣璟都比不上。

钟宛想了想道："史老太傅留给了我几个人，其中一个是司天监的少监。"

郁赦沉声道："怎么？让那个少监去跟皇帝说，他夜观天象，发现这储君之位非我不可？"

钟宛笑了，道："我明天去走动一下。"

不等郁赦开口，钟宛忙道："自然，不会让人发现我去过，明日若回来迟了，就不来接你了。"

郁赦静了片刻，点头："好。"

深夜的官道上，郁赦的车驾里传出几声嘀咕，恬逸安宁，好似这山雨欲来的风暴同两人丝毫无关。

几日后，崇安帝难得有精神上了早朝，早朝之后，将郁赦留了下来。

天气渐暖，崇安帝拄着拐杖，在御花园里走了走。

郁赦跟在崇安帝身后，崇安帝不说话，他也不开口。

“这些日子，内阁的事你劳心不少，朕都听说了。”崇安帝偏头看看郁赦，“子宥，你以前若还不明白，这阵子劳心劳力的，也该知道了吧？这位子，不好坐。”

崇安帝停住脚，看着远处春花出神道：“朕在你这年纪的时候，也是心心念念地想要为先帝分忧，真的即位了……又觉得，是真的累啊。”

郁赦默不作声。

崇安帝继续往前走，沉声道：“朕这些年，昃食宵衣，抚内定外，熬干了心血，自认就算早年有些什么过错，也该偿还清了，下面……又该轮到谁了？”

崇安帝说着看向郁赦，郁赦目光幽冷，没接话。

崇安帝继续往前走，不远处是碧波池，崇安帝犹豫了片刻，转头往另一边走。

郁赦眼中闪过一抹讥讽。

崇安帝是怕自己突然发疯，把他也推到水里去。

崇安帝如今倚重郁赦，但还是要提防郁赦。

血亲父子走到这一步，也是讽刺。

崇安帝依旧在念叨：“朕听阁老们说，你每日看书折很勤勉，话少，办的事多，且进内阁这么久了，竟只是看只是学，从未插手过一件事。”

崇安帝唏嘘：“朕记得琼儿那会儿……是恨不得整个内阁都听他的。”

郁赦漫不经心：“我才疏学浅，本来也没什么能帮忙的。”

崇安帝继续往前走，问道：“那你学了这么久，体会到为上者的不易了吗？”

郁赦尽力掩住眼中的讥嘲，沉默片刻道：“很不容易，但有时能体会这种不易就算幸运了，日子过得太安逸了……我怕我不能活得长久。”

崇安帝深深地看了郁赦一眼，叹了口气：“你说几句好听的话，就当是孝顺朕了，不行吗？”

郁赦垂眸。

郁赦长相随小钟妃，只有眉眼有一点点像崇安帝年轻的时候，崇安帝看着郁赦的眼睛，轻声道："你自小在宫里长大，子宥，你知道吗？你走路很晚，旁的孩子不到一岁就会走了，只有你，快两岁了，还摇摇晃晃的，走得很慢，但每回一看见朕就顾不上，跑得极快，那天就在这御花园里，你看见朕了，远远地就朝朕跑过来，宫人们都追不上你，你跑得太急，跌在石阶上，两只小手上全是血，朕当日真是心疼得心都要碎了……"

崇安帝双手扶在木拐上，咳了两声，喘息道："现在想起来，后悔极了，当日顾什么礼仪？就该也跑几步，不等你跌倒，早早把你抱起来……"

郁赦面色如常："我学步晚，自小就爱跌跤，跌得多了，早就习惯了，皇上不必介怀。"

崇安帝苦笑着又咳了几声："你还是在怪朕。"

郁赦表情平静："这是实话，我确实习惯了。"

崇安帝自知现在再想把郁赦的心焐热是来不及了，不再多言，摆摆手："罢了，再陪朕走两步。"

"郁王这些日子闭门不出，很安分。"崇安帝道，"你说……他是真的不想争了呢，还是在计划些别的什么？"

郁赦跟在崇安帝身后，闻言道："郁王的心思我自小猜不透，不敢说。"

"你同他父子多年，你都猜不透，朕就更不行了。"崇安帝一步一步地上石阶，"司天监今日来上报天相……"

崇安帝的身子是真不行了，爬了几步石阶就开始喘，他停下来，慢慢道："原本只是照常，说说今春的雨水如何，说说今夏会不会有洪涝，但这回他们提起……说今年，怕有荧惑星逼心宿。"

荧惑守心，天子大凶。

崇安帝慢慢道："子宥，这是谁要对朕不利呢？"

郁赦面色如常，道："天相之说，可信可不信。"

"朕今年精神不大好，但自觉还能撑两年，应当不是老天要让朕走。"崇安帝声音冷了下来，沉声道，"司天监还说，心宿旁的两颗星，忽明忽暗，一凶一吉。"

崇安帝看着郁赦，眼神幽深："这两颗星一向是指代皇子的，一凶一吉，你说，哪个是凶，哪个是吉？"

郁赦脸色微变。

崇安帝在郁赦的肩膀上按了下："主吉的那个被主凶的困住了，这话说得……是不是太明白了？"

郁赦深吸了一口气："我是七月半生人，确实主凶，宣琼如今被软禁，也确实是……"

郁赦嗤笑一声，没再往下说。

"这些鬼鬼神神的话，朕是信的，早年有人说朕没子孙福，朕确实失了好几个皇子，伤心了许久。"崇安帝眯着眼，突然话锋一转，"但如今，朕好好的三个儿子在世，又是怎么回事？"

"先说有荧惑守心，又说皇子受困，又说主吉的这皇子或能破这天相。"崇安帝声音彻底冷了下来，"郁王蛰伏多日，原来把心思全放在这里了！想借司天监的口让朕立宣琼，还顺便拿你的生辰做文章，心思真歹毒啊……"

郁赦提起的一颗心终于放了下来，忍不住暗暗感叹，钟宛对崇安帝的心思，拿捏得好准。

崇安帝印堂发暗，脸色阴沉："怪朕，给你封王的事拖太久了，久到让这些人觉得可以左右朕的心思了。"

"别担心。"崇安帝对郁赦安抚道，"朕刚刚下了旨意，正式封你为亲王。"

郁赦下跪谢恩，规规矩矩，没什么多余的感恩戴德的话。

崇安帝命他起身，苦笑："朕怎么听说你同归远话多得很，每日总在一处，别人拆都拆不开，跟朕就没话了？"

崇安帝皱眉想了想，道："对了……朕听谁说的来着……"

"说自朕认回你后，宗人府和内务府那边往你府中送了不少东西，也有人开始记你每夜宿在哪儿了。"崇安帝失笑，"朕怎么听说，那一整本册子，上面全都是……"

郁赦淡然道："全是钟宛。"

郁赦脸色变了变，有点嫌钟宛丢人，但又忍不住道："他根本不知道那册子是做什么的，只觉好玩，那次一口气要了几十本起居册子过去，没事儿就写他自己的名字，生生写满了，如今……"

郁赦不忍多提："已经为我安排到几十年后了。"

八十六

皇子们并没有记录他们言行的起居官，但为保皇室血统纯粹，本朝成年皇子每晚同谁共寝，府中人是要有个简单记录的。

郁赦前些日子被崇安帝认回，算是正经皇子了，内务府也往郁王府别院送了起居册子，由冯管家代为记录，郁赦从不亲近女子，那些册子没了用处，被冯管家搁在了一边儿，好巧不巧，让钟宛看见了。

钟宛翻了翻空白的册子，没看明白，想了想，觉得这是安排郁赦每天会见哪个门客的册子，遂大为重视。

钟宛趁冯管家不注意，顺了两本册子出来，又偷偷藏了一支笔，避开人，仔细认真地填写好了自己的姓名，又乘人不备放了回去。

钟宛在府中养病，除了给郁赦出谋划策，也没太多事可做，发现了这个漏子，没事就欢天喜地地去偷册子写名字，乐此不疲。他闷声发大财，默不作声地用掉了郁赦整整一盒子的描金墨锭，郁赦想不发现都难。

郁赦默默地看着自己秃了的毛笔，在心里暗暗叹气，钟宛这样的人物要是能入后宫，怕是个会在绿头牌上出老千的鬼才。

默默把嫔妃的绿头牌都偷走，改造一二，全部写上自己的名字，让皇帝在翻牌子的时候防不胜防、避无可避……

这事儿钟宛绝对做得出来。

郁赦闭眼装瞎，由着钟宛胡闹。

只苦了冯管家，被蒙在鼓里什么都不知道，一旬过去了，内务府的官员来索要册子记档时，他就给送了去。

内务府内官查看记录的时候看着册子里密密麻麻的“钟宛”两个字，着实惊着了。

新皇子日日同钟少爷宿在一起的事，就这么兜兜转转地传到了崇安帝耳朵里。

郁赦并不想跟崇安帝聊钟宛的事，半遮半掩地解释两句就回府了。

回家看见钟宛，郁赦没忍住训了他两句。

钟宛虚张声势地装不懂："什么事？你的东西我什么时候动过？什么册子？"

"我的起居册！"郁赦忍无可忍，"起居册！竟记到了多少年以后去，宫里看到了能不觉得奇怪吗？这是闹鬼了吗？能不问吗？"

钟宛脸憋得通红："我以为是……"

郁赦看着他，忍不住追问："你以为是什么？"

冯管家进屋来送点心，见状赔笑："怎么了这是？有话好好说。"

钟宛装可怜："世子说我碰他东西了。"

冯管家忙护着钟宛："不小心碰就碰了，王爷大度，怎么会因为这点事儿生气？"

"他那是碰吗？他是……"郁赦顿了下，抬眸问道，"接着旨意了？"

钟宛一笑："传旨的人刚走，恭喜王爷了。"

"封号还没定。"郁赦看向钟宛，低声道，"得亏了你的人机敏，皇帝现在一心觉得是郁王勾结了司天监的人在生事。"

见两人说起正事来了，冯管家放下茶点，知趣地躬身退下了。

郁赦沉声道："猜猜，皇帝还要耗多久才肯立储？"

"身体更差一些吧……"钟宛沉吟片刻，"或者是发现郁王或宣琼再生事。"

钟宛想了想，轻声道："靠宣琼自己扑腾出什么花样来可能难，要不要把北狄的事往前提一提？"

"不急。"郁赦摇头，"给郁王一点时间……你家的事，他还没替你翻案呢。"

钟宛忍不住笑了："王爷，你心思怎么这么毒？"

郁赦淡淡道："他自找的，他这人就是这样，别人是狡兔三窟，他是恨不得给自己挖出百十来条退路，贪心不足，活该最后活活被累死。"

“你就不贪心了？”钟宛轻声道，“我是怕迟则生变，要是郁王真的全豁出去了一定要证明小钟妃曾弑君，你……你毕竟是小钟妃的儿子，有人若以此质疑你，觉得你不配继位，那怎么办？”

“不一定走得到那一步，再说我当日还未出生，关我什么事？”郁赦不甚在意，转口道，“公主那边来过消息吗？”

钟宛摇头：“自之前替你周全，让皇帝信了是郁王再重提小钟妃的事后，公主就没再往这边走动过了，我让林思探听过，这么多天了，郁王再没去过公主府。”

钟宛看着郁赦：“子宥，你几次逼着安国长公主表态，到底是为了让她死心塌地地帮你，还是在替她划清界限，为了将来她可不受牵连？”

郁赦默然，片刻后深深地看了钟宛一眼，自嘲道：“两下都有。”

钟宛有点心疼郁赦，但看着郁赦阴鸷的眸子，想着他这具桀骜骨下温柔的心肠，又难以自已地觉得钦佩。

“把谢恩的折子写了吧？”钟宛拿了一道空白书折放在郁赦面前，“终于封王了，里子你已经有了，面子该给皇上了。”

郁赦不太乐意，敷衍道：“随便让谁写一道吧，反正他也不一定看。”

“但万一在早朝的时候让人当朝读了呢？”钟宛催促，“快写吧。”

郁赦实在不想动笔，白天跟崇安帝周旋了半日，现在想起崇安帝来还在犯恶心，郁赦揉了揉额头：“头疼，你……你替我写几句吧，我一会儿誊抄下来。”

钟宛答应得挺爽快：“行。”

钟宛也不坐，就站在郁赦身前，拿起笔来蘸了蘸墨，展开书折，半点腹稿不用打，随手写了起来。

郁赦静静地看着：“你没进中书省，确实是屈才了。”

“知足了吧？”钟宛下笔不断，一面骈四俪六地写着谢恩的虚话一面还不忘吹嘘自己两句，“七年前的会元，亲自给你当校书童，高不高兴？”

钟宛不过一盏茶的时间就写满了一张，神采飞扬：“看看，有没有要改的？”

郁赦认认真真地看了一遍，摇头：“一个字也不用改。”

钟宛知道他是真的觉得堵心，叹了口气道：“我看你也别誊抄了，我仔细地再抄一份送去就算了。”

郁赦点头，钟宛换了一支细些的毛笔，又拿了一道空白书折来，郁赦要起身给他让位子，钟宛摇头，一哂：“抄这么点儿东西还用坐得四平八稳的？”

钟宛换了个笔体，端正温润，写了几十年折子的老臣怕是都不如他。

就是这提笔安社稷的一只手，前两日，在自己的起居册上，一遍又一遍，不厌其烦地写下了无数个——“钟宛”。

郁赦看着这样的钟宛，感慨万千。

八十七

当夜，郁王府别院的灯早早就熄了，同郁王府别院相距并不远的郁王府中，阖府灯火通明。

书房中，几个幕僚压着嗓子相互吵嚷，争执不下。

郁慕诚被幕僚们闹得头晕，不但未发怒，脸色还是温和的。

一个幕僚疑心道："可也奇怪了，皇上以前是信这些事的啊！不然当初也不会把世子送到咱们王爷这儿来避难，如今好了，王爷替皇上养大了世子，皇上这边翻脸不认人就算了，又改了性情。"

"什么信不信的？利益驱使罢了，有利的就信，不合心意的就当那是有人别有用心。"

"那司天监胡言乱语！句句踩着皇上的忌讳来，偏偏明面上好像是在替我们做说客！什么东西！"

"事发突然，皇上早起见了司天监的人，早朝时竟一个字没露，下了朝，直接将世子留了下来，接着就下了圣旨，从头至尾没跟旁人提一个字，王爷就是想分辩两句也分辩不了。"

"如何分辩？司天监的人没提王爷，句句只捧着五殿下来，咱们王爷如今避还避不开呢，怎么能再替殿下开口？这就是个局！殿下还被软禁着，什么都不知道，王爷想帮忙但又遭忌惮！这人是料准了我们只能干着急。"

有人还在纳罕："你我都知道，这不是我们所为，多半是世子的心思，但……但也没听说过世子在司天监那边有人啊，有吗？"

众人看向郁慕诚，郁慕诚摇头："子宥这些年虽胡闹，也会在各处安插些人手，但从不结交权臣，也不跟各个衙门的人来往，就是暗中……据我所查，他也没什么人手。”

幕僚不太确定道：“难道还真能是凑巧了？真有什么天相？”

一人怒道：“没有！我得着消息就让人找了京中有名的术士来问，术士说过了冬日后星宿有变那是再平常不过的事！更没看出心宿旁的星子有什么忽明忽暗，只是稍有变化，根本就是司星监在小题大做！”

“那还能是谁？”

一直没作声的一个幕僚看向郁慕诚，试探道：“还请问王爷，五殿下被软禁的这些日子里……可是有些沉不住气？”

郁慕诚默然。

这事儿若不是郁赦做的，那多半就是宣琼或者是郁妃的手笔了。

郁慕诚疲惫地嘘了一口气。

幕僚们见状也信了几分，不敢再多言。

片刻后，一人壮着胆子道：“事到如今，王爷必须得下定心意了！”

郁慕诚沉声道：“什么心意？”

“风雨飘摇中，大船上铆朽钉锈，如今是要倾力修补，还是，还是……”这人狠了狠心，“积重难返，还是弃了这船，另寻一条小船呢？”

另一条小船，说的自然就是宣瑞了。

一人当即反驳道：“那是王爷的亲外甥！多年的心血……”

“多年的心血又如何？五殿下如今擅自妄为，一次又一次，自毁基石，这要如何修补？”

“这是什么话？那就不保五殿下了？！”

幕僚们又吵嚷了起来，郁慕诚将茶盏不轻不重地放在了桌上，众人噤声。

郁慕诚缓缓道：“不是我不想保五殿下，但你们看不出来吗？皇上已彻底疑心了我，对五殿下，我已然是使不上力了。”

“那是我的亲胞妹、亲外甥，我比什么人都痛心。”郁慕诚叹气，“但如今，另觅他法，也许更能保住他们。”

郁慕诚合上眼：“吩咐跟着去黔安的人……动手吧。”

自郁赦正式封王后，京中至少是表面上意外地平静了下来。

崇安帝很懂得心疼自己，调养得当，朝会上得都勤了，没人再敢提立储的事，崇安帝自己也很沉得住气，不偏不倚的，给郁赦封王之后，转头又赏赐了尚在软禁的宣琼。

郁赦对此不动声色，每日照常忙自己的公事，倒是宣璟知道后在自己府中闹了一次脾气，埋怨崇安帝封赏了两人独独落了他，但也没人理会这个。

内阁老臣们不知是得了崇安帝的什么暗示，还是也对宣琼、宣璟死了心，觉得储君之位没多大悬疑了，对郁赦热络了些许，教导他处理政务也更尽心了。

郁赦每天白日里认认真真地学政，晚上仔仔细细地照料钟宛，日子难得过得平静又充实。

这日，宣从心带了宣瑜来见钟宛。

宣从心自上次来郁王府别院之后，郁赦待她算是礼遇有加了，她没了那么多顾虑，觉得郁赦也没传言中那样可怖，大大方方带了宣瑜来串门。

宣瑜久不见钟宛，如今已知道了当年之事，看见钟宛愧疚得红了眼眶，他在自己府上早就打好了腹稿，没等他酝酿好情绪一口气说给钟宛，钟宛先头疼道："把眼泪擦一擦，过了一个年，你也不小了，学学从心，别有事没事就掉眼泪。"

宣瑜还要说话，钟宛坐下来，自顾自地考教起了他的功课，宣瑜瞬间紧张起来，这段日子府中没人管他了，他课业荒废了不少，怕让钟宛失望，他集中精神地应对着，没一会儿就忘了之前想说的话。

半炷香后，钟宛点点头："勉勉强强吧，你得亏是遇见了我这个先生，你这要是受教于当年的史老太傅，你的伴读怕是要天天挨打。"

宣从心闻言横了自己不争气的兄弟一眼，宣瑜讷讷保证："我回去就、就好好温习。"

钟宛在他头上揉了一把，让人给他拿点心，宣瑜几次张口，又怕自己忘词，几次又闷头默背什么。

宣从心烦躁地催促："没几句话，你在家里不是给我背得挺好的，这就忘了？

钟宛笑了："你到底要说什么？"

宣瑜咽了下口水，紧张道：“前些天，前些天……父王和母妃给我托梦了。”

钟宛愣了下：“啊？”

宣瑜一着急，把背好的词全忘了，前言不搭后语道：“他们如今过得特别好！还很年轻的样子！”

钟宛干巴巴道：“是啊。”

宣瑜不自觉地挺直了背，认真道：“父王让我跟你说句话。”

钟宛脸上笑容淡去：“……说什么？”

宣瑜红着眼睛：“父王说，这些年你过得太苦了，他全看在了眼里，大哥的事，是大哥自己作死，怪不得旁人，父王还说他从未怪过你半分，说你没一点对不起王府的，他如今只心疼你，他让我问你，原先明明那么康健，如今怎么病弱成这样了？”

钟宛失笑，这俩孩子为了宽自己的心，真是费心思了。

宣瑜小声道：“母妃也有话跟你说。”

钟宛顿了下，明知道是假的，还是忍不住问：“王妃说什么了？”

宣瑜一张口又哭了，抽噎得说不出话来，宣从心把自己的手帕摔在宣瑜脸上，忍不住发火：“话也说不清楚，你还有什么用？！”

“我说吧。”宣从心清了清嗓子，尴尬道，“那什么，父王母妃也给我托梦了。”

宣从心道：“母妃说，归远吾儿，十载……”

宣从心哽住了嗓子，骂宣瑜不争气，轮到自己一句话刚出口，眼泪也掉下来了。

宣从心深呼吸了下，尽力冷静道：“母妃说，当年她走之前心中藏着千言万语不能一一说尽，更有许多不方便同父王说的，不知怎的，就忍不住看向了你。

“你贴心又懂事，同她说让她安心，将来父王就算续弦，也会护住我们，不让我们被后娘欺负，但母妃当日不是这个意思。”

宣从心抹了一下眼泪，继续道：“母妃原本想说的是，父王若续弦，后娘不敢对我们如何，因为我们是父王亲子，但你就不一样了，你一个外姓之人，将来怕是会遭后母忌惮。”

钟宛忍到这儿实在是撑不住了，起身走到窗边。

宣从心哽咽着认真道：“母妃让我跟你说万事小心，一定要护好自己，你是她头一个孩子，是她心头骨血，别再糟践自己，让她在那边心疼了。”

钟宛背对着宣从心和宣瑜，许久哑声道：“嗯。”

章肆

行刺

八十八

宣瑞被汤铭蛊惑返京时，严平山私下给钟宛传递了消息，算是彻底开罪了宣瑞，从那开始，严管家留在京中的黔安王府里伺候双胞胎，应该是跟他们说了不少当年的事。

钟宛心里很清楚托梦什么的都是宣从心编出来哄自己的，但看着宣从心同宁王妃有七分相似的面庞，听着她学着宁王妃的口吻劝慰自己，钟宛还是险些在两个孩子面前失态。

钟宛看着窗外出神，忽而想起了郁赦之前说过的一句话。

他说“归远，我有时候真的不知道该恨谁”。

钟宛之前在汤铭的庄子上被宣瑞一席话逼得呕了血，心中差不多就是这个滋味。

这些年确实做了许多错事，钟宛都认。

年少时种种心高气傲的念头早就被打磨没了，钟宛自觉没什么屈辱是受不了的。

但偶尔也会矫情，被自小带大的弟弟怀疑时也会想替自己分辩两句，却又无从开口。

宁王、宁王妃大恩在前，宣瑞就算是杀了自己，自己又能说什么呢？

钟宛贪恋地反复咀嚼着宣从心方才的话，却不敢往心里去。

宁王、宁王妃若在天有灵，看着自己跌跌绊绊十分不体面的这些年，真的不会失望吗？

若再知道自己与仇敌之子交好，真的不会痛骂自己是个白眼狼吗？

“还有……”

宣从心擦了眼泪，收敛神色，继续道："母妃还说……"

宣瑜两肩抽搐，呜呜咽咽个不停，宣从心两次开口都被他打断了，她耐心有限，烦躁道："你有完没完？还听不听母妃说话了？！"

宣瑜吓得低头捂住嘴，不敢再出一声。

宣从心咳了下，揣摩着宁王妃的语气，年少老成道："母妃还说，让你不要总和郁赦闹脾气，不要无理取闹，不要任性，不要不交代一声就跑出去。"

钟宛："……"

郁赦上次对宣从心做戏很成功，宣从心如今越想越觉得郁赦可怜，越看钟宛，越觉得他无理取闹。

宣从心按着自己的心意，长篇大论，以宁王妃的口吻，给了钟宛好一顿教训。

钟宛哭笑不得，心中愁绪被搅了个一干二净。

钟宛留了宣从心和宣瑜在府中用午膳，久违地，如同当日在黔安一般，一边用膳一边闲话家常。

钟宛正同宣从心商量着给宣瑜再找个什么先生时，冯管家神色慌乱地进屋来了，匆匆看了钟宛一眼，欲言又止。

钟宛心微微一沉，不动声色地说有点事要去交代，让宣瑜、宣从心接着用膳，自己起身出去了。

钟宛跟着等在屋外的冯管家一路出了外厅走到院里，钟宛皱眉："怎么了？朝中出什么事了，还是子宥他……"

"不是王爷。"冯管家往钟宛房中看了看，神情紧张，"我本不敢同少爷你说，想等王爷回来问王爷的意思，但这两位小主人还在咱们府上，一会儿他们一走，怕在外面知道了消息会出事，现在得有个做主的人。"

钟宛失笑："到底怎么了？"

冯管家干咽了一下："黔安来了消息，说原黔安王宣瑞……出事了。"

这日朝会事多，吵嚷了将近两个时辰，崇安帝一开始还有点精神，后来实在撑不下来了，最终让众臣将没讨论分明的事全部移交内阁，自己回后宫歇着去了。

说是交由内阁，其实就是交给郁赦了。

近日崇安帝不再只让郁赦“学政”了，在崇安帝的授意下，内阁老臣们如今反了过来，每日会分派些要紧不要紧的折子交给郁赦，由郁赦先批复，之后老臣们再逐一审核，没问题的直接发下去，有异议的再同郁赦商榷。

崇安帝嘴上不松口，却已隐隐有点要让郁赦监国的意思了，宣琼一派的人相视无言，一脸愤懑地一甩手走了。

郁赦宠辱不惊，脸色没半分得意之色，照常命人整理奏疏，准备回内阁一一批复。

郁慕诚这日也来朝会了，散朝后慢吞吞地往外走，迟了两步，停在了郁赦的必经之路上。

郁赦自来是看着郁慕诚也当没看见，同郁慕诚擦肩而过时，郁慕诚开口温和道：“子宥。”

郁赦停住脚，眼神淡漠地看着郁慕诚，示意他有屁快放。

郁慕诚慈和道：“没什么事，为父看你近日辛苦，想提醒你几句，小心身子。”

若是以前，郁赦必然要说几句刺耳的话让郁慕诚下不来台，但他如今连崇安帝这个父皇都认了，再没什么恶心的事是忍不了的。

郁赦面无表情地点了点头，没再耽误时间，直接走了。

郁慕诚目送郁赦走远，喃喃自语地重复他同郁妃说的话。

“子宥身上多少个把柄，你随意挑哪个发作不行……”

郁赦原本以为郁慕诚只是照例在人前同自己演一演父慈子孝的戏码，直到几个时辰后，他才明白过来。

“你……”

郁赦避开众人，带着来传话的小太监一路走到了无人处：“你说什么？！”

小太监苦着脸：“内情小的也不知道，只会学舌，咱们府上的探子日夜不休，半个时辰前刚刚赶进京，探子听说王爷您还没回府，本想着不急，等着王爷回府后同王爷交代黔安的事。”

这都没问题，郁赦皱眉道：“那怎么突然催你来寻我？！”

小太监焦急道："错就错在，不知哪里来的人，早咱们的探子几个时辰往黔安王府和咱们府上传递了消息！这是哪里来的人？也不找王爷您，逮着谁同谁说！毫无顾忌，咱们的探子都吓着了！"

郁赦心一沉："他们说了什么？！"

小太监受惊不小，讷讷道："他们吵吵嚷嚷地往两边府上通报，说、说原黔安王遇袭，已经……殁了。"

郁赦脑海中突然好似炸了窝一般。

郁赦派了不少探子随宣瑞往黔安去了，按照郁赦的计划，这些探子既要保护宣瑞也要盯着他，若郁慕诚真对宣瑞出手，探子们会将宣瑞护下，若郁慕诚假意出手，就顺水推舟，然后分人回京来知会自己。

郁赦有个私心。

他并不确定郁慕诚会出手，若郁慕诚不出手，郁赦想将自己以宣瑞为饵的事瞒下来，当一切都没发生过。

一是免得让钟宛悬心，二是……

郁赦怕钟宛不会同意。

郁赦原本计划得很好，宣瑞遇袭的事传到京中来需要时间，但怎么也跑不过自己的探子，若真事成，那他也有充裕的时间同钟宛解释清楚，宣瑞只是暂时被郁慕诚扣下了而已。

但现在……

郁赦脸色极差："……他们还特意去告诉了那对双胞胎？"

小太监急道："是呢！就怕那两个小主人什么都不懂，同钟少爷要说法！钟少爷之前同他们保证过，护送原黔安王的事由王爷一力承担，绝不会出岔子，如今出了事，就怕两个小主人不分青红皂白，再怀疑是王爷你出的手……"

郁赦声音冰冷："京中半点消息没传来，我的人却知道了个透彻，说不是我做的，有人信吗？"

郁赦牙关紧咬，近日是他太得意了。

郁慕诚在这儿等着自己呢。

自己最近事事顺心，郁慕诚怎么可能听之任之？

郁赦有点心慌，继而心中突然积起无限愤懑，自己明明是为了给宁王翻案，明明只是不想钟宛挂心，为何如今却要被钟宛和那对双胞胎怀疑对宣瑞下了毒手，凭什么？！

自己这都是为了谁？

郁赦心中妄念四起，难以自控地要怨恨所有人，他清楚自己这是要犯病了，尽力平复心绪道："回、先回府……"

暮色低垂，郁赦回到府中，竭力克制着自己不发疯。

郁赦突然有点怕，怕钟宛像上次似的，不在了。

钟宛的小院，安静如往日。

郁赦心惊胆战地一路走了进去，推开钟宛卧房门的时候，手都是抖的。

卧房中，钟宛枕着自己的手臂，趴在书案前睡着了。

郁赦微微晃了下，凝在他胸口的一团心火瞬间被打散，顺着四肢百骸发散开了。

郁赦迟疑着，几步走近，轻轻碰了碰钟宛的肩膀。

钟宛微微动了下。

钟宛睁开眼，看着郁赦血丝遍布的眼睛心一沉，随即不动声色道："回来了？"

郁赦浑身都紧绷着，闻言生硬地点了点头。

钟宛见郁赦如临大敌的样子无奈又心疼。

"子宥……"

钟宛把本要说的正事咽进了肚子里，认真地看着郁赦："我骤然接着这种消息，没怀疑你半分，你为什么不能学学我……也对我多几分信任呢？"

郁赦愣了下，忽然有点反应不过来。

钟宛叹气："……你这是怎么回事？为何这样不小心？今天幸好从心和宣瑜来看我，向他们俩传递消息的人被我拦下了，不然他俩要是闹起来，你要如何收场？两个小孩子，着急起来没章法，万一受人蛊惑，再闹到御前去，要怎么办？"

郁赦还有点失神，闻言心道：别人闹就闹，关我什么事？我这些年做了那么多恶事，还怕这个吗？

唯独怕的，不过是你也误解我罢了。

钟宛不想刺激着郁赦，低声道：“你想以宣瑞为诱饵，顺水推舟地把他送给郁王，让郁王爷自信掌控了这个完美的傀儡，这样，郁王爷才会反过来尽心竭力地替宁王翻案，以图名正言顺地推自己的傀儡上台，是不是？”

郁赦眸子动了下，微微点了点头。

“就算让宣瑞受了点罪，但你这是在给宁王、宁王妃翻案，”钟宛语气不自觉地就重了，“宣瑞身为人子，为了亲生父母受点罪，那难道不是应该的？！”

郁赦彻底怔住了。

钟宛一点准备没有，先是接到了宣瑞殒命的消息，震惊下察觉出其中疑点，尽力保持冷静，按下探子，另一边瞒住双胞胎留他们多坐，同时命人火速叫了林思来，向林思道明厉害，让他看住了双胞胎，不许歹人同两个孩子胡言乱语。

勉强替郁赦把尾巴扫干净了，钟宛身心疲惫，趴在书案上就睡着了。

郁赦瞒着他动了这么多手脚，钟宛说没来气是不可能的，这会儿见郁赦半分不信任自己的样子，钟宛心中邪火直接烧到了顶点。

钟宛满眼疲惫：“你到现在还觉得我待宣瑞比你重，是不是？”

郁赦还没接受这突如其来的变故，有点反应不过来，他眼中满是血丝，看钟宛都看不太清，心中有一万句话要说却全憋在了喉咙口，一句也说不出来。

郁赦克制地攥着拳，一遍遍警告自己，别犯病，别发疯，别伤着归远。

钟宛本来要跟郁赦开诚布公地彻谈一番的，但看他现在这样子，知道说什么也没用了。

钟宛起身：“算了，不想说了。”

郁赦浑身僵硬好似铁铸，下意识地往前走了一步，一只手攥在了桌角上，想要拦着钟宛不让他走，又怕自己一动手就会将钟宛的手腕生生折断。

钟宛并没有走。

钟宛站在郁赦面前，叹了口气：“跟你这人说什么都没用，还是得多做点儿实在的。”

八十九

郁赦闻言生硬道：“你别这样……”

郁赦六神无主地赶回来，头发都有些乱了，这会儿一绺头发垂下来，稍稍挡住了他的眼，将他英俊的面庞衬得越发冷清，郁赦声音艰涩：“你先去歇着吧，有什么事儿等明天……”

钟宛要被这个别别扭扭的人气疯了：“你到底要怎么样啊？”

“今天不行，等……”郁赦闭上眼，眉头紧皱，像是在生生忍耐着什么，“等明天再说……”

钟宛蒙了：“为什么？明天……是什么日子？”

郁赦失神道：“我犯病了……”

外面朦朦胧胧的月光照进了屋子，郁赦看了钟宛一眼，靠着仅存几分清明艰难道：“我犯病了，明天一觉醒来，我就什么都记不清了，归远，你现在对我说了什么，待我多好，明天我也记不得的，别……”

郁赦低头喘息了下：“别白费功夫。”

钟宛张了张口，还没说话，眼眶先红了。

郁赦低头，突然恨透了当年蛊惑他吃寒食散的那些人。

郁赦像是在安慰钟宛也在安慰自己：“我这毛病较以前已经好多了，好久没犯病了，犯病的时候也不怎么头疼了，只有一点我还是受不了……”

郁赦喃喃自语：“我受不了忘了犯病时你待我的好。”

钟宛一只手扶在书案上，嘴唇微微发抖，五脏六腑都被郁赦绞疼了。

郁赦后退两步：“你好好歇着，我去书房了。”

郁赦转身往外走，再次被钟宛扯住了袖口。

漆黑的夜色里，钟宛语气轻松：“没事，忘就忘了。”

钟宛哑声道：“待你好的事，我愿意天天为你做。”

信念坚定，一心躲了钟宛寻个没人的地方静待自己冷静下来的郁赦闻言双腿像被灌了铅，突然就走不出这道门了。

郁赦多年来马不停蹄、义无反顾地往那荆棘满地的地府奔走，已经记不清这是第几次被钟宛绊住了脚，逼他生生转了另一条活路来走。

现在不只是走不开了，钟宛只用了一点点力气，就轻而易举地将郁赦牵到了床上。

郁赦身体僵硬地倚在床头。

他头发已经乱了，钟宛索性将郁赦的头发散开了，青丝如墨，郁赦散着头发，眼神偏执戒备，这神情其实是有点吓人的。

但钟宛一点也不害怕，小声道：“我守着你，你在这儿好好歇息一下，不要去书房了。”他怕郁赦犯起病来难受，又拿话来岔，“对了，宣瑞的事，你原本到底是怎么计划的？”

郁赦哪里想谈别的人，虽十分不甘，但还是道：“原本计划在我的人返京后同你摊牌，将一切道明。

“然后赶在宣瑞的丧讯传到京中之前把双胞胎送走，用我的人把他们俩护住了，看住了。

“在丧讯传来时，同你一起演一出好戏，能骗过郁慕诚最好，骗不过也不要紧，我原本就想杀宣瑞，他必然是知道的。

“下面的事你就知道了，他都将宣瑞当最后一张底牌，我在明，他在暗，该如何较量就如何较量，我明着还是要将宣琼彻底斗垮，然后静候郁慕诚黄雀在后，等他给宁王翻案。”

郁赦眯着眼：“我这次险些出了岔子，是他棋高一着，我心服口服。”

“并不是他有多厉害。”钟宛低声道，“是你有所顾虑，说起来其实怪我，你有了软肋，瞻前顾后，被他抓住了空子。”

“我不是在安慰你。”不等郁赦开口钟宛又道，“你和郁王不是一路人，他为了赢，能壮士断腕，快刀斩乱麻地弃了宣琼这个亲外甥和郁妃这个亲妹妹，你呢？你能吗？”

郁赦干脆道："目的不同罢了，他的目标是摄政王。"

钟宛又想到了什么，道："那什么……宣瑞？"

"放心，郁王比所有人都怕他出事，绝对不会伤他半分，且还有我的人盯着呢。"郁赦不快道，"他最多受点惊吓，不会有事的。"

钟宛失笑："别这么着急解释，我没那么没良心，他就是磕磕碰碰两下又怎么了？"

郁赦脸色瞬间好看了不少。

钟宛想了下道："丧讯估计还要好几天才会传到京中来，怕就怕郁王再使些什么手段，我想……"

郁赦道："什么？"

钟宛动了动，道："我记得你在京郊也有庄子？"

郁赦点头。

"送从心和宣瑜去吧。"钟宛道，"不用你出面，我去跟他们说，最近京中倒春寒，就说送他们去庄子上玩两天，避一避这鬼天气。"

钟宛又道："你的庄子，多派些人也不引人注意，你看紧了他们。"

如此最好了，郁赦点头："听你的。"

钟宛放心了："没事了，睡吧。"

一夜好梦。

清晨醒来，钟宛睁开眼看了看四周，天色大亮，郁赦应该已经上朝去了。

钟宛昨晚喉咙就感到有些不适，今早并没有好转多少，他咳了两声，想到郁赦今天就什么都不记得了，又叹了口气。

钟宛起身洗漱，换好衣裳后冯管家端着茶进屋来了。

钟宛接过茶盏喝了一口，意外："雪梨茶？好巧，居然备了这个。"

冯管家一笑："哪儿啊，是王爷早起吩咐的，说他昨晚就感觉到钟少爷喉咙有些哑，今天必然不适，要喝点护嗓子的。"

钟宛噗地呛了一口茶。

这次怎么没忘？！

九十

钟宛崩溃，什么会忘什么不会忘，他难道还是凭心情来的？

钟宛小心翼翼地看着冯管家："子宥他还对你说什么了吗？"

冯管家疑惑地看着钟宛："也没说什么，王爷今天起得挺早，去外面都上车了，突然想起来这事儿，让人回来嘱咐我，说少爷你有点上火，从昨晚开始嗓子就不舒服，我特意问了，要不要叫太医来看看，王爷说不用，喝点养嗓子的就行，我想来想去，就让人煮了一壶雪梨茶。"

钟宛放下心，还好还好，郁赦应该是清醒了，不过……

钟宛心惊，这人是什么时候清醒的？

难不成昨天就醒了？！

郁子宥现在也是越来越出息了。

冯管家见钟宛的脸一阵红一阵白的，疑惑道："少爷？怎么了？"

钟宛又给自己倒了一杯茶，含混道："没事……劳烦替我备车，我一会儿出门。"

冯管家答应着："少爷去哪儿？"

钟宛喝干了茶："黔安王府。"

一个时辰后，黔安王府。

宣瑜听说要去郁赦的庄子上玩，又听说那庄子上有山有水有温泉，高兴坏了，不知想到了什么，不敢同宣从心说，同幼时一样凑到钟宛身边，吞吞吐吐地想跟钟宛说悄悄话。

自来就这样，比起大哥和姐姐，宣瑜更亲钟宛一些，钟宛无奈："少爷，多大人了，还咬耳朵呢？要说什么？”

宣瑜畏惧地瞟了宣从心一眼，悄声道：“我们……我们都去吗？”

“你和从心去。”钟宛咳了两声，拿过茶盏道，“我不去，没这清闲的好福气，那个庄子我少时就听子宥说过，虽没去成，但说是不错，还是前朝的老王爷留下的，修得很别致。”

钟宛耐心问道：“你是想带着谁去？”

“没有。”宣瑜犹犹豫豫地说，“能……不带着谁去吗？”

宣从心在一旁冷着脸道：“不带着我吗？”

钟宛莞尔，宣瑜忙摇头：“那怎么敢？！我、我是想……”

宣瑜可怜兮兮地看着钟宛，小声道：“能不带着先生吗？”

宣瑜哭丧着脸：“先生好凶，我不想带着他一起！让他自己在京中挨冻吧！”

钟宛叹气，在宣瑜头上揉了一把，有点发愁：“宁王学富五车，王妃当年也出了名地柳絮才高，如今倒不求你青出于蓝，但也不能太差了吧？”

宣瑜低头受训，委委屈屈的。

“罢了。”钟宛道，“不带着就不带着吧，落下的课业回头再补。”

宣瑜眼睛瞬间亮了，忙不迭地去收拾东西了。

宣从心横了宣瑜一眼，看向钟宛，皱眉：“怎么这么突然？下午就要我们走。”

“还不是因为那边如今山花烂漫，风光正好。”钟宛早就备好了说辞，笑道，“听说花期将尽，再不去就来不及了。”

宣从心还是觉得怪怪的：“太急了，我的东西丫头们可能都来不及收拾。”

宣从心现在不太好糊弄了，钟宛想了下叹气：“罢了，同你说实话吧。”

宣从心瞬间坐直了身子。

钟宛豁出脸皮，认真道：“子宥昨天有点事得罪了我，想讨好讨好你们，嗯……你知道，他就这样，没头没脑的，自作聪明。”

宣从心点了点头。

“得罪……”宣从心犹豫了下还是问道，“怎么得罪？是不是……”

宣从心有点紧张地追问：“是不是郁小王爷要议亲，没空再理会你了？”

钟宛失笑：“你想到哪儿去了。”

宣从心道："不是就好，不过……"

宣从心忧心忡忡："我昨天就想问，但没太好意思，郁小王爷他不成亲的吗？"

钟宛结巴："不、不啊。"

"我不太清楚现在朝中是什么局势，全是听说，听说皇帝认回郁小王爷，还很倚重他，外面都说是有立他为储的意思。"宣从心问道，"他将来要是真的做了皇帝，怎么可能没有后宫呢？"

钟宛想了想，一笑："我还真没想过这个。"

钟宛不是安慰宣从心，他是真的没想过。

回京之后，特别是同郁赦在一处以后，一件事挤着一件事，好像被人催着赶着奔命一般，能保住小命就不错了，哪还有那个工夫想以后的事？

而且郁赦虽未说过什么，但不知为何，钟宛就是觉得，他同郁赦之间，不会有这种麻烦。

宣从心皱眉："为什么不想？我还没听说过哪个皇帝能不要后宫的，宗亲们能答应吗？朝臣们会不管吗？"

钟宛失笑："我都没发愁过，你倒是想得周到。"

宣从心面色不佳："那你当我是杞人忧天吧……我倒是信了郁小王爷人真心不错，但以后日子还长，谁知道会怎么样，你也不打算打算。"

钟宛一心让他俩快点出京，敷衍道："行，我打算我打算，你快去看看，有什么要带着的，别落下了。"

宣从心怏怏不乐地去了。

钟宛不住催促着，过了晌午总算把两人送上了车，终于长舒了一口气。

钟宛看着远去的车驾，一边彻底放下了心，一边看着天边的乌云，突然有种山雨欲来风满楼的紧迫感。

等双胞胎再回京时，京中应该已经尘埃落定了。

钟宛方才出府时听家将们说才知道，郁赦早叮嘱了随行的家将，来日若一切顺利，那马上将双胞胎接回京中受封。

若有万一，无论郁赦和自己落个什么下场，家将们也不必回来，直接带着双胞胎出庄逃命，山高水远，有多远走多远，隐姓埋名，哪里都可安家，永远不要再回京。

跟着钟宛的家将小心地瞥了钟宛一眼，揣摩着钟宛的心思，沉声道：“少爷别想太多，来日未定，不一定就走到那一步！世子只是怕连累孩子，提前做个最坏的打算而已。”

钟宛看着远处，自言自语道：“若有万一，刚才……就是我同这俩孩子的最后一面了。”

宣从心太聪明，钟宛一句贴心的话也不敢说，有万千不放心也不敢多叮嘱，生怕惹她怀疑，现在想想，又有点怅然。

钟宛自嘲一笑：“突然后悔了。”

家将心头一酸，粗笨地劝慰道：“少爷别瞎想！后悔……后悔什么？有什么要说的，或有什么要捎给他们的，少爷吩咐我，我去办！”

“后悔我太心软了。”钟宛懊悔，“该把先生送去的！要真回不来了，没先生管教，宣瑜不美死了？他回头真的大字不识一个，我真是没脸见王爷、王妃了！”

家将：“……”

家将吃力地安慰：“先生年纪也不小了，就别跟着天涯海角地奔波了，先生也不容易。”

钟宛点头：“可也是，罢了。”

家将看着钟宛满不在乎的样子，实在安慰不下去了，将钟宛扶上车后勉强道：“还有就是银钱上少爷也不用担心，除了他们带去的那些，世子还特意让随行的心腹带了不少现银，总之……总之什么也短不了的。”

钟宛心一软，笑了下，又有点心疼郁赦。

殚精竭虑地跟这些穷凶极恶的人明争暗斗也就算了，还要分心料理这种小事。

这人整天在内阁临渊履冰的，不知有多辛苦。

临渊履冰的郁子宥，这会儿在内阁其实一点也不辛苦。

郁赦今天早起后神思清明，心情好得不得了。

下了朝，郁赦同郁慕诚走了个对脸，甚至还对郁慕诚笑了下。

将郁慕诚吓得不轻。

一上午了，郁赦一道折子也没看下去。

他脑子里全是昨晚的事。

琐碎一些小事他确实记不太清了，但大致的他都记得。

几个月前，托太医根治钟宛的病时，郁赦问过太医，他这病还能不能好。

这话冯管家以前也问过，太医当时说脑子里的事，没法打包票，只能长年累月安静修养试试。

可那次太医又说，最康健的年纪里，有些病疾身子自己本身就会慢慢修复，他又许久不曾吃过药了，体内毒素一日比一日少，逐渐好转也很有可能。

郁赦当时没往心里去，这会儿却有点信了。

昨夜明明犯病了，可昨晚的事儿，他却基本上都记得。

包括钟宛说的那句“待你好的事，我愿意天天为你做”。

郁赦于内阁首席正襟危坐，认真地思虑今晚回府要不要装忘了。

“王爷，王爷？”

郁赦回神，合上手中的书折，对孙阁老温和道：“大人请说。”

孙阁老一笑：“没什么，只是这道折子，想让王爷看看。”

郁赦接了过来，孙阁老道：“御史台今天上书说，五殿下禁足已久，也有了悔过之心，他们奏请皇上，看是不是解了五殿下的禁。”

孙阁老有意卖郁赦一个人情，轻声道：“皇上今日精神不济，朝会上露了个脸就回后宫了，可能没心思看这个，今天要紧的折子不少，这道折子……可送，可不送。”

郁赦细细地把书折看了一遍，表情平静：“送去。”

孙阁老诧异，不等他说话郁赦又道：“只是不能这么送去，同他们交代一声，说这道折子写得不够详尽，表述不当，让他们好好写一道回来。”

大臣们的折子写得词不达意，由内阁拦下让他们重写这是常有的事，孙阁老点头：“好。”

郁赦又道：“等他们再送来后，还要劳请孙大人一件事。”

孙阁老道：“王爷请说。”

郁赦淡淡道："等下一道折子送来，连着这一道，再搜罗搜罗之前……凡是同此事有关的书折，无论何时送来的，全收在一起，一起放在最要紧的那匣书折中，一起送去面圣。"

孙阁老心中咋舌，郁小王爷年纪不大，来内阁混了没几个月，已经学会了这些老阁臣的毒辣手段。

这么声势浩大地送上去，崇安帝若误以为宣琼被禁足了还能勾结百官，那必然不会放他出来了。

九十一

这样运作，不算直接出手害宣琼，反正内阁如今有郁赦坐镇，别人就算事后有心探究，自有郁赦担着，孙阁老并不急避嫌，点头答应下了。

郁赦想了想，又叫了自己的人来，暗暗吩咐，让宫人想办法给汤钦那个老东西带个话。

前朝在给宣琼卖力气，后宫也不能闲着。

宣琼禁足许久，郁赦不信自己那便宜姑母不着急。

三日后，后宫的郁妃，御史台中亲宣琼的那一派，连着郁赦和钟宛在朝中的人，几方势力像是约定好了似的，同时发力，折子雪花似的送到了内阁。

阁老们松了一口气，这可不是他们在替哪位皇子造势了，这么多人在替宣琼求情，喧嚣不止，不重视都不行，阁老们将新的旧的折子整理好，一同送到了御前。

“他这是在思过吗？！”

崇安帝脸色铁青，一把将堆成小山的折子推开：“朕就是担心他没脑子，被他那糊涂母妃蛊惑，受他舅舅摆布，朕不信之前那些事都是他做的，所以才将他软禁在宫中！又让朕多年的心腹宫人们看着他！怕就怕他一错再错，泥足深陷，将来想护他都护不住，这个孩子……咯……”

崇安帝咳了起来，一只手扶在书案上，胸腔好似个破风箱一般，呼哧个不停，苍白的脸一会儿就紫涨了起来。

郁赦面无表情地立在一边，好似没看见一般。

老太监们凑了上来，拍后背的拍后背，喂茶的喂茶，忙活了好一会儿才让崇安帝将这口气顺了下来。

郁赦不咸不淡道："皇上保重龙体。"

崇安帝失神地看着这许多书折，低声道："你怪朕一直护着宣琼，是不是？"

郁赦不置一词。

崇安帝突然意识到了什么，抬头看向郁赦，慢慢道："这些折子，是你让阁臣们一起送上来的吧？"

崇安帝还没糊涂，不过片刻就想到了其中猫腻，郁赦也没指望能这么顺地扳倒宣琼，他坦然道："是。"

郁赦表情平静："朝臣们物议沸腾，内阁自然不能置之不理，于公这是我职责所在，于私……我自然不想让他好过。"

郁赦话说得坦率，崇安帝倒生不起气来了。

"冤孽……"

崇安帝摇头："朕当真是老了，也开始举棋不定，瞻前顾后了。"

"郁妃一心要朕把宣琼放出来，放他出来做什么呢？"崇安帝疲惫道，"放他出来同你兄弟相残吗？"

"宣琼毕竟还没真的犯过什么不可饶恕的大罪，朕把他困在宫中，不让他被人利用，将来……"崇安帝看向郁赦，声音沙哑，"朕也能做主，让你放他一马，是不是？"

"朕是天子，也是人父。"崇安帝长叹了一口气，"朕也想多保住几个孩子，就这一点心愿，这些人为何就不懂呢？"

崇安帝说到动情，郁赦心中却起不来半点波澜。

郁赦相信崇安帝这一席话都是真的，也相信，他留着宣琼制衡自己，留个储君的备选，也是真的。

郁赦这些年听崇安帝说了太多虚情假意的话，早已习惯，没再同少时一般出言讥讽。

"郁妃的心思，朕都明白，但她一个妇人，手伸不到前朝去。"崇安帝低声道，"这次……难道又是你那好父王的手笔吗？"

崇安帝看向郁赦："子宥，你说呢？"

崇安帝已起疑心，郁赦没再落井下石，按着同钟宛提前商议好的说辞平静道："不知。"

崇安帝皱眉，郁赦冷声道："此事我也很有嫌疑，不敢再攀扯旁人。"

"你这孩子！"崇安帝皱眉，"怎么还闹起脾气来了？朕方才不过是随口一问，朕若真的疑心你，还能放你在内阁中理政？"

郁赦又不说话了。

崇安帝失笑："罢了……你就是这样的脾气。"

崇安帝喃喃自语："朕其实也喜欢你这样的脾气，喜怒形于色，不会虚情假意地糊弄朕。"

崇安帝随手拿起一道书折，低声道："郁王前些日子假作蛰伏，背后动作却一套接着一套，勾结司天监不成，又闹起了这一出，如今朕尚能应付，将来呢？"

崇安帝审视着郁赦，问道："子宥，这事儿要让你料理，你要如何处置郁王呢？"

郁赦心中一动，压下就要出口的"斩草除根"，沉默了。

郁赦往日也总这样，问三句答一句，崇安帝今日却不准备放过他了，追问道："子宥，你要如何？"

郁赦心中几个起伏，心中突然清明，抓住了关窍。

崇安帝这是在犹豫，把这个麻烦就地解决，还是留给自己。

郁赦后背沁出一层细密汗珠。

郁赦喉结微微一动，还是不开口。

崇安帝面色不佳，皱眉道："这是什么毛病？！朕问你说话呢！"

郁赦咬紧了牙关，片刻后，直直地跪了下来。

崇安帝脸色彻底放了下来，内殿中一时静谧无比，老太监们对视一眼，纷纷退下了。

崇安帝太老了，脸上这两年长了些斑，衬着他青白的面色，几乎有点可怖，他垂着眼皮，冷声道："怎么？你如今代朕理政，众阁老都愿意听你调遣，替你踩宣琼一脚，这么大的本事，还不知该怎么料理郁王吗？"

郁赦屏息，片刻后道："十岁那年，长公主将我接出了宫。"

崇安帝一怔。

"长公主原本要将我养在公主府，是郁王说，玉不琢不成器，他怕公主溺爱我，将我领回了郁王府。

“自那之后到我成年，大半的时间里是住在郁王府，教我做人的是郁王，考教我课业的是郁王，有次病了，衣不解带照料我数日不眠不休的，也是郁王。”

崇安帝脸色一僵，语气没那么自然了：“他那是……”

“我知道，他待我好是有所图。”郁赦淡淡道，“这其中的利益关系，就不多说了吧？”

崇安帝眼神闪避：“别说了。”

郁赦并不理会，看着崇安帝：“可这些年谁待我好，是没所图呢？”

崇安帝怒道：“放肆！”

郁赦平静道：“实话实说罢了。”

崇安帝最避讳的就是郁赦旧事重提，底气瞬间就没那么足了，不悦道：“提这些做什么？”

郁赦淡淡道：“皇上问我会如何处置郁王，这就是我的意思。”

“我如今已愿意释怀，不去想长公主对我做过什么，不去想皇上对我做过什么，对郁王……只要他不再害我，我也不会再作茧自缚。”

崇安帝盛怒：“朕如此待你，你若还对往事耿耿于怀，追究朕当年如何，那岂不是白费了朕的一番心血？！”

郁赦心中冷笑，低头不说话了。

崇安帝就是这样，自满于郁赦如今的“归顺”，觉得自己和郁赦血浓于水，既认回了郁赦，那郁赦感恩戴德是应该的，前事种种，大家都可以不再提起。

他一面想郁赦同他真的交心，一面又想让郁赦同郁慕诚继续水深火热老死不相往来。

仿佛这样就能证明当年那些龌龊同他无关了。

崇安帝久久不说话，郁赦突然想起了从探子那儿听来的郁慕诚说自己的一句话。

“贪心不足。”

如今看，贪心不足的到底是谁呢？

内殿中，两人都不再出声，足足静了一盏茶的时间。

崇安帝颓然倚靠在椅背上："罢了，起来吧。"

崇安帝苦笑："你这个脾气，到底是像谁呢？"

郁赦不接话，崇安帝自顾自道："算了，朕倚重你，本也是因为喜欢你重情义……朕懂，有些事，你做不出来。"

崇安帝看向郁赦，眼神慈和，又莫名地让人心惊肉跳，他轻声道："你做不了的事，父皇帮你做。

"为了你，也为了琼儿。"

郁赦暗暗吐了一口气，慢慢地站起了身。

郁赦有自知之明，清楚自己既无法篡位，也没十足的把握扳倒郁慕诚。

所以他和钟宛只能借力打力，螳螂捕蝉，他想做黄雀，现在就必须步步小心，做一些他原本绝不会做的事。

比如像方才一样，演一出对郁慕诚父子情深的戏。

"春光正好……"崇安帝低声道，"朕突然想出城走走了。"

郁赦心中转过几个念头，谨慎地没多话。

崇安帝继续道："朕有许久许久，没去行宫住一住了。"

崇安帝感叹一笑："京南的行宫，说起来还是当年郁王年轻时，替先帝修建的。"

"朕要去那边住一段日子……"崇安帝眼中杀机转瞬即逝，他喃喃道，"带着宣琼，带上宣璟，带上公主们，还有……还要带上安国长公主，带着朕为数不多的这几个亲人，去住一段日子。"

郁赦心头一紧，崇安帝是想将郁王留在京中，在京中动手，彻底了结了他。

筹谋数月，崇安帝和郁慕诚，终于要正式出手了。

崇安帝看向郁赦，眼中多了几分慈和："好孩子，你放心，朕不丢下你在京中为难，你陪朕一起去，好不好？"

郁赦沉默片刻后点头："好。"

崇安帝满意地点点头，惨淡一笑："你到现在还不肯叫朕一句父皇，朕又是如何待你的呢？怕你心软，怕你将来受人牵制，拖着这残躯给你清理前路，朕对你，算是尽心尽力了吧。"

郁赦嘴唇微动，想要说什么，忍下了。

崇安帝看着自己如今最倚重的儿子，心中突然燃起了几分希冀，他动了动身子：“你要说什么？”

郁赦垂眸，还在犹豫，他有句要紧的话要说，但他再不懂看人眼色，也觉得在这父慈子孝的氛围下不太对。

崇安帝忍不住催促：“你说啊！”

郁赦纠结了片刻，重新跪了下来。

崇安帝枯瘦的手指发颤，期待地看着郁赦。

郁赦认真道：“皇上，去行宫的话，我得带着钟宛。”

崇安帝：“……”

郁赦也知道自己很败兴，但该说的话一定要说：“皇上知道，归远爱闹腾，一去不知多久，他那身子原本就不好，如果再出点别的岔子，我真就……”

崇安帝不耐烦：“行了行了知道了，带上他！”

郁赦叩头：“谢主隆恩。”

九十二

郁赦放心了，给崇安帝行礼后就出宫去了。

崇安帝被郁赦气得够呛，好半天了胸口还疼。

崇安帝的贴身太监进了内殿，一面跪下来收拾地上散落的书折一面笑道：“小王爷走的时候脸色还不错，不像以前，每次走时都阴沉着脸，挺难得。”

“他说什么朕依着什么，他还有什么可不高兴的？”崇安帝一边揉着太阳穴一边道，“你说这孩子到底随了谁？朕明示暗示多少次了，他好像真看不懂似的。”

老太监叹息：“这些年，小王爷从不同旁人亲近，人情世故上……较旁人稍木讷了些，正常。”

“他那是木讷吗？他方才不是没听懂朕的意思，这么要紧的时候，他不问问朕是如何打算的，不问朕将来如何处置郁王，头一个想的是得捎着钟宛。”崇安帝摇头。

老太监笑道：“说起这来，奴才跟皇上说个笑话，前几天突然下了阵儿雨，春雨贵如油，也没下多大，但咱们小王爷在内阁坐着不放心啊，钟少爷每日都来接他，小王爷怕钟少爷来早了，怕他没带伞，特意跟奴才们要了一把伞，让宫人送出去了。

“钟少爷当时果然已经在宫外等着了，可外面的雨越来越小，越来越小，钟少爷可能是怕用不上那伞了，特意从马车上下来，打着伞在雨中等。”

崇安帝失笑。

老太监忍俊不禁：“光等着也罢了，钟少爷还很不老实，凡是平日同小王爷不对付的人从他身边经过，他就转一转伞柄，炫耀展示一番，人家四殿下那日进宫面圣，走的时候本就不大痛快，跟钟少爷走了个对脸，莫名其妙地被钟少爷转了一脸的雨水，钟少爷还问四殿下，说你为什么不打伞？是不是不怕淋？你这脸莫不是不怕水？把四殿下气得啊，差点跟钟少爷动手。”

崇安帝撑不住笑出了声。

老太监笑道：“这样有趣的人，不怪小王爷喜欢，皇上以前不也很喜欢钟少爷吗？”

“是，那孩子从小就很讨人喜欢，当年……”崇安帝慢慢道，“在宁王宁王妃膝下，就将那对小夫妻哄得十分疼他，朕原本也很是看重他的。”

老太监顿了下，咂摸了下这个“原本”，小心地转了口风：“不过小王爷这样倚重他……也不大好。”

崇安帝出神道：“是不太好啊，可朕同子宥的父子之情刚刚修复了一些，不好在这个关头上做什么，再伤了情分。”

老太监谨慎安慰道：“没准也就是三五年的事？等两人年纪再大一些，就不会像现在这般亲厚了。”

崇安帝不置可否：“这不好说了，子宥这孩子一向是不撞南墙不回头，万一就要磕死在这堵墙上呢？”

老太监感觉到了一丝不太寻常的气息，不太敢接话了。

崇安帝唏嘘摇头：“为人父不容易啊，要替他拉拢阁臣，要替他料理郁王，还要替他处置这种小事。”

老太监听出了崇安帝的话外之音，硬着头皮道：“皇上，您是清楚小王爷那性子的，发起狂来六亲不认，您要是出手结果了钟少爷，奴才怕小王爷震怒之下，做出些什么过激的事来。”

崇安帝一笑：“你猜到哪儿去了？朕好好的杀钟宛做什么？朕只是要替我儿铺一铺以后的路罢了，他既要这大位，就会听话的。”

五日后，崇安帝辞别百官，带着皇室宗亲们，浩浩荡荡地出宫往行宫去了。

崇安帝将自己的儿女们都带着了，除却皇后外，没再带其他嫔妃。

钟宛坐在马车上，倚在软枕上撩起车帘往外看了一眼，摇摇头小声道：“皇帝够心狠啊，后宫那么多人，一个也没捎着，好歹也是皇子的生母，他就不怕郁王抓了谁当人质吗？”

郁赦低头看书折，头也不抬地“嗯”了一声。

钟宛笑了下，把车帘放好，道：“我替你看看？”

皇帝不在京中，每日自有人往来于行宫与内阁之间传递书折，崇安帝没精神处理政务，索性全推给了郁赦，郁赦不想耽误事，从上了马车就在批复。

郁赦将一沓书折一分为二，分给了钟宛一半，问道：“皇帝方才同你说了几句话，问什么了？”

钟宛没说话，拿起一支笔，在一道空白书折上写：问我，要不要带着从心和宣瑜。

郁赦皱眉，两人目光交会，郁赦写道：他起疑心了？

钟宛摇头：说不好，我不信他不知道双胞胎不在京中了，故意问我一句，更像在试探。

钟宛想了下又写：宣瑞被劫杀的消息还没传到京中来，他应当是不知道的，不然也不会把京中空出来。

郁赦沉默片刻，写道：聪明反被聪明误。

钟宛笑了下，把满是字迹的书折拿了起来，撕成碎片，一点点丢进了马车中的小香炉里。

两人继续看书折，钟宛看得比郁赦快，批复好后左顾右盼，小声道：“皇帝大概什么时候动手？”

郁赦沉默片刻摇头：“他没同我说，但……应该很快。”

钟宛叹口气：“我没去过行宫，还想好好玩几天呢。”

郁赦不太当回事：“将来让你住个够。”

钟宛笑了：“刚哪儿到哪儿啊？小王爷，这就这么笃定将来能让我随便住行宫了？”

郁赦没说话，钟宛自顾自地畅想道：“这边的行宫就算了，太大了，我住不过来，将来真一切顺利，你替我修个小一点的吧，年轻的时候当行宫，过上几十年后当养老的别院，好不好？”

郁赦点头：“好。”

钟宛曲起长腿，把手搭在膝盖上，笑着问道：“到时候你陪不陪我？”

郁赦依旧点头："陪。"

钟宛眯眼看着郁赦，突然觉得有些话不必再问了。

不知为何，钟宛就是笃定，从心担心的那些事永远不会发生。

他和郁赦一路跌跌撞撞地走到现在，不是为了将来渐行渐远、形同陌路的。

一行人走了足足有一天，傍晚时分终于抵达了行宫。

一顿热热闹闹的晚宴之后，众人各自回自己的院落。

崇安帝留给郁赦的宫苑位置十分好，距主殿不远，却又足够幽静，郁赦和钟宛里外赏看了一番后回了内殿，屏退众人后，钟宛轻轻吐了一口气。

郁赦一笑："终于等到这一日了，怎么？倒害怕了？"

钟宛摇摇头："不是害怕……子宥，你今天故意当着旁人的面要他们给我准备这个准备那个的，是有什么深意？"

郁赦顿了下："这会有什么深意？"

钟宛咬牙："没什么深意你那么大声地跟宫人说，我睡前必沐浴，澡盆里要放花瓣，花瓣要新鲜，还只要大红色花瓣是什么意思？！巴不得别人都知道我矫情？我何时洗澡要花瓣了？！"

郁赦尴尬地转过身，没说话。

"你……"钟宛抿了抿嘴唇，问道，"你是不是担心，皇上会顺手结果了我？"

郁赦沉默片刻："不无可能。"

钟宛坐在床上，挑眉："所以故意让所有人都知道，我跟你在一处，你要让皇帝投鼠忌器，怕杀我时伤了你，是不是？"

"有备无患。"郁赦坐了下来，淡淡道，"皇帝对你一向很温和，但也别就这么被他糊弄了。"

钟宛道："自然不会。"

"我只是突然有点担心别的事。"钟宛把手搭在郁赦腿上，在郁赦腿上写字：宣琼是被郁王连累了，皇上不想郁王将来摆弄新帝，又被你迷惑了，觉得你将来会对郁王心慈手软，所以索性弃了这枚棋子，那还有别人吗？除了我，还有谁可能影响到你？

钟宛看了郁赦一眼，又写道：皇太后摄政……

郁赦心一沉。

钟宛轻声道："子宥，来的时候不是带了不少茶点吗？让你的人，给安国长公主送一点过去吧？"

郁赦同钟宛目光交会，已明白了钟宛的意思，片刻后点头："好。"

丑时，郁赦和钟宛躺在床上，都没合眼。

钟宛玩着自己的手指，郁赦轻声道："睡吧，有事我叫你……"

郁赦话音未落，外面突然传来一阵零乱的叫喊声，窗外灯火晃动，似是有不少人冲进了院落。

钟宛呼吸急促，崇安帝动手果然很快。

片刻后，外面一个宫人急促地拍门，大喊道："小王爷？小王爷没事吧？小王爷？出事了！出大事了！！！"

郁赦起身披上外袍，抽出床头佩剑，将门打开："怎么了？"

"出事了！！！"宫人扑通一声跪在地上，哭道，"不知怎的，这行宫里竟混进来好些刺客！他们不知藏了多久，方才趁着夜色突然出手，皇上和长公主遇刺了！"

黑暗中郁赦眸光一闪："公主如何了？"

"还好还好！"宫人急切道，"外面有人撞见了那些刺客，发现得早，侍卫们冲进去也及时，公主只伤到了手臂，没有大碍！"

屋中的钟宛松了一口气，郁赦脸色冰冷："皇上呢？"

宫人着急道："皇上洪福齐天，也没事，但不知这是来了多少刺客，不知还有多少藏在行宫里的，皇上不放心，让公主皇子们马上去正殿！那边侍卫多，不会再出岔子！"

郁赦收起佩剑："好。"

一盏茶后，郁赦带着钟宛赶到正殿，宣瑞、宣琼刚受了惊吓，面色不佳地立在一边，殿中的老太监见郁赦来了，忙将人请了进去。

内殿中，崇安帝披着一件袍子，脸色冰冷地坐在床上，听罢侍卫的话后问道："查清楚了吗？刺客是从哪儿进来的？"

侍卫不确定道："园子里……有处竹林，林深叶茂，疏于防守，臣等搜查时，发现了一条密道。"

殿中一时静谧无比。

崇安帝慢慢道："这是朕的行宫，朕自己都不知道，这行宫之中，竟有一条密道。"

侍卫额头冷汗淋漓："密道不知修了多少年，掩在地下，那处又是个高坡，也不易被雨水侵蚀，轻易塌陷不了，实在……不易发现。"

崇安帝身边的一个老太监上前半步，轻声道："皇上，老奴如果没记错，这行宫，当年是郁王督建的吧？"

九十三

话音未落，宣琼脸色惨白，膝盖一软，扑通一声跪了下来。

钟宛无奈，这个废物。

宣璟永远比别人慢半拍，怔了下才反应过来，眼中一亮，忍不住兴高采烈地落井下石："五弟，现在只说行宫是郁王建的，又没说刺客是郁王派来的，你急什么？莫不是你知道些什么？"

宣琼这会儿也不知自己为何这样心虚，他被崇安帝软禁多日，早就成了惊弓之鸟，有点风吹草动就心惊胆战，他勉强定了定神，低声道："父皇，舅舅定然、定然不知情……"

崇安帝一言难尽地看了宣琼一眼，眼中满是疲惫。

崇安帝低垂着眼皮："朕也不信……起来吧。"

宣琼忙爬了起来，哆哆嗦嗦地立在了一边。

殿内一时没人说话，好一会儿后行宫的侍卫长进殿回话："回皇上，各宫苑已排查干净，臣等护驾不力，还请皇上降罪。"

"肯定不能饶了你们！"宣璟好好睡着觉，突然被闹醒，脾气十分大，他头一次遇到行刺的事，觉得简直莫名其妙，"这边一半的禁卫都是数日之前就来行宫戒备的，你们是怎么当差的？！"

"现在不是追究这个的时候。"崇安帝皱眉，"先说刺客，都擒住了？"

侍卫长点头："是，各宫各苑，隐秘处都搜查干净了，房上也有身手好的人巡查过，怕有水鬼，池水中也拉了网，现已排查干净。"

崇安帝舒了一口气："那就好，夜深了，朕去看看长公主，你们先回自己院里，对了……"

崇安帝皱眉发作道："太医来了吗？长公主在偏殿这半天，怎么没太医来回朕？"

一个老太监忙上前道："皇上放心，太医正给长公主包扎呢，还没来得及过来回话，老奴方才去看过了，太医说没伤着要害，还算好。"

崇安帝脸色越发差："废物！这么多人，护不住一个公主！"

刚刚起身的侍卫长闻言又跪了下来，低头道："臣等无能，长公主的宫苑距离那片竹林最近，刺客率先去的就是长公主处，万幸值夜的禁卫当时正巡视在长公主宫外，不然……臣等万死不能谢罪。"

崇安帝沉吟片刻，自言自语："万幸，万幸……"

侍卫长嘴上说着万死，但还是要替禁卫开脱的："刺客人数众多，乍然暴起，实在是没有料到，巡夜的禁卫死伤过半，已拼尽全力了。"

崇安帝本已起身要去偏殿了，闻言顿了下，慢慢回头，眉头一点点蹙起："刺客并未全去长公主宫中，值夜的禁卫就死伤过半……这刺客是有多少人？"

侍卫长道："刺客一共三十七人，死三十人，重伤两人，轻伤五人。"

崇安帝脸色一变。

宣璟哑然："还有活着的？那审啊！"

侍卫长一心将功补过，忙道："是！皇上放心！轻伤的那五人我们已好生看管了起来，嘴也堵住了，绝无寻死的可能！如今只待刑审这帮贼人了！"

崇安帝脸上的血色褪尽，他身形微微一晃，勉强稳住后，扶着矮桌，重新坐了下来。

崇安帝猝然咳了起来，老太监们上前替他顺气。

立在一旁的钟宛蹙眉，转头同郁赦对视一眼，两人目光交会，钟宛不知想到了什么，倒吸了一口冷气，心中突然涌起一个可怕的念头。

崇安帝咳得好像要将肺呕出来一般，半晌声音沙哑道："你们先不必……回各自宫苑了……

"公主们全去皇后宫中安置，皇子们，皇子……"

崇安帝抬头，目光扫过自己的三个儿子，片刻后分派道："宣琼、宣璟，留在西殿，子宥……宿在东殿，无朕明谕，不得乱闯，不得外出。"

宣璟闻言又要暴起，他一百个不想跟宣琼在一处，但见崇安帝脸色实在差得可怕，憋憋屈屈地低头应了。

崇安帝又看向侍卫长："人都聚在这两处宫苑之内了，再出差池，就别怪朕不够仁慈了。"

这下防范起来要轻松许多，侍卫长忙磕头谢恩。

崇安帝面色灰败，转口道："朕实在精神不好，就不去看公主了，来人……替朕去看看长公主，替朕好生安抚，待她能走动后，也将公主送到皇后宫中，命太医好生看顾，不得再出差池。"

宫人应声而去。

"你们也各自去吧……"崇安帝有点魂不守舍，"去吧，都去吧。"

各人的东西自有宫人调派，皇子、公主们按照崇安帝吩咐的各自去了。

钟宛自然随着郁赦去了东偏殿，里里外外全是崇安帝的人，一句话也不方便说，郁赦命人将自己的人调派过来，同钟宛去了卧房。

屏退宫人，郁赦在钟宛耳边低声道："你也觉得哪里不对，是不是？"

钟宛没说话。

郁赦轻声道："幸好你提醒及时，我的人去给公主送点心时，着意叮嘱了长公主的人，行宫闲置多年，怕会疏于防守，公主宫苑中的竹林连着行宫外的林海，怕有鼠蛇……"

郁赦呢喃："公主乍一听说时不一定觉得如何，但现在……她必然已经明白过来了，有人想要她的命。"

钟宛给自己找了个舒服的姿势，低声道："我觉得有点不对劲。"

隔墙有耳，声音再轻也有危险，钟宛不再说话，转而在郁赦手心写字：皇帝和郁王多年来君臣相合，至少明面上郁王待皇上算是忠心耿耿了，郁王前有拥立之功，后有养育皇子之劳。他还是长公主的驸马，宣琼的亲舅舅，是皇上的至亲，郁王府和京中不少权贵都沾亲，这样的人……皇上根本动不得。无论郁王做过多少恶事，对皇帝而言，他都是大功臣，自古杀功臣都要有个罪无可恕的由头，比如……弑君。

郁赦被钟宛挠得手心痒痒，握住了他的手。

钟宛轻轻挣开，继续写道：皇上这招虽然浅显了点，但最有效，若不是出了这个意外，还能顺手了结了安国长公主。他既担心安国长公主将来做了皇太后摆布你，又担心郁王弑君事发后走投无路翻起钟妃旧事，要早早杀了公主这个立场飘忽的人证，这个时候动手，其实不难猜到。前情种种，都合情理，怪就怪在来做这些事的必然都是死士，为什么还会有活口？”

郁赦声音轻得几不可闻：“那个侍卫说，刺客一共三十七人，死三十人，重伤两人，轻伤五人，说完这句话后，皇帝神情变了。”

钟宛沉默片刻，写道：你觉得他是因为哪句话脸色大变的？

郁赦眯起眼。

钟宛继续写道：就算有哪个死士临了后悔，不想死了，但他们现在全落在了皇上手里，暗中毒杀他们，不会很难吧？不是忌惮这一句，那就是……

郁赦低声道：“刺客一共三十七人。”

钟宛一笔一画地写：有没有可能……皇上安排的刺客，并没有这么多。

郁赦刚才心中隐隐就有这个念头，被钟宛说破后还是禁不住后背发凉。

就是现在，这行宫中，也可能还藏着刺客。

还是来历不明的刺客。

钟宛写：所以他马上改了主意，把皇子公主拘在一起，因为这行宫已不如他所料全在他掌控之中了。

郁赦下意识地收紧了揽着钟宛肩膀的手。

钟宛写道：他会不会疑心你？

郁赦摇摇头：“不清楚，有可能。”

钟宛想了想，又写道：不过他应该也清楚，郁王下手的可能性更大，他这个局布得不算太高明，郁王提前料到也有可能，但那几个活口太要命了，我猜不到他们会攀咬谁。

郁赦也在钟宛手心上写字：你怕他们攀咬我？

钟宛不太安心。

郁赦摇头：“放心，不会。”

钟宛眨了一下眼，小声道：“你怎么知道？”

郁赦写道：凭我对皇帝的了解，他不会让那几个人活到明日。

郁赦又写道：他没法确定那几个活口里没有他的死士，你也说了，可能就有人临时不想死了呢？他这辈子最注重的就是名声，现在肯定只想灭口，不然这种事嚷嚷开，行刺是多大的事？皇帝买凶杀自己，还伤了长公主……这笑话也太大了。

钟宛不放心道：“真的？”

郁赦点头：“信我。”

钟宛看着郁赦，两人对视片刻后，钟宛叹了一口气，淡淡道：“子宥，你知道你上一次跟我说这句‘信我’，是什么时候吗？”

郁赦愣了下，记不起来了。

“七日前，在郁王府别院的书房里。”

钟宛面无表情，也不写字了，直接道：“那日大约是内阁中事少，你闲了一天实在无聊，或者是在外面看了什么话本受了刺激，回府后无风也要掀起三尺浪，平地起波澜！突然跟我说，你觉得自己不太好，头疼，好像是要犯病。”

郁赦含混道：“不、不说这个。”

“你心虚什么？！”

钟宛想起来还是气得牙根痒痒：“装得还挺像，一脸难受的样子！你还特意问我，犯病了发疯了，要不要避开我！

“我太担心你的病，没多想，后面才觉得不太对，末了，问你，是不是装的，郁小王爷！你记得你当时是怎么说的吗？”

钟宛气得身子都发抖了：“你信誓旦旦地跟我说的就是这俩字：信我！”

九十四

天蒙蒙亮的时候，崇安帝围着张狼皮毯子，盘坐在榻上，半合着眼道："死了？"

崇安帝的心腹太监上前道："那两个重伤的本就救不活，没一会儿自己就死了，剩下的那五个活口，刚才也相继去了。"

崇安帝睁开眼："是怎么死的？"

太监悄声道："服毒，我们做得很干净，皇上放心，看守的人嘴也很紧，不敢胡言乱语的，明天皇上问他们，他们只会说是刺客们自己提前在口中藏了毒，见没行刺的机会了遂畏罪自杀，一切合情合理。"

崇安帝稍稍放下心，太监忍不住问道："皇上为何不审问审问呢？奴才们准备的死士明明只有二十五人，如今竟凭空多出了十二人！这到底是怎么回事？"

"弑君是诛九族的罪，夜里被生擒的时候不寻死，是等着被凌迟吗？他们不是没机会寻死，但还是暂时保了自己一命。"崇安帝声音发冷，"这些人难道不知道活下来要受多少罪吗？这都不怕，可知是心智何等坚定的人，审问这些人，你觉得能审问出什么真话来？！现在不杀他们，等着天一亮，让他们说出更多不该说的话来吗？"

崇安帝脸色差到了极点，他原本计划得很好，矛头已指向郁王，不用他多言，自有人按着他的心意来查这桩大案，弑君的罪过就是十个郁王也担不起，要解决郁慕诚，这是最快的法子。

且这段日子宣琼一直被他软禁，毫不知情，如此也不会被母家牵连太多，大不了再舍掉一个郁妃，无伤根本。

万万没想到，假家贼引出了真外鬼，得知刺客有三十多人时，崇安帝是真的惊出了一身的冷汗。

若不是他还算小心，为防万一在自己宫苑内外布置了诸多禁卫，真的被行刺也不是不可能。

一想到几个时辰前，十来个真刺客曾潜入行宫，崇安帝就如芒在背。

“可是……”太监为难地一皱眉，低声道，“如今真是有些无从下手，奴才方才已审问了负责招买死士的人，也动了重刑，但那几个人只说什么都不清楚，直呼冤枉，好像是真的不知道，这……这要如何再往下查呢？”

太监小心地问道：“皇上心里，可又什么怀疑的人？奴才们有个方向，也好追查一些。”

崇安帝冷笑：“你们心里会没个章程？不过是不敢查罢了。”

太监讪讪一笑，不敢说话了。

片刻后，一个禁卫打扮的人没经通传就进了大殿，跪下行礼：“皇上，探子们回来了。”

崇安帝一夜未睡疲惫不已，闻言有气无力道：“说。”

禁卫打扮的人道：“皇后那边没什么动静，长公主受了些惊吓，服下安神药后就昏睡过去了，皇后看过长公主后又去看过了几个小公主，之后就歇下了，没旁的什么。

“四殿下和五殿下那边热闹一些，两位殿下回了西偏殿后就开始争吵，四殿下一口咬定此事是郁王所为，质问五殿下他是不是也知情，不然为何自来了行宫后就将自己关在房中，莫不是早就听说了什么，怕死躲着呢，五殿下大怒，咬死了自己什么都不知道，两位殿下吵嚷了许久，最终不欢而散，各自休息了。”

“宣璟说宣琼自来行宫就将自己关起来了？”崇安帝皱眉，“查了吗？是实情？”

跪在地上的禁卫点头：“是实情，臣原本想五殿下被软禁多日，不敢多走动也不奇怪，但还是命人押了跟着五殿下的人来审问过，查明离京之前，郁王爷的人确实在往五殿下处请安时嘱咐过五殿下，让五殿下来行宫后要谨言慎行，不要再惹得圣上不快，这话可说是郁王爷好意提醒，也可说是郁王爷在暗示什么，难以辩驳，臣等不敢捕风捉影，是否要再往下追查，还请皇上明示。”

崇安帝默然，思索半晌后道：“子宥那边呢？”

禁卫顿了下，道：“郁小王爷带钟少爷回了东偏殿，又命人将侍奉的人换过来，之后就带着钟少爷安置了，睡前没说什么同案情有关的。”

崇安帝不耐烦：“出了这么大的事，他俩就没说什么？”

禁卫无法，只得硬着头皮道：“郁小王爷和钟少爷好像起了些争执，起先声音实在太小，什么都听不清，后来大概是争执不下，钟少爷声音大了些，探子终于听见了一点。

“钟少爷说，骗人就骗人，做什么故意欺负他，还要堵他的嘴，让他想求饶都求不了，只能活活被摆弄。”

“行了！”崇安帝打断禁卫，头疼不已，“朕不想听了。”

禁卫如释重负。

崇安帝气得语息不稳：“行宫里刚遭了刺客，他俩竟还同小孩子一般打闹！这……”

太监忙轻声道：“皇上别着急，郁小王爷和钟少爷都是聪明人，大约是猜到了有人从旁窥探，就算说了什么要紧话，也不会让探子听见的。”

“朕自然知道！”崇安帝气不打一处来，“朕是气他们没心没肺！什么要命的关头了，还有这种心思，没出息的东西！”

禁卫不敢多言。

“罢了，全都指望不上。”

崇安帝揉了揉眉心：“吩咐下去……安国长公主带着伤，不宜挪动，暂不回宫。”

太监忙劝道：“那怎么行？皇上万金之躯，怎么能还在这里滞留？”

“现在回去，郁王的案子要怎么查？”崇安帝冷声道，“等着他缓过气来，将自己择个一干二净吗？”

崇安帝脸色阴沉：“子宥要避嫌，刑部有不少宣琼的人，也要避嫌，去……命随行的官员马上拟出个章程来，剔除这些碍事的人，组几个得用的臣子，马上开始给朕查。”

太监明白过来，忙去吩咐了。

天亮之后，郁赦早早被崇安帝叫去了，钟宛起床后独自吃了早膳，等着听消息。

没过多久，随着郁赦来行宫的内侍过来同钟宛通报，轻声道：“那几个刺客，全死了。”

钟宛失笑，果然被郁赦料到了。

钟宛问道：“大理寺是要避嫌的，现在这案子是谁在查？”

“都是皇上的亲信。”内侍低声道，“天还没亮，已经有人回京传郁王爷了。”

钟宛默然。

崇安帝要快刀斩乱麻，郁慕诚那边应该也要动手了。

钟宛点点头，命内侍下去了。

钟宛想着昨晚两人的表现，估计郁赦今天要挨不少教训，一时半会儿可能回不来，钟宛根本不敢想郁赦又会跟崇安帝鸡同鸭讲地说些什么。

他自己坐着无聊，溜达去了宣璟处。

宣璟还记恨着钟宛，看着他就没好气：“你来做什么？！我忙得很，没工夫跟你多话！”

钟宛一脸哥俩好地坐了下来，毫不见外：“殿下有什么要忙的？跟我说说？”

“你……”宣璟欲言又止，他实在是讨厌郁赦，现在也跟着开始讨厌钟宛，“滚！原本几次跟你说话，不过是想问问林思的踪迹，不想你心毒又废物，问不出来什么，知道的又不告诉我，谁还乐意理你？”

钟宛哑然：“不对啊，我上次见过林思后，特意同他说了让他去寻你，他没去？”

宣璟犹豫了下，含混道：“算是来过吧。”

钟宛失笑：“算是？”

宣璟脸色黑如锅底，不说话了，钟宛追问了几句，宣璟不堪其扰，迟疑道：“这一个月，我每日睡前会在床头放一个核桃，每日醒来后……”

宣璟垂眸：“核桃就没了。”

钟宛怔了下，回想起听郁赦说的有关“核桃”的典故，心头酸了下。

“我那日是把话说得难听了点，他至于吗？”宣璟简直要恨死林思了，

“不声不响地一走就是好几个月，明明回来了，仗着身手好，只在我睡着的时候过来！他怕什么？怕我一怒之下了结了他？”

钟宛想了想道：“有次我跟他说起此事，林思虽没把话说明，但我大概猜出了几分，他似乎是怕将来有个万一，保不下命，耽误了你。”

“能有什么万一？”宣璟这破嘴一开口就能气死人，“有万一也是郁赦和你去死！他能有什么危险的？！”

钟宛被人当头骂是习惯了的，但一听别人诅咒郁赦去死心里就不那么痛快了，钟宛深深地看了宣璟一眼，道：“殿下想抓林思，我有个办法，你要不要听？”

宣璟忙道：“你说！”

“老鼠夹子。”钟宛认真道，“殿下见过吗？”

宣璟想了想比画道：“一个板子，上面有个铁夹子那个……”

“对！”钟宛煞有介事，“做大一点，拿个床板当板子，放在床下，在上面多放一点核桃，半夜他过来，一不小心就……”

“你当我傻？”宣璟悚然，“你疯了吧？那么老大的老鼠夹子，他看不见？”

钟宛认真道：“大半夜的，能看清什么？”

宣璟想了下：“可也是……”

钟宛补充道：“殿下要是不放心，想要多一重保障，还可以买点兽夹子，在窗下，床脚边，多放一点。”

宣璟细想了下，竟真有些动心。

九十五

钟宛同宣璟自幼相识，说起来，在宁王事发之前，算上郁赦在内的几个同窗皇子中，钟宛和宣璟打交道最多，三岁看老，钟宛当日就觉得宣璟很蠢，但万万没料到能蠢到这份儿上。

钟宛看着宣璟，心中叹气，得亏郁赦是想明白愿意争储了，不然将皇位交在这傻子手上，这个国家将来可怎生是好。

宣璟警惕地瞪了钟宛一眼：“你一直看着我做什么？你又在想什么？！”

“没事。”钟宛是真的有点心疼宣璟了，“我再传授你几招？”

宣璟防备地看着钟宛：“你是郁子宥的人，你能给我什么好主意？”

“同政事无关的。”钟宛有点嫌弃宣璟的格局小，“争储那是官面儿上的事，咱们是自小的情谊，私下里还是能做朋友的。”

宣璟哑然：“私下里还能做朋友？”

“那是自然。”钟宛很热心，“林思晚上经常来看你，那请问殿下，你每天夜里都穿什么？”

宣璟迟钝道：“还能是什么？里衣呗。”

“那就不行，穿严实点。”钟宛认真道，“此中门道不方便讲，殿下自己想就是。”

宣璟震惊。

钟宛想了下，又道：“对了，你好歹也是个皇子……”

宣璟急了：“什么叫我好歹也是！”

“我说错了，我说错了。”钟宛忙改口，“殿下也是皇子，你府上应该也有记你每日同谁共寝的册子吧？”

宣璟狐疑地点点头。

钟宛道："全写上林思的名字。"

宣璟又是一惊："那册子又不是我写谁就能来谁！你……"

宣璟惊恐地上下看了钟宛一番："你当那是招魂点将的神书呢！写谁晚上谁就会出现？！疯了吧你！"

"殿下听我说完，"钟宛坐得离宣璟近了些，替他策划，"你多写一点……"

宣璟崩溃："写一万个就能换来一个真的？精诚所至，金石为开？你被郁赦传上了？！"

钟宛也烦了："能不能听我说完？！"

宣璟被吼了一声反而老实了，坐好后乖乖道："你说。"

"多写一点。"钟宛继续道，"写好以后，撕下来，满城张贴，贴得越多越好，让京中所有人都知道。"

宣璟讷讷："那他就会来吗？"

"当然不会。"钟宛轻松道，"但林思不是要脸的吗？他看见了必然觉得丢人，要想方设法地撕了那些告示，你提前派人在旁蹲守，见他来了把他活捉了就是。"

宣璟被钟宛震住了，想了片刻，隐隐有点心动。

郁赦在崇安帝处被痛骂了一顿后出来寻钟宛，还没进内殿，在门口就听到钟宛在认认真真地向宣璟传授经验。

宫人刚要通传，郁赦"嘘"了一声，宫人忙噤声。

郁赦站在门口听了一会儿，觉得钟宛实在是屈才，小小的一个郁王府别院，没能给钟宛一方大展身手的广袤天地。

"还有！"钟宛恨铁不成钢，"你这张臭嘴什么时候能改改？刚听你说的话我就来气！"

钟宛叹气："子宥要是跟我说这样的话，我大概会伤心死。"

宣璟语塞。

钟宛突然有点好奇，小声问道："还是你一时气愤故意气他？"

宣璟半天吭哧不出一句话来。

“不管你是如何吧。”钟宛压低声音道，“再有下次，你稍微装装样子也行，就算他做了不合你心意的事儿，你也别把话说得那么绝……”

宣璟想了下，突然想到了什么，抬头看向钟宛：“所以说你经常跟郁赦装？”

门外的郁赦：“……”

钟宛呛了下，含混道：“这是说你呢，提我做什么？教会徒弟饿死师父，我这么掏心掏肺地教你，你怎么不知感恩？”

宣璟心不甘情不愿地点头：“知道了！”

钟宛怕再聊下去要露怯，又交代几句就溜了。

钟宛回到东偏殿时，郁赦正坐在内殿喝茶。

钟宛笑了下：“被骂了？”

郁赦点头：“当着众人的面，把我骂了个狗血淋头。”

“又故意要威风……”钟宛边说着边往外溜达了一圈，确定里外都没旁人后坐到郁赦身边来，低声道，“会直接把郁王关押起来吗？”

郁赦摇头：“不会，那是亲王，如今还没有证据，只会软禁。”

钟宛顿了下，低声道：“证据总会有的。”

崇安帝一心要郁王的命，审问，搜罗证据，一切都是在走过场罢了。

“皇帝现在很为难。”郁赦轻声道，“他原想在回京前就了结了郁王，不管证据足不足，早点处理干净就好，将来就算有人质疑什么，还能学前朝皇帝杀太子一样，将一切推给通传消息的人，推给审案的人，他自己也不知情，也是受小人诓骗，现在……”

钟宛道：“这行宫住得不安稳了。”

钟宛低声道：“应该又搜查了几遍，行宫内不会再有刺客了吧？”

“应该没有了。”郁赦低声道，“从昨晚到现在，就差掘地三尺了，今天一早，皇上还命人把所有常年在行宫侍奉洒扫的宫人都遣散了，其实可以放心了。”

“总还有点不安心吧。”钟宛想了下道，“你……你去见过安国长公主了吗？”

郁赦沉默片刻：“刚才本想去……”

安国长公主这个助力不能就这么放过去，郁赦如今算是救了她一命，不去招揽一下太过可惜，钟宛也清楚郁赦不喜欢见安国长公主，商量道：“要不我去？”

郁赦失笑：“算了，她对你更没好气，你自己坐一会儿，我去。”

皇后宫苑的偏殿中，安国长公主手臂上缠着厚厚的白布，正神情恍惚地坐在窗前出神。

郁赦不想吃闭门羹，索性没让人通报，自己直直地进了内殿。

安国长公主抬眸看了郁赦一眼，眼神复杂：“昨晚……你猜到了，是不是？”

郁赦往外看了一眼，安国长公主会意，起身命宫人给她披上披风，低声道：“跟我来。”

两人出了偏殿，慢慢地往外走，行至池畔，四周空旷，藏不住人，安国长公主静了片刻，道：“皇兄想要我的命了吗？”

郁赦默然。

“早就猜到了。”安国长公主幽幽道，“我防备着他，他也防备着我，这些年，兄妹情深是真的，生死关头容不得对方也是真的……皇兄是怕我说出当年之事，还是怕你登基后我会做摄政太后？”

郁赦道：“不知。”

安国长公主嗤笑一声：“也可能是都有吧？说吧，你救了我一次，想要我替你做什么？”

郁赦看着池水，低声道：“不用替我做什么，我想请公主帮帮郁王。”

安国长公主失声道：“你说什么？”

郁赦看向安国长公主：“一夜过去了，郁王没想办法联络过公主吗？”

安国长公主目光躲闪了下，看向了远处。

“敌人的敌人都是朋友，他是该联络你的。”郁赦淡淡道，“按照他说的做就是。”

“子宥……”安国长公主突然有点看不懂郁赦了，“替我和郁王划清界限的是你，现在让我去帮郁王的也是你，你到底想要什么？你知不知道郁王他暗中……”

郁赦道：“藏匿了原黔安王，宣瑞。”

安国长公主呼吸一窒。

“你现在同他联手已经来不及了。”安国长公主急道，“他有了宣瑞，连宣琼都可以舍弃，更何况是你？”

“我知道。”郁赦轻松道，“公主按照他说的做就是。”

安国长公主目光复杂地看着郁赦，是真的不明白了。

“子宥，知子莫若母。”安国长公主慢慢道，“我明白，你为了钟宛想要借郁王替当年的宁王翻案，但你想没想过，事成之后，不管是郁王还是宣瑞，都不会再顾念你和钟宛半分，皇兄身子一日不如一日，昨日受了点惊吓，今天就一口饭都吃不下，他要是熬不到送你上皇位，你要如何？你现在已经走到刀尖上了。”

“我知道。”郁赦还是那副淡然的样子，“公主，我数年来一直都走在刀尖上，如今多拉下一个都算赚，我怕什么？”

安国长公主瞬间被噎得说不出话来。

郁赦轻声道：“公主，你的处境不比我好，这次行刺不是皇帝的一时兴起，有一次就有另一次，在我登基之前皇帝还会对你下手，你不同郁王联手，还能指望谁呢？”

安国长公主怔了下，苦笑了下：“我懂了，你是故意的……你就想看我们三人如今反目成仇，相互倾轧，是不是？你早就恨透了我们三人，是不是？”

郁赦不欲遮掩，他现在确实有些隐秘的快意。

若不是顾念着钟宛，他都不知道自己会做出多少可怖的事来，只要能让这些恶人自相残杀，他什么都愿意做。

郁赦深深地看了安国长公主一眼：“公主，你没的选了。”

安国长公主惨淡一笑：“报应……好，我听你的。”

郁赦不想再在安国长公主身上耽搁半点时间，转身就要走，安国长公主突然叫住了他：“子宥。”

郁赦皱眉：“公主还有话要交代？”

“别太得意。”安国长公主看着池水，慢慢道，“皇帝已为你选好了未来的皇后，人是我替他去看的，那姑娘出身很好，人也娴静，皇帝很满意，如今只差一纸诏书了。”

郁赦并不意外，点了点头。

安国长公主皱眉："你不急？"

郁赦点头："很急。"

他和钟宛筹谋多日的短暂联盟终于完成，如今只需静候这一场大乱，他急着要去跟钟宛说。

顺便还有件事也很急，郁赦想起钟宛今天跟宣璟说的话心里就十分不痛快，什么叫"经常跟郁赦装"？

郁赦心里全是事儿，一会儿也等不得了，抛下一头雾水的安国长公主，疾步走了。

九十六

回偏殿的路上，还遇上了宣璟。

郁赦正巧有话要同宣璟说，迎了上去，不想宣璟瞪了郁赦一眼，招呼也没打，冷着脸扭头走了。

跟着郁赦的宫人不满道：“四殿下这是怎么回事？明明看见王爷了，当没看见一样。”

郁赦自嘲一笑：“怪我，不该突然起了善心。”

宫人疑惑：“王爷要同四殿下说什么？”

郁赦心道：告诉他钟宛说的话一个字也不要信。

郁赦看着宣璟的背影，想着宣璟之前一脸敬畏对钟宛言听计从的样子，心生怜悯。

大约是宁王、宁王妃教得好的缘故，钟宛自小性子开朗，仗义又热心，旁人有些麻烦事他都很愿意帮忙。可坏就坏在他太自信，不管会不会、懂不懂，都要凑过去跟着比画比画，指点指点。

郁赦想着钟宛刚才兴冲冲地跟宣璟说的那些细节，往偏殿走，想要仔细问问钟宛，从来没有过的事，他哪儿来的那么多经验之谈。

郁赦赶回偏殿，一路走进内殿，屋中空空如也。

郁赦撩起床帐看了一眼，转头问宫人：“钟少爷呢？”

内殿中奉茶的宫人躬身道：“皇上身边的公公刚才来传王爷，没见着王爷，就将钟少爷请去了。”

郁赦皱眉，转身去寻钟宛。

崇安帝所在的正殿中有个小花厅，春日里，花厅内还烧着地龙，热得让人有些不适，崇安帝在这屋子里却还穿着厚厚的袄，腿上盖着一张狼皮。

钟宛这些日子由太医日日照料，身体较之前好了许多，坐在这蒸笼似的屋子里，两耳被热得泛起些康健的红润，看上去多了几分年轻的可爱。

崇安帝看着坐在自己对面的钟宛，走了一步棋，沉声道："是觉得热吧？"

钟宛一心多用，闻言摇头："我畏寒怕冷，在家里时也喜欢屋子里暖和些。"

崇安帝迷眸："子宥最不耐烦燥热，你同他天天在一处，他受得了？"

钟宛清了清嗓子，掩去嘴角笑意："小王爷大约习惯了。"

"朕怎么没看出来？"崇安帝低头看棋，"每次在朕这里，朕想多留留他，子宥总说，屋里太热，坐不住。"

钟宛心道：你儿子不亲你是你活该，跟我酸溜溜的做什么？

他将崇安帝的一角吃死，一粒粒捡起了崇安帝的白子。

崇安帝怔了下，叹气："大意了……朕刚才在想，子宥小的时候经常陪朕下棋，一晃也好些年了。"

钟宛等着崇安帝说重点，耐着脾气听他继续伤春悲秋。

"朕老了，就总爱想以前的事，可惜身边的亲人越来越少，儿子呢……"崇安帝嗤笑，"也早不跟朕亲了，朕这一辈子……"

崇安帝唏嘘："可怜哪，到了这个年纪，也狠不下心教导了，只能由着他胡来。"

钟宛想想安国长公主那条被刺伤的胳膊，心里轻笑了下。

"儿子不听话，不愿意同朕敞开心地聊一聊，朕只能从旁人这儿，聊聊他。"崇安帝叹气，"为人父的，不就是这样吗？"

钟宛勉强地笑了下。

"你跟子宥不一样。"崇安帝边下棋边道，"你行事比他和婉，朕更喜欢你这个脾气，归远……有件事，朕想问问你的意思。"

钟宛知道正事来了，放下手中棋子，恭敬道："还请皇上明示。"

崇安帝满意一笑："你这性子就很好，什么都能商量着来，别拘束，朕慢慢说……"

崇安帝有点不适，费力地动了动身子，抚了抚自己的胸口，转头看了身旁的太监一眼，太监垂着手在一旁立着，不动声色。

钟宛依稀觉得哪里不太对，具体是什么，又说不上来。

殿外，郁赦被宫人拦下，宫人对郁赦安抚一笑：“小王爷不用急，皇上在同钟少爷下棋，没什么旁的事，等这一局终了，钟少爷自然就回去了。”

郁赦当没听见一般继续往里走，宫人忙拦着，无奈道：“真真是在下棋，小王爷若不信，自己去花厅外等着可好？”

郁赦眉头紧锁：“带我过去。”

花厅中，崇安帝倚在软枕上，慢慢道：“朕很喜欢你，有你陪着子宥，朕很是放心。但子宥的婚事也不能再拖了，朕知道你是个好孩子，想先问问你，朕若一回京就给子宥指婚，你会如何？”

钟宛攥着棋子，默不作声。

崇安帝看向花厅外，嘴角微微挑起，期待地看着钟宛：“归远，你想想清楚，你不是个冲动的孩子，看事也比子宥长远，朕想听听你的意思。”

崇安帝厌倦了同郁赦一次次试探，一次次周旋，忌惮着郁赦会不顾一切地发疯，崇安帝不敢动钟宛，那索性就将这个麻烦抛给他。

这是钟宛自己的决定，若是钟宛可以劝动郁赦，郁赦总不能再跟自己发疯了吧？

崇安帝枯瘦的手掌按在棋盘上，他看着钟宛，催促：“归远，你会如何？！”

生死关头，总有人会以大局为重。

崇安帝热切地看着钟宛，只等钟宛的一个点头。

钟宛将手中棋子丢在棋笥中，神情坚定：“我就去死。”

崇安帝猛地呛了下。

崇安帝顾不得喝口茶，怒拍了棋盘一下：“放肆！你说的这是什么话？！”

钟宛拿出当年跟冯管家周旋的精神，笃定道：“真话，子宥若娶了亲，我就不活了。”

崇安帝难以理解：“他娶亲又如何？那女子又碍不着你，你们相互也见不着，你同子宥还不和以前一样？”

“那怎么能一样？”钟宛反问，“皇上让子宥娶亲，不就是为了他能早日有个子嗣吗？想要子嗣，郁赦不就得碰那女子？”

崇安帝被钟宛问愣了：“是啊。”

钟宛厌恶道：“那他就脏了。”

崇安帝呆了。

钟宛重新拿起一枚黑子，冷淡道：“脏了身子的男人，我耻于与其为伍。”

崇安帝被钟宛气得哑口无言：“你胡言乱语什么呢？！”

“没什么，皇上问我的意思，我实话实说就是了。”钟宛正经道，“这就是我的意思，圣旨一下，我就给自己一个干脆了断，站在城楼上遥祝王爷和新王妃白头偕老，然后大叫着从城门楼上跳下去，不会耽误王爷的好事。”

崇安帝忌惮地看了花厅外一眼，着急道：“别胡说了！这难道是朕在逼你去死吗？”

钟宛：“君要臣死，臣不得不死，这个道理，我是明白的。”

“放肆！”

崇安帝莫名其妙地被钟宛反将了一军，钟宛这话说出来了，自己再指婚，那不就成了催命符？好死不死的，还被外面的郁赦听见了！

那将来钟宛想不开去跳楼了，郁赦不更要怪到自己头上了？

岂有此理！

崇安帝心知钟宛这是在装疯卖傻，还是被气得够呛，他烦躁道：“跪下！”

钟宛下意识地要跪在榻上，怕把崇安帝真的气死，他下了矮榻，跪在了地上。

“钟宛御前无状……”崇安帝被气得心口疼，但想着花厅外的郁赦，又无法狠罚，含混道，“罚跪两个时辰，好好思过！”

崇安帝起身由太监们扶着走了，钟宛长舒了一口气，直起身子从崇安帝刚倚过的软枕里选了个最厚实的放在地上，老老实实地跪了下来。

钟宛擦了擦额间的汗，隐隐有些心惊。

幸好这些年要不要脸有了经验，出其不意，吓住了崇安帝。

钟宛在心里咒骂崇安帝，自己管不住儿子，拿我做刀子干什么？！有本事找你儿子耍威风去！

要跪两个时辰。

钟宛叹口气，苦中作乐地想还好是在这花厅里受罚，小花厅里够暖和，桌上还有点吃的，两个时辰还不至于跪病了自己。

钟宛捶了捶腿，东想西想之际，感觉身后有人来了，不等他转头，来人从后面拍了一下他的肩膀，淡淡道："胆子真大。"

钟宛放松下来，扭头看了一眼被郁赦关好的门，轻声道："你来做什么？"

"陪你。"郁赦单膝跪地，左右看了看，皱眉，"皇帝让你来你就来，这么老实？"

"没挨打。"钟宛苦道，"我哪儿知道是这破事？我以为……"

以为会同郁王之事有关，钟宛不想放过任何一点消息，没多想就过来了。

郁赦心里都明白，不再追问，转而漠然道："你方才说谁脏了？"

钟宛笑了下，看看外面，轻声道："别闹，你先去，我跪够了时辰，晚上就回去了。"

郁赦没理会钟宛："你跪你的，管我做什么？"

钟宛无奈："别让人再趁机找你麻烦，快去。"

郁赦道："我有话要问你，憋了半天，先问了再走。"

钟宛只好道："你说。"

郁赦皱眉，"你对我装过什么吗？"

钟宛懵然："装什么？"

钟宛起初没太懂郁赦的话，想了下恍然大悟，脸涨得通红："你听见了？"

"听见了。"郁赦冷声道，"你跟宣璟说的，我全都听见了。"

钟宛百口莫辩："不是，我是骗那个傻子玩的……"他费力道，"你先别说了，等……等回去。"

"好，回去。"郁赦起身，一把拉起了钟宛，"走。"

钟宛崩溃："我还在罚跪！"

郁赦瞥了钟宛一眼："方才去给你求了情，早已没事了。"

……

九十七

行宫东偏殿。

外面一个宫人进来了，郁赦抄起一旁的被子将钟宛盖上，自己拿过外袍披上下了床：“何事？”

宫人低头道：“回小王爷，京中刚传来消息，说行刺的事有眉目了，确是郁王爷所为，如今人证物证俱在，圣上说，明日就回京。”

郁赦回头看了钟宛一眼，终于来了。

崇安帝也许本是想在行宫等待消息的，但多出来的十二个刺客始终窝在他心口，让他坐卧不安，如今郁王行刺的罪名已经落实，他不想再在这不安全的地方耽搁了。

翌日，众人返京。

从行宫出发时，郁赦没能陪着钟宛上马车，遵照礼部的安排，需骑马奉引在崇安帝的銮驾前，装一装孝子给旁人看，钟宛则自己坐在马车上打瞌睡。

出了行宫走了有一个时辰的工夫后，一个跟在马车外面的内侍轻轻地拍了拍车窗，问道：“钟少爷，要不要茶？”

钟宛正有点口渴，睁开眼捶了捶脖颈，对着车帘道：“好。”

马车停了，一个小太监捧着一个食盒爬上了车，跪下来给钟宛倒茶。

前面的銮驾没停，钟宛的车驾是不能停太久的，马车慢慢地跟了上去，钟宛眯着眼看了看小太监，坐直了身子一笑：“失礼了，方才不知道公公是御前的人，公公不必照应我了，我自己来就好。”

那日被崇安帝叫去下棋时钟宛见过这小太监一面，他记性好，还认得出来。

小太监笑了笑："钟少爷还记得奴才呢？"

小太监手脚麻利地将茶倒好，又从食盒里拿了两盘精致的小点心出来，笑道："钟少爷请用。"

钟宛倚在车窗边上温和道："劳烦公公了，但我还不渴，先放着吧。"

小太监心照不宣地对钟宛一笑，轻声道："钟少爷难不成是怕奴才下毒了？"

钟宛越发客气："公公玩笑了。"

但就是不碰。

小太监无奈道："钟少爷太仔细了，皇上哪儿舍得让您有事？昨日罚了少爷后，小王爷一去求情，不也马上让您走了吗？圣上是真心看重您的。"

钟宛低头一笑，他就知道，崇安帝会被自己糊弄一次，但不会再有第二次，这次干脆连面谈都省了，直接派个太监来传话了。

"少爷，您看看，这是什么？"

小太监从怀里掏出一道书折，双手奉于钟宛。

钟宛并没接过，问道："这是什么？给小王爷赐婚的圣旨吗？"

小太监一笑，示意钟宛自己看，钟宛拿了起来，打开一看，脸上笑意渐渐淡去。

"少爷如今还是奴籍，此事一直是圣上的一块心病，早在钟少爷您刚进京的时候，圣上就曾吩咐过郁小王爷，让小王爷将您的卖身契拿过来，带您去衙门走个过场，恢复您的身份，只可惜小王爷不乐意，就给耽误过去了。

"后来圣上又想了想，觉得只是去了奴籍还不够，您是何等人？真的这样平平一生，不是太可惜了吗？"

钟宛逐字逐句认认真真地看着折子上的御笔，怔怔出神。

"说起这个来，有件旧事，钟少爷没准自己都不知道，奴才也是偶然听侍奉圣上的老公公们说的。"小太监笑道，"奴才给您学一学？"

钟宛心知这是个圈套，但牵连往事，他还是不甘心地点了点头。

"这话就早了，七……哦不，八年之前了，宁王爷刚出事那会儿了。"小太监道，"您还未曾下狱，应该正护着宁王的那几位小主人在宁王府急着等消息呢，所以不知道。

"您不知道啊，史今史老太傅，曾在圣上寝殿外，足足跪了有七个时辰！"

钟宛口中泛起一股铁锈味儿，他不想再听了。

但小太监还在说。

“老太傅两朝帝师，多傲气的一个人啊，咱们圣上当年也是给他行过拜师礼的，皇上尊师重道，登基后就免了史老太傅的三跪九叩之礼，可那天史老太傅久跪在殿外，不住叩头。

“史老太傅说归远还是个半大孩子，无论宁王做了什么事，归远他必然都不知道，史老太傅恳求圣上，不要让这桩案子牵连您，不日就是殿试了，您苦读多年，万一下了狱，这辈子就全完了。

“您那会儿，才刚过了十六岁生日啊。

“史老太傅平日甚少夸你吧？但那天，史老太傅跟皇上说，钟归远是文曲星下凡，不能折在这事上。

“皇上也为难啊，没办法，让史老太傅先回府，老太傅不听，就跪在那里，您想想，那进进出出、人来人往的……哎呀。”

钟宛嘴唇微微颤动：“你们……”钟宛声音沙哑，将嘴唇抿成一条线，不肯再出声了。

钟宛想说，那是两朝帝师，翰林之首，就没人去扶他一把吗？

小太监唏嘘：“最终皇上忍痛批了拘捕您的折子，折子传了出来后史老太傅昏厥了过去，公公们才敢将人送出宫，唉……”

小太监看向钟宛，钟宛哪里疼他往哪里踩：“钟少爷，史老太傅看得最明白，他死也不肯让您下狱，就是怕您如今日一般，碌碌一生、无所作为，白白耽误了您自己。”

“纵然后来郁小王爷花银子将您赎出来了，纵然以后去了奴籍……也已经晚了呀。”小太监惋惜道，“其中道理，您都明白，是不是？”

钟宛喉结微微一动，低声道：“明白……本朝律法，触犯刑律者终身不得参加科举。”

“如今这机会来了呀！”小太监喜笑颜开，“您仔细看看这折子，皇上已经说得明白了，咱们皇上愿意为了您违了祖宗定下的律法，圆了史老太傅的心愿，亲下一道旨意，让您能重新参加科举一回，钟少爷今年刚二十有五，还年轻得很，纵然中间耽误了几年，奴才想……您还是有可能中的，是不是？”

“中？”钟宛嗤笑，将圣旨放在桌上，“只要我去，状元还是我的。”

小太监一愣，他年纪不大，前事种种都是听旁人说的，心里对钟宛其实是有些不屑的。

但此刻，他竟从钟宛眉梢眼角品出了几分书生轻狂。

依稀间，他也真有几分信了，这人若再入科举，没准真能闯出几分名堂来。

小太监不敢再多想，殷勤笑道：“那是那是。”

“钟少爷，您看。”小太监翻开书折，轻声道，“这可是圣上的御笔，就差一方印鉴了，只要少爷能说服小王爷，顺顺当当地大婚，这方大印就能盖上去！”

小太监不信钟宛受得了这种诱惑，笑道：“您既对得起老太傅当年的情谊，也可告慰亲人地下魂灵，多好的事啊。”

钟宛目不转睛地看着书折，眸子微微一颤，不等他说话，小太监又轻声道：“自然，少爷可能会想，将来小王爷继位，也能给您下一道同样的诏书，不过……”

小太监低声道：“圣上说了，王爷年轻，怕他糊涂，所以将来真有那一日，会下诏书责令忠臣和宗亲为证，命王爷祭天时昭告天下，三十年内，不违先皇之令。”

钟宛拳头攥起。

小太监轻声道：“所以改律法这事，只有圣上能为您做，钟少爷，这不是个大事啊，您只消劝王爷几句就行，您真不动心吗？”

钟宛死死地盯着圣旨，小太监看出钟宛眼中犹豫，满意地一低头：“那奴才就先走了，少爷好好想想，史老太傅他可在天上看着您呢。”

小太监溜下了车，钟宛看着小桌子上的奏折，久久出神。

说不动心是假的。

当年，他也想鲜衣怒马，一日看尽长安花。

一个时辰后，宣璟替了郁赦下来，郁赦早就不耐烦了，策马走到钟宛车驾前，下马翻身上车，一进马车先被呛了：“做什么呢？乌烟瘴气的！”

“无妨，我不小心烧了一点东西。”钟宛不等郁赦再问，一把搂住郁赦，郁赦整个人都愣了，许久钟宛叹道，“子宥……我可真是太在乎你了。”

九十八

郁赦眉头拧起，轻拍了拍钟宛的后背："先起来，怎么了？"

"能有什么事？"钟宛闭着眼一笑，自言自语道，"这能算什么事……"

这确实算不上什么大事，甚至就在小太监方才蛊惑他的时候，钟宛都已经想好了同郁赦一起将崇安帝诓骗过去的办法了，也不是很难。

钟宛早就没了君子风骨，不再重诺，更别说现在要骗的是崇安帝，坑一把那老东西，钟宛良心上过得去。

毕竟钟宛是真的，很想很想很想再参加一次科举。

上可告慰父母老师，下可对得起自己少年时的十载寒窗。

再者，这些年来为恶名所累，钟宛也想让江南、江北的书生们开开眼。

我蹉跎八年，再入科场，还是能把你们压得头也抬不起来。

这才是真风流。

可细一想，他又觉得这事儿不能做。

钟宛走到今日，出身出身毁了，名声名声毁了，同效忠多年的宣瑞也已恩断义绝，心口护着的东西一件接一件，不是丢了就是脏了，现在就只剩一个郁子宥，总得干干净净的吧？

人活这一辈子，心里该有块地方是纤尘不染的吧？

总要有件事，是应该不计得失，撞得头破血流也不后悔的吧？

钟宛重视郁赦，从十几岁到现在，自认这份心意还算是干净的。

劝郁赦娶亲的话一旦说出口，有些东西就不一样了。

钟宛不肯这样做。

钟宛将手臂揽在郁赦后背上，想起当初给史太傅行拜师礼时，史老太傅同他说："学成文武艺，货与帝王家。"

钟宛自嘲地想：滚你娘的吧！老子不卖了。

"到底怎么了？"钟宛神色同平日没什么变化，但郁赦就是觉得不对，心头有点不安，"你是不是哪里不舒服？"

"没事。"钟宛放开郁赦，洒脱地笑了下，"为了你真是豁出去了。"

郁赦觉得简直莫名其妙，不等他再发问，钟宛道："别多想了，都告诉你就是，我刚才从皇帝的小太监那儿听说一件事。"

钟宛知道自己瞒不过郁赦，怕郁赦私下去探听，将方才的话掩去一半，道："他同我说，史老太傅当年曾长跪于皇帝殿外求皇上放过我，是真的吗？"

郁赦顿了下，显然不太想谈："问这个做什么？"

"那看来是真的了。"钟宛点了点头，苦笑道，"那么久了，一直没人告诉过我，这么说史宏厌恶我也情有可原，他父亲为我跪了那么久，老人家也不知回去病了没有，病了多久，转过头来，我从牢里出来后倒是在你府上好吃好喝，一副没心没肺的样子，他看不惯也正常。"

郁赦不欲让钟宛想这些，他想了下，道："那、那小太监有没有同你说过，我当年也在？"

钟宛一愣。

郁赦看了钟宛一眼，欲言又止。

钟宛瞬间来了精神，忙催促郁赦详说。

郁赦犹豫了下，道："那日我也入宫了，当年我还不知道那些事，每日都是要入宫给皇帝请安的。"

郁赦那会儿还是崇安帝的眼珠子、命根子，他出宫住后，除非天气实在不好，不然每日都有专门的车驾接他入宫，让他能如往日一般给崇安帝请安。

那日郁赦如往常一般，由崇安帝的贴身太监们簇拥着进了宫，进内殿前，正撞见了跪在殿外的史老太傅。

老太傅已跪了许久，脸上少了几分肃穆，多了几分狼狈，只有那脊梁还如同一柄剑一般，硬直地立在那里。

锦衣华服的少年郁赦远远看着史老太傅，心生不安。

老太监们轻声哄劝郁赦别耽搁了，起风了，总在外面站着可能会沾染风寒。

郁赦还是执拗地看着老太傅，就有老太监跟他小声嘀咕，说史今触犯龙颜，跪在那儿思过是应该的，又同他说史今是在为钟宛求情，宁王如今犯了大案，还是郁王爷审理的，郁赦理应避嫌。

少年郁赦犹豫片刻，没理会老太监们，上前给史今行礼，又将自己身上的披风脱了下来，半跪着披在了史今身上。

跟着郁赦的几个老太监急得跳脚，却不敢上前。

史今当日已经很老了，在冰凉的石阶上跪了许久，被郁赦厚实暖和的披风一裹，禁不住打了个寒战。

郁赦虽也承师于史今，但同史今并不亲厚，师徒情分远不及钟宛，他那会儿立场很尴尬，片刻后低声道："太傅有用得到我的地方吗？"

史今吃力地将身上的披风扯了下来，按在郁赦怀中，攥了一下郁赦的手臂，没说话，只是深深地看了郁赦一眼。

郁赦似懂非懂地被史今推开了，他抱着自己的披风，被老太监们大呼小叫地拥进了内殿。

钟宛怔怔地听着，小声道："你那天……对皇帝求情了吗？"

郁赦没说话。

钟宛却猜到了，少年郁赦一定也为自己求情了，只是崇安帝没理会，所以他现在不想多提。

钟宛想着那日的场景，心中多年的谜团突然就解开了。

钟宛道："所以后来我下了狱，你才会那么拼命地赎我出来，我就说嘛，咱俩同窗那会儿也没什么交情，怎么我犯了事你比所有人都着急？当日在牢里，听说有人一次次地同旁人抬价较量，我真是吓着了，我这是得了谁的青眼，值得让人为我花那么些银钱？

"史老太傅什么都没跟你说，但你感觉到了，老太傅当日是在托付你，让你救我，是不是？"

郁赦淡淡地点了点头。

钟宛远走黔安后，郁赦其实又同史今见过数面，但自史今辞世后，郁赦每每想起老太傅，还是那大冷天里老人家苍老浑浊的双眼投来的深深一望。

多少未尽之言，不能宣之于口的话，都在其中。

钟宛眼睛红了。

他撩起车帘看着车外，半晌脸上恢复了些往日神态，自嘲一笑：“你可害苦我了。”

郁赦不解，钟宛悠悠道：“我不知道这些事，当日被你买走，我心里想了很多。”

郁赦眸子一动，忙追问：“你想什么了？”

“想你是不是对我别有用心啊。”钟宛笑道，“不然花那么多钱让郁王不痛快做什么？哎你那会儿怎么那么有钱？你知道吗？你们当时出了多少钱，我是知道的！”

郁赦：“……”

郁赦突然不想再聊这个了，但钟宛很来劲儿，心惊肉跳道：“我的天，我没进过青楼，但看人抢花魁也就那样了吧？我这牢花，被你们抢得一惊一乍的，旁的奴役，最多能卖个十来两银子，我记得很清楚，头一个要来买我的，直接就开价一百两，这么贵了，后面竟马上又来了几家。”

郁赦不想提钟宛当年受辱的事，要岔开话头，钟宛却还喋喋不休：“不到半天，竟抬到了五百两，我的老天，我听那牢里的狱卒说江南最漂亮的花魁也没这价。”

郁赦无奈：“你拿自己和妓子比做什么？”

“比了才知道我值钱啊。”钟宛涵养极差，还记着宣璟诅咒郁赦的事，顺便踩了宣璟一脚，“宣璟还是个皇子呢，五百两的时候就败下阵来了，去跟他母妃讨银子，被他母妃知道了，给了他好一顿打。”

郁赦也很烦宣璟当年也想买钟宛的事，跟着踩了宣璟一脚：“皇子和皇子也有不同，他自小抠抠搜搜的，手里其实没多少银子。”

“是啊。”钟宛唏嘘，“那才刚刚开始呢，就没银子了，然后几方继续出价，我要是没记错，两千五百两的时候史老太傅还要买，再后来就实在掏不出了……老师这辈子实在清廉，这大约就是他举家之财了。

“过了三千后，就只有两家在抢了。”

钟宛眼中含笑，看了郁赦一眼：“郁子宥，没看出来，小小年纪，出手那么有牌面。”

郁赦低头一哂。

确实花了不少银子。

当年，一听说可以买钟宛钟归远，买那文曲星的转世，京中贵族和豪绅之间那些癖好特殊的人都来了兴趣。

或是真垂涎钟宛的样貌，或只是为了满足那些不知所谓的攀比心，个个都在抬价，一时竟成了个博脸面的新鲜事。

最后抬到了三千两这个天价，凑热闹的人差不多都收了手，只有一个江南的富豪还在出价。

那人出三千一百两，郁赦出五千两。

那人出五千五百两，郁赦出一万两。

那人出一万一千两，郁赦出两万两。

江南的豪绅确实有钱，也被激起了脾气，觉得这会儿收手是丢了脸，咬咬牙，抬手出了两万五千两。

少年郁赦在府中听到消息后，命人向牢中传话，他出五万两。

钟宛现在想起来还是觉得吓人：“那边儿都要让你气疯了，还想同你较劲，却实在是出不起了……”

钟宛想着十五岁的少年郁赦不动声色砸银子的样子，忍不住笑了下。

那会儿的郁子宥，大概是头一次做这么出格的事。

钟宛看了郁赦一眼，轻声道：“我这辈子都没见过那么多钱，在牢里要吓死了。”

郁赦低声道：“你怕什么？又不用你出银子。”

“所以更害怕啊。”钟宛看着郁赦，声音轻了，“肯花这么多钱买我的人，把我买回去后，不知道要对我做多少慑人的事呢。”

钟宛一笑：“万万没料到，把我丢到一边，三个月没理。亏死了吧？”

郁赦深吸了一口气：“亏了。”

说来奇怪，当日种种不堪和狼狈，现在谈起来突然没了分毫避讳，钟宛心头种种不甘好像随着那封被他默默烧了的圣旨，就这么烟消云散了。

说话间，到城门口了。

钟宛看着郁赦，心头豁然开朗。

这是肯花五万两赎了自己，却又为了避嫌三月不踏足别院一步的人。

还是自己赚了。

章伍

终局

九十九

城门外礼部的官员和禁卫们出城迎接圣驾，钟宛撩开车帘看了下，眼睛眯起：“这个时候能有多要紧的事，要等不及入城先送来？”

郁赦抬眸：“什么？”

钟宛放下车帘：“有个禁卫，拿了一道奏疏送到銮驾前了。”

不一会儿，御前的一个老太监急急忙忙地跑到了郁赦和钟宛的马车边，苦着脸道：“王爷，钟少爷，黔安八百里加急，出事了！原黔安王宣瑞……殁了。”

马车中静了片刻，郁赦问道：“好好的一个人，怎么没的？”

“说是遇到了流窜的劫匪！那些亡命之徒经常打劫过往商人，可能是将他们当富商了，这……唉。”

郁赦道：“尸身呢？运回来了吗？”

“没有，那荒野之地，总有野兽出没，发现的时候已没几具整个的尸身了。”老太监唉声叹气，颤巍巍道，“钟少爷，还请节哀啊。”

马车中，钟宛不发一言，片刻后郁赦道：“钟宛悲伤过度，说不出话了，你先去吧。”

老太监转身去了。

马车里，钟宛用手蘸了茶水，在桌上写字：是在试探我吗？

郁赦不确定，写：我们没理由杀宣瑞，怕就怕他怀疑是我们将宣瑞藏起来了，一会儿装得像一点，别被皇帝看出破绽就好。

郁赦写完有点忧虑，这道奏报来得太不及时，正巧赶上同崇安帝在一起的时候，崇安帝多疑，一会儿进了城怕是要亲眼看看钟宛，假意安慰一番，他和钟宛都知道宣瑞现在没事，一会儿一个神情不对，没准就能被看出什么来。

不等郁赦想办法，那边钟宛已有了主意，他想起了刚回京头一次见崇安帝时，崇安帝对他说的那番话。

崇安帝说，史今辞世前，没在原该给子孙求福荫的折子上写半个自家人，只提了一个外姓之人——钟归远。

史今上奏给崇安帝的最后一道折子上写着“归远年少经难，这些年吃苦太多，将来若有一二不周之处，恳请圣上念在此子命苦不易，多加宽宥，不要再让他吃苦”。

折子送上去没几天，老太傅就没了。

而远在黔安的钟宛直到两个多月后才得着讣闻，连老人家尾七都没赶上。

钟宛一直不太敢细想这事，这会儿痛痛快快地想了下，眼泪瞬间蜿蜒而下。

郁赦被钟宛惊着了：“归远……”

钟宛苦笑着摆摆手，本想做做样子，可一想到老太傅殿外的长跪和他仙逝前的那道折子，眼泪怎么也止不住了。

钟宛怕郁赦担心，蘸了蘸茶水在桌上写道：我这些年辜负了许多人。之前负你良多，如今尚能补偿一二；对老师，却……

钟宛顿了下，又写道：天人永隔，不能报答万一，如今回头看，这辈子最对不起的人，怕就是史老太傅了。

钟宛眼泪一滴滴落在桌子上，实在是写不下去了。

进城之后，所有车驾要随崇安帝入宫，兜兜转转终于进了内宫后，崇安帝下了銮驾，果真特意问了问钟宛。

钟宛是被郁赦搀下车驾的。

钟宛身形高挑，但实在太瘦，被郁赦这么一扶显得越发形销骨立，他走到崇安帝面前，勉强行礼，崇安帝看钟宛双目赤红似要滴血，叹气道：“罢了罢了，朕就是怕你忧伤过度特意问问，你……唉，别跪了，先回府吧，宣瑞的丧事朕自会让礼部好好操持，让他走得风光。”

钟宛深深拜了拜，被郁赦扶了起来。

“回府让太医好好看看。”崇安帝似真似假地关怀了几句，看向郁赦：“子宥先留下，朕有话交代你。”

郁赦扶着钟宛，宽大的袖口下，他飞快地在钟宛手心上写了个“北”字，然后放开了钟宛。

郁赦随崇安帝进了寝宫，崇安帝收了方才对着众人的惋惜神色，慢慢地坐了下来："子宥，你说这事儿……是不是有点不对？"

郁赦淡然道："自然不对。"

崇安帝看郁赦，郁赦语气平静："劫匪打劫小门小户的商贩都不一定会杀人，现在打劫到了皇家头上，反倒一个活口没留？当真英勇。"

"自然，也可能是他们初始不知情，动手后迷途难返，只能灭口尽力毁灭证据，但宣瑞走前钟宛特意嘱咐了我，请我给宗人府那边带句话，让他们好生看顾，我的人也确实去看了，得知他们确实带了不少人上路后才放了心。"郁赦道，"禁卫也有，仆役也有，几十口人，会那么轻轻松松地被劫匪杀了个片甲不留吗？那劫匪得有多少人？"

郁赦嗤笑："百十来人的大匪帮，必然是有名号的，这样的沿路能有几个？挨个儿清查就是。"

崇安帝审视着郁赦，见他脸上并没悲戚之色，道："是，是得给黔安王府一个交代，钟宛出身宁王府，你就是不查，他肯定也会要个说法的，不过……"

崇安帝不动声色道："钟宛既然不放心宣瑞独自上路，就没让你的人跟着？你的人若跟着了，是一起被杀了呢，还是……"

郁赦心中冷笑，不巧，他还真的早就防备了这个。

"钟宛是同我交代过，但也只让我的人将宣瑞送出了城，出城之后，我的人就回来了。"郁赦坦然道，"皇上不信，可以彻查，问宗人府的有关官吏，问当日守城的官兵，看看我是不是撒谎了，是不是我动了手脚，杀了宣瑞。"

崇安帝失笑："你这孩子，朕又没疑心你！朕不过是盼着你的人身手好些，逃了出来，告诉咱们到底发生了什么事，宣瑞懦弱无能，跟旁人也没结下什么仇怨，这事儿太蹊跷了。"

郁赦不说话了，崇安帝自顾自道："但没准，你身边真的有那么几个亲信，想为你分忧，或是听了钟宛私下的交代，偷着去了呢？所以……还是查一查吧。"

郁赦眼中闪过一抹讥讽之色，没开腔。

崇安帝当即命宫人去传话清查，转过头对郁赦宽慰道："别多心，朕也是为了你好，万一回头真查出来是你这边的人自作主张，朕早点知道了，也能替你遮掩遮掩，别站着了，坐下，同朕等一等，看看他们能查出什么来。"

一个时辰后，宫人折回来跪下道："回皇上，送原黔安王出京那日，郁小王爷的人确实跟着了，但出城十里后就回来了，都是郁王府别院的家将，进出城门口都是有记录的，奴才们方才查过，那十来位家将这些日子在京中都有露面，人证全有。"

崇安帝这才彻底放下心来，摇头一笑，对郁赦道："你看，这不就明明白白的了吗？回头万一有人说是你动了什么手脚，朕就能替你做主了。"

郁赦面若冰霜，宫人怕崇安帝下不来台，忙道："是呢！有圣上做证，再没人敢怀疑小王爷了。"

郁赦实在不想听这些话了，忍着恶心道："多谢皇上。"

崇安帝使了个眼色命宫人下去了，现在对郁赦放心了，才敢同郁赦商议："你说……宣瑞真的死了？"

郁赦冷声道："不清楚。"

崇安帝最烦郁赦对他不冷不热的这副样子，心烦道："朕查了查你又如何？你摆这副样子做什么？若不是你一直不同朕亲近，朕会对你起疑心吗？"

崇安帝脸色也放了下来："子宥，雷霆雨露俱是天恩，你不懂吗？"

郁赦面色如常，跪了下来："谢主隆恩。"

"你！"崇安帝气得不住捶胸口，想让郁赦滚，但他这几日一直心神不定，精神不济、顾念不周，想要同别人商议，但身边人不是不能放心的就是不顶用的，几个儿子里，只能靠着郁赦，"罢了！起来说话。"

郁赦起身，抚了抚衣角后，道："活要见人，死要见尸，现在一块尸身都寻不到，无法断言宣瑞真的死了，想要个结果，只能查。"

崇安帝心道：这是废话。

郁赦虽是大理寺卿，但胡混了这么几年，也不见得真懂什么，崇安帝不抱希望道："如何查？"

"即刻下令，命自出事点沿途二百里内官道的府衙官吏自己上报，属地有几处匪寨，各个匪寨约有多少人，近一月内可有流窜。

“同他们说明，过往纵容匪徒劫掠的事一概不咎，但有敢知情不报、瞒报、谎报者，格杀勿论。

“再命自出事点沿途三百里内所有府衙官吏，纠察属地典当行，搜查近一月内收当所有财物，清点其中是否有上用、官用之物，若有收获，结合清查劫匪之情况，必有所获。

“宗室之子，不明不白地死在了半路上，沿途官员都要追责，但纠察此事有功的官员，功劳计入当年课绩，案子查清后另有升迁。”

崇安帝一时听愣了，看着郁赦出神。

郁赦蹙眉，继续道：“皇上觉得可行吗？”

崇安帝回神，点了点头：“很周全，但若……若这样也纠察不出什么呢？”

郁赦道：“那就说明宣瑞有可能没死，是被有心的歹人掳去了，到底是为了什么……不清楚。”

崇安帝心头不安，最近的事总让他有点心慌，他隐隐觉得事情没这么巧，宣瑞不该在这个关头突然遭了劫匪劫掠。

崇安帝抬头看了郁赦一眼，如今心头唯一的安慰，就是他越来越觉得，郁赦并没那么荒唐。

崇安帝忍不住想，果然是龙生龙，凤生凤吗？

自己这个命最硬的儿子，生来就是做皇帝的？

崇安帝看着郁赦，想着后继有人，心中稍稍舒服了些，道：“好，那就按你说的办，去安排吧，朕实在有些不舒服，想先歇一歇……”

郁赦还未起身，外面宫人匆匆忙忙地跑了进来，神色有异地看了看郁赦。

崇安帝本要让郁赦避退，但身子不适，知道自己没精神再处理什么事，疲惫道：“罢了，说就是。”

宫人上前两步，脸色凝重道：“皇上，郁王爷那边……有点不对。”

崇安帝皱眉：“有何不对？”

宫人迟疑了下，低声道：“郁王爷对行刺的事始终还是不认……”

“人证物证俱在，你们到底是做什么的？”崇安帝怒道，“他当然不认了！你们自己没旁的办法？”

“可、可……”宫人情急道，“郁王爷认罪，只不认这一样，他说这些年确实做过对不起皇室的事，还有许多，如今既已进了宗人府，他愿意一一交代，皇上！”

宫人惶恐道：“郁王爷他、他这是要说什么啊？”

崇安帝脸色血色瞬间褪尽。

宫人急道：“郁王爷这边还没交代，老宗亲们就已经被惊动了！如今宗人府要请宗亲们，那边郁王爷的意思是他手里有许多人证物证，他若有万一，所有的事都会大白于天下，皇上……”

崇安帝两手突然发抖，颓然跌坐在龙椅上。

崇安帝突然想到了什么，倏然看向郁赦，哑声：“宣瑞、宣瑞……会不会，会不会是……”

郁赦表情平静，轻轻点了点头。

崇安帝声音嘶哑，咬牙切齿：“郁慕诚……”

“皇上！皇上！”外面一个老太监捧着几道奏折跑了进来，神情急切，“皇上，出事了！”

崇安帝顾不上别的了，失态道：“滚出去！”

老太监吓了一跳，扑通一声跪在地上，战战兢兢地看向郁赦。

郁赦淡淡道：“皇上身体不适，寻常事一概搁置。”

“不是寻常事。”老太监抖声道，“这是内阁送来的奏折，皇上，真出事了……”

崇安帝头疼欲裂：“怎么了？！又怎么了？！”

老太监急切道：“皇上，北边出事了！北狄那边出了乱子，而且，而且……”

“一共就那么几个北狄兵！”崇安帝仪态尽失，低吼道，“或打或退！兵部没章法吗？内阁没脑子吗？同朕说什么？！”

“不是啊皇上。”老太监带着哭腔，“一个时辰前有人来奏，说五殿下私下勾结北狄，欲助北狄王破我边境！以此为由，逼迫郁小王爷率兵出征，再诬陷郁小王爷通敌叛国！”

“通敌叛国”四个大字砸在了崇安帝心中，他的脑子瞬间就炸窝了。

这个嫁祸的路子，没人比他更熟悉了。

崇安帝听着老太监的话，想着郁慕诚要认的罪，一时间只觉得天旋地转，甚至分不清老太监说的是宣琼，还是自己。

老太监急切道：“北狄王私自送给五殿下的一份血书都被送来了！那血书虽已残破，但桩桩件件记得十分清楚，皇上，皇上？皇上！来人啊……”

崇安帝呕出一口黑血，从龙椅上直直地跌了下来。殿中瞬间炸了窝似的乱了起来。

宫女、内侍、太医……无数人急匆匆地从郁赦身边擦肩而过，郁赦敛眸，好生藏起了眼中快意。

若不是心里还存着钟宛这一分清明，郁赦根本没法抑制住自己在这殿中放声大笑。

时候还不到，他还需把心中癫狂藏好。

郁赦闭上眼，享受地听着众人杂乱的脚步声和崇安帝惊恐的呻吟。

郁赦自知自己不干净，所以七年来日日饱受折磨。

如今，这份罪果终于轮到其他人品尝一二了。

一百

崇安帝脸上泛起不祥的紫色，喉中咯着血，有出气没进气，眼看着有点不太好的意思，太医们瞬间慌了神。

跟去行宫的太医被传了来，他虽知道崇安帝近几天身体不好，但也没料到一下子能坏成这样，一面为崇安帝排出口鼻间的积血一边急着问道："这是怎么回事？方才吃过什么？可曾呛着过，还是被气着了？"

老太监们忙交代着，太医们费力地给崇安帝喂了一颗补心丹，又是行针又是急急忙忙地商量药方，另一边又催人去取崇安帝的往日的脉案，寝殿中乱成了一团。

"小王爷，王爷！"崇安帝的贴身老太监踉跄着跑了出来，跪到郁赦面前哭道，"小王爷！这该怎么办？老奴们想给皇上取参汤来，但太医说皇上是急火攻心，参汤吊不住命只能催命，但这要是有个万一……王爷！您得拿个主意啊！"

郁赦直直地看着远处躺在龙床上崇安帝，一句话也没有。

眼中血丝遍布，周围嘈杂至此，郁赦却能听见自己胸口心跳动的声音，一下一下，连着他太阳穴的青筋一起跳动。

郁赦尽力克制着自己，不等他开口，外面安国长公主大步走了进来，厉声道："都还在这里愣着做什么？！"

安国长公主看了郁赦一眼，看他的神色心中惊骇，转头看向老太监，问明情况后迟疑片刻，冷声道："还听太医的？太医若有用，会让皇兄的病一重再重？气血不畅的时候是不能用参汤，但现在还顾得上吗？！"

"外面北境不稳，朝中储位空悬，这个时候皇兄若出了差池，你们谁担得起？！"安国长公主看向殿内，目光复杂，片刻后转过身，"喂就是，先保住了命再说。”

老太监怕一个不小心就要跟着殉葬，要的就是个敢做主的人，得令忙去吩咐了，郁赦抬眸看向安国长公主，嘴角微微勾起，眼中讥讽一闪而过。

同室操戈，这就已经开始了。

二人对视一眼，安国长公主眼神闪躲，勉强维持住长公主的威严，低声道：“当真是突然被气成这样的？”

郁赦点头。

“你同我交个底，”安国长公主声音更低了，“皇兄他有没有提前写下什么诏书之类的？”

郁赦反问：“什么诏书？”

“你说呢？！”安国长公主是真的急了，“立你为太子的诏书啊！郁慕诚既已经将宣瑞藏匿了起来，要做什么你还不清楚吗？皇兄逼他太狠，郁慕诚已经决意要拼个鱼死网破了，你得赶在皇兄出事之前把储君之位定下来！郁慕诚不知还留了多少后手，万一让他得逞，你我的命就都没了！”

安国长公主额间尽是汗珠，她还要同郁赦说，里面又有太监跑出来，匆忙道：“回小王爷，回公主，皇上喘过气来了！喘过气来了！”

安国长公主大喜，顾不得郁赦了，忙跟了进去。

鸡飞狗跳地忙乱了足足有两个时辰后，崇安帝终于醒了过来。

不等太医们松一口气，安国长公主皱眉道：“这是怎么回事？皇上这眼睛……怎么一边睁不开了？！”

崇安帝睁开了眼，但一边的眼皮好似被人抽了筋似的，耷拉着，要睁不睁地，遮住了半个眼珠子。

一个太医忙上前查看，还不等他诊出什么眉目来，崇安帝费力地张了张口，含混地吐出了几个字，说的是什么，没有人听得清。

太医脸色一变，跪在龙床前，诊了脉后双手抬起崇安帝的胳膊，在手臂几处穴位上按了按，又换了一条胳膊同样施为，继而又检查崇安帝的双腿。

安国长公主满脸不耐烦：“问你话呢？皇上的眼睛是怎么了，谁问你他的腿了？”

太医跪向安国长公主，犹豫道："回公主，皇上这样的情况，好像、好像是……"

安国长公主道："说！"

太医磕头："怕是中风了。"

众人吓了一跳，扑通扑通瞬间跪了一地。

"中风……"安国长公主哑然，"那……那以后还能起身吗？"

太医跪在地上，摇了摇头。

龙床上的崇安帝不知听没听见，从喉咙口发出一阵沙哑声响。

安国长公主看了崇安帝一眼，目光犹疑："那还能……说话吗？"

太医顿了下道："刚刚中风，这会儿一切都说不准，须得过几天才能看出来，如今最好的情况就是几日后圣上还能发声，今后若调养得当，没准能勉强说话，但也可能……"

也可能就永远这样呜呜咽咽，半身瘫在床上，成了个废人。

崇安帝闻言抽动了下，又呛出了一口血。

又是一阵慌乱。

郁赦站得离龙床最远，漠然地看着床上抽动的崇安帝，一动不动。

崇安帝又晕死了过去，安国长公主一心给自己求一道保命符，这次倒是真心实意地在照料他了。她自己还带着伤，现在也顾不上了，喂药擦拭，亲力亲为，伤口数次渗血也顾不上了。

皇后体弱，听到消息后也晕死过去了，众妃嫔哭啼啼地来看望，一概被安国长公主轰了回去。

"皇兄。"安国长公主红艳的指甲掐进崇安帝口中，她一把扳开崇安帝的嘴，一边灌药一边道，"别死，别抛下这乱摊子，别死……"

几服药灌下去，三个时辰后，崇安帝终于睡熟了。

安国长公主头发蓬乱，身心俱疲，什么也顾不上了，歪倒在一旁的椅子上。

安国长公主抬头看了看好似局外人的郁赦，声音发哑："你……不能走……"

郁赦木然地看了安国长公主一眼："宣璟来了几次，走了，郁妃和宣琼的人闹了几个时辰，这会儿刚走，大概是去请宗亲们了，我再不走，他们怕是要闯宫了。"

“谁敢闯宫？要造反吗？！”安国长公主理了理凌乱的鬓发，“过不了几个时辰，朝臣们就要上早朝了，你要去安抚，总之……你不能走，谁知道皇上什么时候醒？他醒来后，必然，必然……”

必然要下诏书了，这个时候，谁守在他身边，谁的胜算最大。

宫人们已经被长公主支开了，郁赦不再避讳：“郁慕诚吩咐你的事你既都替他做了，不考虑同他联手吗？”

“呵……”安国长公主嗤笑，“我能信他吗？”

“他同我说的是很好听，因为他清楚，这些事只能由我来做。”安国长公主低声道，“我是公主，只有我能替他联络宗亲，替他向我的那些叔伯堂兄堂弟许诺好处，让宗亲们愿意铤而走险，在皇上力有不逮时转头帮他。

“他当日娶我，不就是为了这个吗？”

“该做的，我已经替他做了，我同宗亲们一样，在皇上真的力有不逮时，会考虑帮他。”安国长公主眼中闪着一抹光，“但现在，一切还未定，只要皇上还有下诏书立你为储的力气，我就不必走到那一步。”

郁赦低声一笑：“母亲，你现在连装都不同我装了吗？”

安国长公主让郁赦这句“母亲”激得白了脸色，敛眸冷声道：“不是你自己说的，替我装得累，宁愿我凭着本心同你相处吗？”

郁赦点头：“是，这样很好。”

郁赦如今这样看着安国长公主，确实觉得这样更好些。

又过了两个时辰，天蒙蒙亮了，崇安帝终于再次醒了过来。

老太监们小心翼翼地给崇安帝喂茶，崇安帝恍惚地睁开眼，瞧了瞧外面，他说不出话来，扶着他的老太监道：“是安国长公主，这一天一夜多亏了公主，带着伤，还衣不解带地照料着您，啊对！小王爷也没走，一直守在您床前呢！”

崇安帝右臂已经彻底没有知觉了，他费力地抬起左手，比画了两下，含混地呜咽两声，在心里问——其他人呢？朕的另外两个儿子呢？皇后呢？妃嫔呢？

老太监仔细地听着，还是分辨不出，胆怯地问道：“皇上，您说什么？”

“嗬……嗬……”

崇安帝面容紫涨，一把推开老太监，挣扎几下，险些跌下龙床。

安国长公主忙上前扶住了他，匆忙道：“皇兄先别急，龙体为重，躺好……”

崇安帝忌惮地看着安国长公主，躺回床上，活动着勉强还算利索的眼珠，环视寝殿中一周，想着昏倒前的种种，想着昏迷中听到的“中风”，喉间一甜。

自己这是成了个废人吗？

那郁王如何了？宣琼如何了？寝殿中为何只有这姑侄二人？这两人把其他人如何了？

崇安帝方才恍惚听到宫人说一天一夜了，这么长时间过去了，外面到底变成什么样了？天翻地覆了吗？

崇安帝胆寒发竖地想，郁慕诚那条老毒蛇会不会已经将当年之事全说出来了？

崇安帝失魂落魄地靠在枕头上，心头一片冰凉。

他原本以为自己还能撑个两三年。

他原本以为，他能稳稳当当地料理了郁慕诚，料理了安国长公主，料理了钟宛……然后再以皇位为筹码，将郁赦拿捏在掌心，一直到自己寿终正寝。

不过一天，怎么突然就变成这样了？

崇安帝的目光久久地在安国长公主和郁赦之前徘徊。

郁赦不远不近地看着崇安帝，默默地品味着他身上散发出来的将死的味道。

过了好一会儿，郁赦见崇安帝不甘地低吼一声，挣扎了下，将手指向了安国长公主。

郁赦冷笑，他就知道。

崇安帝现在已没的选了，不是长公主，就是自己。

他选了安国长公主。

郁赦并不觉得这有什么，自己和他们本来就不是一路人。

安国长公主心头大石落地，忙凑近了，握住崇安帝的一只手焦急道：“皇兄，有什么吩咐？告诉我就是。”

崇安帝想要说话，试了几次后颓然放弃了，安国长公主忙骂宫人，让他们送了纸笔过来。

安国长公主将崇安帝扶起来，崇安帝用左手攥住毛笔，鬼画符似的在一张空白纸上描画了起来，安国长公主眼睛一眨不眨地看着，好似饿狼待扑食。

一封文书，崇安帝足足写了有一炷香的时间。

安国长公主迟疑道："皇兄？"

崇安帝摇摇头，将文书往安国长公主怀里推了推，重新拿起毛笔，直接在被子上吃力写道：他不遵遗诏，自有别人……

"皇兄不再想想？"安国长公主不安地看了郁赦一眼，"子宥他……"

崇安帝摆摆手，又拿过一张空白纸来，画了片刻，这次没递给安国长公主，而是看向了郁赦。

老太监忙捧起诏书，双手奉与郁赦。

郁赦面无表情地跪下，接过诏书看了一眼。

这封并不是立太子的诏书，其实也不能算是给郁赦的，诏书上说了新帝年轻，恐会贪政绩而冒失等一堆废话后，责令新帝继位前昭告天下，三十年内不违先皇之令。

郁赦心头还混乱着，崇安帝方才给了安国长公主那封诏书上写的什么，他大概能猜得出来，为什么给安国长公主而不给自己，他也明白，但……

郁赦一时还不明白崇安帝特意下这一封诏书是为了什么。

他抬眸看向崇安帝，崇安帝漠然又失望地看了郁赦一眼，招了招手。

老太监将郁赦手中诏书取了回去，崇安帝用尽所有力气，拿起龙印在两封诏书上下印，一起推给了安国长公主，然后拿起笔在被子上写道：天亮后命内阁大臣们进宫，朕要亲自把这两封诏书拿给大臣们看，之后……诏书由你看管。

崇安帝一把攥住安国长公主的手，将她吓了一跳，崇安帝在她手上写道：他顺利继位，你一生荣华，安国，替朕盯紧他……

安国长公主万万没料到崇安帝到这一步了还能控制住场面，迅速地辖制住郁赦和自己，她胆战心惊地点点头，将两封诏书紧紧攥在了手里。

崇安帝这才放下心来，招了招手，命郁赦上前。

崇安帝似怜悯、似忌惮地看着郁赦，半晌，拉过郁赦的手，在他手中写道：不必担心，诏书上写的就是你的名字。

崇安帝几近力竭，缓了好一会儿，在郁赦手上写道：郁王，你去料理，料理干净他，保全了朕的名声，才能保全你的这封诏书，不然这天下就是宣瑞的了，孩子，明白吗？

郁赦跪在地上，突然明白了方才那封诏书的用意，透骨生寒。

殿中一时落针可闻。

郁赦目眦欲裂，声音沙哑："皇上，到现在了……你还不肯放过归远？"

崇安帝冷漠地看了郁赦一眼，写：朕给过他机会的。

殿外长跪不起的史老太傅……

马车里那烧过东西的味道……

钟宛眼中的怅然和释怀……

郁赦一瞬间全明白了。

郁赦将头抵在床边上，忍不住笑了出来。

他原本以为，自己这些年被人一刀又一刀地捅进心口，已经再也不会心寒了。

不早该习惯了吗？

自己被人算计，被人坑害，不是最寻常的事吗？

怎么就突然受不了了呢？

安国长公主听着他瘆人的笑声焦急道："子宥！别发疯！"

郁赦呛了下，咳了两声后笑着："矫情……"

郁赦扶着床边，起身勉强站好，低声道："罢了，这两封诏书，写的什么，我心里都明白了……"

崇安帝心中突然不安，瞪着郁赦，嘴唇动了动。

郁赦睥睨着崇安帝和安国长公主，沉声道："你们以为我图的是什么？"

崇安帝心头一惊，不等他再写字，郁赦淡淡道："我不玩了。"

郁赦转身，头也不回地走了。

崇安帝心咯噔一下。

宣琼通敌，已然不可能再继位。

宣璟斗不过郁慕诚。

郁赦不玩了……

自己就这三个儿子，这帝位要给谁？那个生死不明的宣瑞吗？！

且如今先不说储君，没了郁赦，谁替自己去料理虎视眈眈的郁慕诚？靠着立场摇摆不定的安国吗？她如今肯帮自己，还不是为了将来做皇太后？郁赦若不继位，她如何还会帮自己？！

贪心太过，最终什么也拿不到。

崇安帝瞬间后悔了。

一切变故来得太快，坐了几十年龙椅的人一时还没反应过来，他手里已经没那么多筹码了。

他也万万没想到，郁赦会因为这点事，真的就翻脸了。

崇安帝惶惑地看向安国长公主，奋力推了她一把，安国长公主明白过来，心中暗骂崇安帝贪心太过，还没明白过来他已经是个废物了，这个时候居然还有心思去摆布钟宛。

功败垂成，临了竟因这小事彻底激怒了郁赦。

安国长公主勉强道："皇兄别急！我去找子宥，他是一时气急了，皇兄知道的，子宥一急了什么话都敢说，没事没事……亲父子之间，有什么不能商量的呢？"

安国长公主安慰崇安帝也是安慰自己："皇兄放心，子宥就是闹闹脾气，他不继位，他不要命了？！我去劝他，他马上就明白了。"

崇安帝费力地点头，安国长公主顾不上他了，命宫人严守寝殿不许旁人进入，自己飞也似的找郁赦去了。

一百零一

“子宥！”

“子宥！”

安国长公主匆匆忙忙走下蟠龙石阶，一不小心崴了脚，跟着她的女官忙上前搀扶，安国长公主这会儿也顾不上什么礼仪了，一把推开女官，大步往宫门口走。

另一边，郁赦大步往外走，他现在只想见钟宛。

今天的事，若有十分功劳，那钟宛一个人就占了九分。

北狄这件事捅出来的方式太对了。

此事郁赦一直揽在自己身上，钟宛手中人证物证什么都没有，今天情急之下在钟宛手心写了个“北”字，郁赦其实没抱多大希望。

原本不是这样计划的。

但那会儿郁赦就觉得，这可能是最好的时机。

崇安帝不是身体实在支撑不住，是绝不会指望自己的，他一定是冥冥之中感知到了大限将至，察觉到了郁慕诚和宣瑞的事有牵扯，才迫于无奈地把自己笼络为心腹，加以托付。

毕竟在此事上，在崇安帝眼里，自己和他是同一立场的。

可要在这么短的时间内，拿到那份血书，恰到好处地毁去其中同自己有关的部分，再借合适的人之手将人证物证送到御前，太难了。

但钟宛做到了。

这是第一则变故。

往昔之恨的反噬来得太快，如滚滚落石一般将崇安帝这把朽烂的骨头彻底砸碎了，他竟中风了，这是第二则变故。

头一则变故，让崇安帝彻底失去了一个可以继位的儿子，第二则变故，让崇安帝失去了要挟郁赦的筹码。

所以郁赦现在才能有足够的底气将崇安帝丢在一边。

这几个月郁赦装孝子也装够了，一想到崇安帝之前曾绕过自己对钟宛威逼利诱，郁赦心口就有说不出的恶心。

总有人不将别人当人看，拿着别人最珍视的东西毫不在意地揉来抛去，以此为乐。

史今、钟宛师徒俩唯一的痴念，不愿意成全也罢了，何必故意拿到钟宛面前逗狗似的耍他？！

好玩吗？

到今天了，他们还是不把自己当人看，不把钟宛当人看。

那自己也不必伺候了，也让崇安帝吹吹冷风明白明白，世易时移，他是不是真的还有这份底气。

郁赦出了宫门，宫门口，郁王府别院的马车夫已经将马车牵过来了，郁赦刚要上车，后面安国长公主一路紧追慢赶，终于在郁赦上马车前赶了上来。

安国长公主一把拉过了郁赦的衣袖，发急道："你听我说！"

郁赦转身，一点点扯开了自己的袖子，冷漠地看着安国长公主道："不用指望我了，公主现在去找郁慕诚，还来得及。"

"还没到那一步！你先听我说！"安国长公主看看四周，急不可耐地向她的女官使了个眼色，女官们忙招呼周围侍卫和马车夫退下。

晨光熹微中，姑侄俩相对而立。

"听我说，我都已经明白过来了。"安国长公主生怕郁赦又要走，挡在郁赦马车前，飞快道，"皇帝那封诏书的用意，是不许你将来在钟宛的出身上动手脚，是不是？他之前就以此要挟过钟宛什么，但钟宛没答应，所以他不耐烦了，不再同你们商议，要彻底断了你这念头，是不是？"

安国长公主慌张地点头："对，皇上也知道，只有最后这对百官宣读的诏书能束缚你……对，一定是这样。"

郁赦面容冷峭，疏离地看着安国长公主。

“你先听我说，这事不是没的商量，皇上已经后悔了。”安国长公主道，“第二封诏书现在就在我怀里，只要你不想，这封诏书永远不会有第四个人看见，我发誓！”

安国长公主生怕郁赦不信，急匆匆地从怀里拿出诏书给郁赦看，又道：“是真的，另一封诏书我留给皇上了，天亮后群臣进宫，他们只会看到那封诏书，我发誓，那封诏书上没有一个字提及钟宛，那是封你为太子的诏书！”

“孩子。”安国长公主眼中含泪，失声道，“天一亮，你就是太子了！！！”

郁赦心头没有半分波澜，漠然地看着安国长公主，对她抬起一只手。

安国长公主忙要将手里的诏书递给郁赦，但在交出前的一刻，安国长公主顿了下，怔怔道：“子宥，你当真要撕了它？”

郁赦一句废话也不想跟安国长公主说了：“皇上和公主若还没想好，可以另寻他人。”

“慢着！”安国长公主忙道，“你不必再要挟我，我信了，你是真的豁得出去，皇帝也信了，但你等今日已经等了这么久，不在乎再多听我说几句话了吧？听我说完，或是让我把这封诏书送回去，或是当场撕了它，都由你！”

郁赦冷漠地看着安国长公主，想不明白，她还有什么可挣扎的，更不明白，自己为什么会失心疯把诏书送回去。

“子宥，我不是在替皇兄说话，我如今只能指望你了，我是要替你筹谋的，你信我……皇兄这封诏书绝对不只是专门为了报复钟宛的桀骜，生死关头，他还没糊涂到这份儿上。”安国长公主重新抓住郁赦的手腕，压低声音，“皇帝之前去行宫，演了那么一出行刺的戏，是为了除掉郁王顺便除掉我，但追根究底，还是在为新帝铺路！包括这封诏书。”

“子宥。”安国长公主深深地看着郁赦，“你信不信，若不是那几个皇子死的死、不成器的不成器，若不是皇帝自觉没那个精神了，他必然是要杀了钟宛的，绝不会只是断了他的仕途这么简单。”

郁赦点点头：“我该谢谢他，没斩草除根？”

安国长公主语塞：“我不同你说这些，我也不是来替皇帝做说客，我只是让你清醒一点，想想明白，这封诏书是不是在帮你。

“你如今离那大位只差一步了，跨过这一步天下就是你的了！到那一天，你要如何补偿他我们管不了，金银、府邸，随便你赏赐，没人能管得了你！这样还不够吗？何必非要让他入仕？”

“这样的人，一旦放纵他再去参加科举，有他的才干和你的提拔，将来出将入相必然成一股大势。”安国长公主沉声道，“子宥，你告诉我，再往后推十几年，几十年，你要如何权衡他和未来储君之间的关系？

“你又如何保证，这个一路扶持着你登上皇位的人，拿捏着你无数痛点的人，不会是下一个郁慕诚？”

“我能想到的事，皇帝想不到吗？”安国长公主声音低了下来，“子宥啊……如今已经有人替你出头做恶人了，你顺水推舟地应下来，不好吗？

“你今日之后就能彻底拿捏住钟宛了，且无论将来你娶谁，他都绝对奈何不了你，也威胁不到你的子嗣，这道旨意对你来说，到底有什么害处？”

“你方才是被一时的情深义重冲昏了头……”安国长公主期待地看着郁赦，殷切道，“孩子，现在想清楚了吗？”

郁赦彻底明白了，嗤笑一声：“帝王之术……”

“皇上是有点报复的心思，我看出来了。”安国长公主道，“但我也看出来，他是在为你的长远铺路的！而且，让皇上如此忌惮钟宛，其中……”

安国长公主道：“就没你自己的过失吗？！”

“从十几岁开始，你为了钟宛做了多少混账事？！”安国长公主到现在还恨钟宛当年搅黄了郁赦的亲事，不然郁赦早早娶妻生子，可能就没有后面的种种麻烦了，过去的事多说无益，她深吸一口气，继续道，“这半年来，你又是如何明目张胆、肆意妄为的？”

郁赦眼眸一动，突然就被戳疼了心。

他笑了下，重复道：“世家公子……”

安国长公主蹙眉：“你笑什么？”

“我笑长公主记性不好。”郁赦嘴角微微勾起，轻声道，“钟宛，他原本也是世家公子。”

安国长公主呼吸一窒。

“说起来，我除了身上这来路不正的皇室之血。”郁赦低头扫了自己一眼，问安国长公主，“还有比他强的地方吗？”

“他出身望族，血脉尊贵，幼时由亲王抚育，开蒙后由帝师教导，才情、名望、君子之德……我半点都比不上。”郁赦看向安国长公主，问道，“忘了？他是被谁毁了的，嗯？”

郁赦实在按捺不住胸口恨意，看着安国长公主：“母亲……”

“我们的出身，本是十分相称的，”郁赦一把扯下马车上挂着的灯笼，马儿嘶鸣，郁赦抄过安国长公主手里的诏书，借着灯火将诏书点着了，跳动的火苗映得他原本英俊的脸庞好似鬼魅，他死死地盯着安国长公主，“你告诉我，是谁毁了我们？啊？”

安国长公主心头一惊，不由得后退了一步。

“归远走后，没过多久我就疯了，可我偶尔也有清醒的时候，想着他留给我的未尽之言，也想去找他……”郁赦声音沙哑，“可我配吗？你们如此害他，我还配去寻他吗？！”

郁赦神态有点癫狂，他脑海中隐约听到有个声音对他说：你配。

“就是这样，我总听到这样的幻声，幻想我不曾伤他……”郁赦摇头，自言自语，“但不，你们害得我早就不配去找他了……”

脑海中的那个声音再次传来：“不，你配。”

郁赦摇头：“我不配。”

“配的。”

郁赦把手中将尽的火苗丢在地上：“不……”

“配！”

郁赦失魂落魄地苦笑：“看，我又听见了。”

“……”安国长公主不安地看看左右，“我好像也听见了。”

郁赦愣住。

马车里，钟宛尴尬地撩开车帘：“子宥，你刚才是在跟我对山歌吗？”

郁赦：“……”

一百零二

安国长公主的脸青一阵白一阵，再没什么处境比她现在更窘迫了。

钟宛无奈，他不是故意要听墙脚的。

郁赦在宫里一天一夜没出来，钟宛在外面安排好北狄之事后只能留在家里等消息，听说崇安帝可能不太好，就坐不住了，出门来碰碰运气，想着看看能不能接到郁赦，还算幸运，等了不到两个时辰郁赦就出宫来了。

方才郁赦出宫门时钟宛本就要下马车的，但见安国长公主来了，还是神色匆匆的样子，觉得多一事不如少一事，躲了算了，不承想安国长公主说起了自己，钟宛就更不便出声了。

可偏偏，郁赦刚才说的话太锥心，钟宛在车里实在忍不住，低声接了几句话。

钟宛自己觉得声音很低，不想还是被听到了。

然后……

一不小心就把这场面弄得有点尴尬了。

郁赦想着自己方才一番话全被钟宛听去了，觉得自己比安国长公主还下不来台。

郁赦假装自己是被诏书灰烬呛着了，抹了一把脸，不耐烦地匆匆道：“回府。”

安国长公主看着钟宛，瞬间就失了刚才教训郁赦的底气，在这个生死关头上，再厌恶钟宛也不想在明面上开罪了他给自己找麻烦。安国长公主暗暗后悔，又突然有些怅然。

她方才还暗讽崇安帝看不清情势，自己又何尝不是？

她早就控制不住局势，也早就奈何不得郁赦了。

安国长公主欲说还休地看了郁赦一眼，看着他的车驾走远了。

在回郁王府别院的马车上，郁赦还是觉得有些不痛快，那些话对安国长公主说说无妨，对着钟宛说，未免有点太矫情了。

可钟宛很喜欢，甚至还想再听几句。钟宛十分没眼色地小声道："你把刚才说的，重复一遍？"

郁赦顿了下，往距钟宛远处靠了靠，他揉了揉眉心，转而道："我方才烧的那封诏书上写着新帝三十年内不得违背先皇之令，你是不是早就知道会有这么一封诏书？"

钟宛瞒不过去了，只得承认："形势紧迫，实在没必要因为这点小事横生枝节，这一关还不一定能闯过去呢，我想着保命为上，这些无足轻重的事……随他们吧，就没跟你说。"

"这是无足轻重的事？"郁赦不喜欢翻旧账，不再追问崇安帝胁迫钟宛的细节，沉默了片刻冷声道，"他现在爬都爬不起来了，凭什么还想随意摆布我？"

钟宛轻声道："我听说，是中风了？"

"是，话说不清了，半边身子也动不了，听太医的意思……"郁赦摇摇头，"再过两天才能看出端倪，太医不敢说话，但都明白，他这病只会更坏，不会有起色了。"

钟宛道："这倒是省了许多麻烦，郁王现在大概在牢里烧高香呢。"

崇安帝成了个废人，郁慕诚终于可以毫无忌惮地放手施为。

"可又有了一点麻烦。"钟宛轻声道，"刚听长公主的意思，皇上马上就要立你为储君了，那郁王怕就要转头将你当成对手，你……"

"无妨。"郁赦并不在意，"该做的我们都已经做了，下面好生看戏就行了，我可以装疯，装病，随着他们闹吧。"

钟宛道："知道皇帝中风后，我给我的人都传递了消息，让他们不必再管我，所有事以郁王的心意来办就好。"

"怕他扳不到皇帝？"郁赦嗤笑，想了想道，"郁慕诚这些年暗中勾结了不少人，只是平时看不出来而已，他早给自己找好退路了，不过你做得也没错，回府之后我会同我的人也如此交代，顺便托人去交代汤钦……呵，怕也不用交代，那老东西怕早明白了。”

钟宛想了一下笑了，咋舌：“难不成真是老天保佑吗？就这么巧，让我听见了长公主刚才那番话，她见我都知道了，怕我蛊惑你，将来境遇凄惨，这会儿没准已经转头去帮郁王了。”

郁赦想了下，也笑了。

往前推八年，谁也不会想到，他们会在今天突然聚为一党，不管是为了什么，都在努力地要为宁王翻案。

天下大势之所趋，人力不可移。

走到这一步，郁赦和钟宛已经不必再做什么了。

钟宛想了想道：“只有一点要紧的，你的人，那些跟着宣瑞暗中保护他的人，人手足吗？”

郁赦点头：“我这些年暗中养的家将现在几乎全守着他了，你放心，他丢不了命。”

“我是不放心他真的被郁王运回京。”钟宛皱眉道，“盯紧了他，郁王的人一旦有动作，你的人必须马上将宣瑞夺走，按咱们之前计划的，将他好生藏匿起来，一定要让所有人都信他是真的殁了，直到你顺利继位。”

钟宛低声叮嘱道：“别玩脱了，真让他回来了……你和宣璟就都没命了。”

郁慕诚要扶持宣瑞做傀儡，就不会留下崇安帝的儿子，宣琼也许还能留条命在，郁赦和宣璟却是万万不可能了。

皇城如今好似一盘生死棋局，无论走哪一步，都会有棋子陨落，但只有郁赦继位，才能死最少的人。

钟宛和郁赦都不喜欢杀人。

郁赦轻轻点头：“放心。”

郁赦心里清楚，钟宛最怕的就是为了给宁王翻案搅乱了他们原先的种种苦心，又给钟宛吃了一粒定心丸：“宣瑞的去处我已经想好了，先将他软禁在一处气候好的地方，待三年之后，一切尘埃落定，我会将他送回黔安，他若安分，就封他为宁安郡王，黔安依旧是他的，只是……”

钟宛好奇："只是什么？"

郁赦不耐道："只是再不许他进京见你。"

钟宛一笑点头："我答应你，不会再见他。"

郁王府别院到了，天色已大亮，钟宛下了马车，看了看初生的日头，长舒了一口气。

终于到家了。

两人都是奔波一天一夜，回府后先分别沐浴更衣，今日之后朝中必然大乱，钟宛不想那些摸不着头脑的宗亲和朝臣来闹郁赦，梳洗干净后嘱咐了冯管家，说郁赦先衣不解带地照料了崇安帝一天一夜，后挂念崇安帝病情太过伤心呕血不止，病来如山倒，现在已经起不来床了。

冯管家忙答应着，不等他去替郁赦往宫中传递消息，外面传旨的宫人已经来了。

突然中风的崇安帝，在百般无奈之下终于在龙榻上召见了群臣，用着他那根木了的舌头和不甚灵活的左手，同群臣交代，立自己的私生子为太子。

事出突然，崇安帝也不可能再带郁赦去祭天了，一切从简，崇安帝的亲笔诏书如今抄录了三份，一份压在崇安帝的枕头下面，另一份由安国长公主拿着，还有一份由五位老阁臣一同看管。

仓促地接了圣旨之后，钟宛问郁赦："那封诏书上写了什么？"

郁赦摇头："皇帝没给我看，长公主向我保证，上面没提到你一字。"

钟宛想了下道："皇帝其实也不信任长公主，他怕公主转头去帮郁王，所以留下三封亲笔诏书，这样就算长公主毁了她的那一封，还有其余两封，由不得人篡改。"

郁赦将手里的圣旨随意放在一边："他也不信我，所以不会交给我一份，随他们闹吧……用膳，睡觉。"

两人都累极了，随便用了一点粥米后躺下来，没说两句话就睡熟了。

钟宛再醒来时，天已经黑透了。

郁赦还睡着，钟宛轻手轻脚地下了床，出了卧房，问了问外面守着的家将，家将摇头，沉声道："少爷放心，一切如常，没什么要紧事，探子们送来几封信，少爷要看吗？"

钟宛点头，接过来挨个儿翻了一遍，确实没什么事。

或者说，没什么他和郁赦的事了。

钟宛这才放下心，将几封信全烧了，重新回了卧房。

钟宛本要接着睡，但就着朦胧烛光，见郁赦神情有异。

床上的郁赦紧紧皱着眉，脸色不太好，看上去似乎是做噩梦了。

郁赦许久没好好睡一觉了，钟宛想不出是把他叫醒了好，还是让他多休息一会儿地好，犹豫了下，轻声道："子宥，子宥……"

郁赦没醒。

钟宛眉头皱起，忽而想起来，郁赦之前在宫门口质问安国长公主的时候，可能是发病了。

郁赦现在病情有所好转，真的犯病也不同以前了，能控制住自己，过后也还记得清发病时发生了什么，但只要一犯病，当夜必然睡不好，来回翻动不说，叫他也不容易叫醒，真的叫醒了，郁赦一时分不清梦境和现实，神态差得可怕。

就像现在这样。

钟宛不敢像之前冒失地把郁赦推醒，哄小孩似的，在郁赦胸口拍了拍。

钟宛摸到了一个东西，掀开郁赦的衣裳，从郁赦怀里摸出了一个纸包。

晃了晃，里面的茶叶沙沙作响。

钟宛万万没想到，郁赦竟还藏着这个。

这包茶叶是钟宛亲手一点一点拣出来的，有多少他最清楚，钟宛掂量了下，估计郁赦只在那夜发狂时吃过一叶。

郁赦舍不得。

钟宛捏着小小的茶叶包，叹口气，实在是想不明白，自己上辈子是积了什么大德。

何其有幸，自己倾慕的人，也会这么重视自己。

钟宛捏着茶叶包，想着是不是拿出一点来，喂给郁赦。

但他和郁赦不一样，对这茶叶能治病的事实在不抱希望，觉得还不如太医给的养身汤管用。

当然，那不温不火的养身汤也不是太管用。

郁赦脸色越来越差，钟宛眸子一动，不知想到了什么，缓缓立起了身子。

……

一百零三

天亮后，冯管家自己拎了食盒进屋来，郁赦将头发束起，轻声交代：“把屋里的水盆撤了，换盆热的来，稍晚点准备热水，要沐浴。”

冯管家低声问道：“把浴桶搬进来？”

郁赦道：“搬进来，别弄那些乱七八糟的花瓣了。”

“是是。”冯管家往屋内看了一眼，压低嗓子问，“用不用人伺候？”

郁赦摇了摇头。

冯管家没再多问，把食盒放下就退下了。

郁赦打开食盒，盛了一碗粥，撩开珠帘走到卧房里，把粥放在床头的小桌上，掀开床帐见钟宛已经睁开眼了，道：“醒了还不起？”

郁赦把手放在钟宛额上又试了试，并不烫。

钟宛声音有点哑：“刚醒，哪有劲儿啊……你不让人伺候，谁收拾这些？”

郁赦把床帐收好后道：“我来。”

郁赦坐在床边，将钟宛从被子里拉起来，在他背后塞了个软枕，端起粥碗：“吃饭。”

“还不至于……”钟宛失笑，“给我，我自己能吃。”

“别动。”郁赦拿着碗的手往旁边让了下，低声道，“好好待着。”

钟宛哭笑不得：“我手又没断，我跟你去桌上吃……”

“不用，我不急。”郁赦蹙眉，“别瞎动。”

钟宛无法，只得老老实实地让郁赦给他喂饭。

郁赦侍弄起钟宛来一向仔细，以前喂药是，现在喂饭也是。

一晚上也没睡多久，钟宛已经很饿了，若放他自己吃，必然要噎得肠胃不适，这会儿被郁赦慢悠悠一口一口地喂着，钟宛觉得肚子里热热的，舒服了不少。

“我吃饱了，你快去吃，别放凉了。”钟宛知道郁赦必然也饿了，催道，“别管我了。”

郁赦不理会钟宛：“张嘴。”

郁赦就喜欢这样事无巨细一点点照顾他，不管钟宛说什么，不紧不慢地，一勺接着一勺，足足给钟宛喂了两碗粥后才放了他，郁赦自己把剩下的粥饭吃了，又拧了布巾给钟宛擦脸。

钟宛哭笑不得：“真不用了，我自己来。”

郁赦不听，给钟宛擦过脸后又重新拧了布巾，接着给钟宛擦手，钟宛被郁赦照料得简直有些无所适从。

外面冯管家敲了敲门，郁赦放开钟宛，待钟宛收拾停当后让冯管家进来了。

冯管家讪讪道：“有点事，他们怕耽误事，让我先来跟太子说。”

郁赦道：“说。”

冯管家走近些，低声道：“昨日一早，太子和少爷回府后，安国长公主回了宫，照料皇上两个时辰后，出宫了。

“按理说长公主也够辛苦了，当时皇帝诏书已下，册封储君的圣旨也发下来了，公主出了宫，也该回公主府歇息了，但没有……公主又去拜会了宗亲们。”

郁赦和钟宛对视一眼，郁赦淡淡道：“果然。”

冯管家道：“公主跟几位老宗亲说了什么不知道，但其中一家有咱们的探子，待公主走后打听了一点消息出来，听他们在公主走后秘密计划，说若立原黔安王宣瑞为帝，各府各家有拥立之功，将来必有大封荫，又说……说……”

郁赦道：“你说就是。”

冯管家含恨道：“说太子性情桀骜，又是由外姓之人养大，将来必不会宽待宗亲，种种苛待可想而知，不如立个傀儡，大家继续安享荣华。”

郁赦一笑：“这话他们还真是说对了。”

冯管家接着道：“现在上面对外说皇上是发了急病，过段日子就转好，但咱们的人探听到皇上现在已经彻底说不了话，能出声，但不成句子，谁也听不懂。中风伤了的半边身子也彻底动弹不得了，太医还是不敢把话说死，但听那意思是好不了了，现在也就这样熬时候了。”

钟宛问道：“还能熬多久？”

冯管家压低声音：“多则三月，少则……何时去了都有可能。”

冯管家继续道：“还有就是郁王那边，郁王先说原黔安王宣瑞死得蹊跷，怕是有人在斩草除根，又说他自知罪孽深重，如今报应已到，他不想再为虎作伥，要替宁王讨个公道。”

郁赦眯着眼：“他提宣琼了吗？”

冯管家拭了拭汗：“提了……”

“郁王说，五殿下此番作为完全是效仿当年之事，要勾结外贼，残害手足。”

钟宛咋舌：“他这真是豁出去了。”

“他本就护不住宣琼了。”郁赦沉声道，“北狄的事我们瞒得好，他没想到这个时候闹出来，郁王倒是够果断，知道保不住宣琼了，索性将宣琼当成垫脚石，宣琼现在如何了？”

冯管家道：“刚被关进宗人府时还勉强能为自己喊冤，但知道郁王拉他下水后彻底失了神志，咱们的人打探过了，说是被吓破了胆子，现在怕是什么也问不出来了，自然……什么黑锅也能背了。”

钟宛吐了一口气，走到今日，宣琼已经彻底废了。

郁赦道：“皇帝呢？”

冯管家摇摇头：“皇后本来就是没主意的人，现在也病了，如今皇上身边竟成了长公主主事，内阁大臣们原本不敢把这些事告诉皇上的，但今早安国长公主入宫时却全说了，就在方才，皇上又昏过去了，中风的人本来就不能受刺激，这次再醒过来……不知另半边还能动的身子，会不会也跟着坏了。”

郁赦闻言不悲不喜：“因果报应。”

冯管家道：“咱们的人问，是不是继续隔岸观火？”

郁赦道：“自然。”

一百零四

“哦对，还有一事。”冯管家压低声音道，“别庄的人让太子放心，他们将两个小主子看顾得很好，原黔安王殁了的事，没让他们知道，京中这些乱七八糟的事，也绝不会传到他们耳中。”

郁赦点点头：“嘴都严实些，把双胞胎看好了，若不巧真被他们知道了什么，不管他们如何闹，没我的命令，绝对不许他们返京。”

冯管家忙点头：“是。”

“还有。”郁赦看了一旁的钟宛一眼，尽力自然道，“阖府上下，每人赏银十两。”

“十两？！”冯管家吓了一跳，顿了下笑道，“太子可能不知道，家将们都恨不得阉了自己，回头入宫接着伺候太子和少爷呢！”

郁赦欲言又止，摇头道：“同这没干系，不用多问，每人十两，赏了就是。”

冯管家忙应道：“那老奴先替大伙儿谢过世子了。”

郁赦满意了，又道：“别庄那边也别落下，赏。”

冯管家答应着，提议道：“那这么说，黔安王府，也该赏的。”

郁赦心情好了些，意犹未尽道：“宣瑞那边也赏赐一二？”

钟宛：“……”

钟宛实在忍不下去了，插嘴道：“这事儿和无辜的宣瑞有什么关系吗？为什么要赏赐他？”

冯管家干巴巴道：“四殿下可能会不大乐意……”

郁赦闻言敏感地皱眉：“他敢不识抬举？”

冯管家绝不敢违背郁赦心意，忙大声道：“他不敢！！！”

冯管家正色道："就是真看不得，四殿下也不敢说什么！"

郁赦脸色稍缓，悻悻："若不是时机不对，我恨不能大赦天下，赏赐宣璟一二，他该感恩戴德。"

冯管家闭眼拍马屁："那是那是！太子高兴，四殿下该跟着高兴的，这下四殿下以后可不能再说旁人做什么都不带着他了，有太子时时想着他呢！"

郁赦虽还是觉得不够正式、不够热闹，但碍于如今生死关头，也只得如此了。

冯管家领命去了。

郁王府别院在开库房赏银子，朝中风雨飘摇，涌动多年的暗潮汇聚成了滔天巨浪，终于将深埋于地下的陈年污浊全明晃晃地抛到了大日头下。

崇安帝听了安国长公主向他传来的消息后，昏死过去，待他再醒来时已过了两天两夜，崇安帝彻底说不出话来了，双腿全都动弹不得，只有一只左手还能费力地比画两下。

两天两夜，说长不长，说短不短，但已给了郁慕诚足够的时间。

先帝当年是如何宠爱幼子宁王的，有眼睛的人都看得见，更别说先帝不止一次同宗亲和老臣们暗示过，将来会立宁王为太子，崇安帝忌惮这些旧人，自登基后，将前朝老臣罢官的罢官，遣散的遣散，宗亲们他奈何不得，只能暗暗削减宗亲手中权柄，后来将宣瑞远送黔安时，也顺便打发了不少他觉得碍眼的宗亲。

多年来种种苛待，宗亲们面上不敢说什么，不少人早已怀恨。

崇安帝成了废人，郁赦告病不出府门，听说身子也不太好了，此消彼长，皇权式微之时，必有人乘势而起。

那些得了郁慕诚的保证想要在此刻分一杯羹的人马上多了起来，并迅速会聚成党。

从第一个人开口伊始，众人突然就大了胆子，开始明目张胆地为宁王喊冤，借着查宣琼之事，大翻特翻当年旧案，势要还宁王一个清白。

钟宛在府中听着种种消息，心中一丝波澜也无。

当年崇安帝大权紧握时，钟宛陷在狱中苦苦挣扎时，这些人没为宁王说过一句话。

八年之后，这些人好似如梦初醒，突然想起自己也是同宁王骨肉相连的至亲，摇身一变，长出了一身浩然正气。

有人为宁王翻案，就必然也有人维护皇权。

崇安帝多年来紧握大权，虽把持朝政专行独断，但也确实将内阁紧紧地攥在了自己手心里，阁臣们都是由崇安帝一手提拔上来的，如今又拿着郁赦的继位诏书，自然不肯由着宗亲一派闹腾。

自崇安帝倒下，两派渐渐泾渭分明起来，随之矛盾一步步激化，不过半月，已是剑拔弩张，水深火热，都恨不得将对方一口吞了。

乌烟瘴气之中，安国长公主见了一次郁赦。

那日宫门口一别后，安国长公主非常尴尬，实在不知道该如何面对郁赦，听说郁赦病得起不了床，起先只命人送了些药材来，又过了几日，亲自往郁王府别院来了。

安国长公主原本不抱什么希望，但郁赦见了她。

安国长公主不安地看了看钟宛："子宥，我有话要同你单独说……"

"不必了。"郁赦坐下来，平淡道，"上次的事若不是钟宛听到了，过后有人添油加醋地学给他听，我百口莫辩，公主还是当面说吧。"

钟宛跟着坐了下来，想了想，没开口。

这一年来，郁赦每见安国长公主一次，就必然会伤心一次。

若不是怕漏了什么要紧事，若不是怕安国长公主心高气傲不肯同自己说话，钟宛其实是想自己来应付她的。

安国长公主看看两人："罢了，反正我同你说了，你转头也要告诉他。"

安国长公主想了片刻，道："今日，借着他们来回撕扯吵闹，倒是让我意外查明了一件事，此事同你我都有关，我来告诉你一声，免得你我还糊涂着。

"七年前，有人造谣生事，对我说，当日我那个孩子，是皇帝暗中施计，害我没了的。"

安国长公主苦笑："我当时气疯了，打了你，又让你去郁王府宗祠跪着，从那之后……咱俩的母子情义，彻底断了。

"后来查明了，那孩子确实是我自己不小心没了的，但我一直不知，到底是谁放出这种流言来，先害了我，又害了你，今天终于知道了。”

安国长公主看向郁赦，惨淡一笑：“你信吗？是皇上，是我的好皇兄，你的亲父皇。”

钟宛脸色骤变，郁赦怔了下，随即嗤笑一声。

“是真的。

“当日，宁王已经死了，留下的几个孩子也被皇上扔到了那贫瘠之地自生自灭，皇帝再没任何顾虑。

“钟家彻底败落了，宁王府死的死、走的走，没人再能翻腾他和小钟妃的那些烂事儿了，他不再担心你这个身世不详的孩子会害了他，又因为子嗣凋零，想认回你了。”

“皇帝当日就已有了立你为储的念头，几个儿子里，唯你最成器，他心中其实早有选择，但……”安国长公主失笑，“但你我母子情分深厚，你是个好孩子，很孝顺我，也很敬重郁王。

“儿子不能成了别人的，儿子若能继位，也不能尊外人为父母，皇帝怕将来我和郁王干涉朝政，想彻底断了你我之间的情分，让你只依赖他一人，但这要怎么断呢？

“最好的结果，就是我亲自将你推给他，最好的法子，就是以我那个薄命的孩子为由，引我发狂。

“果然，我怒火冲天，对你种种冷待，按着皇帝原本的计划，这会儿他会重新将你接入宫中，瞒下他和小钟妃的龌龊事，编一个故事，把你是他亲子的事娓娓道来，让你顺顺当当地认他为父皇。

“这也是为何我后来能查清孩子是自己不小心流掉的，因为原本的结果，是我查明真相后追悔莫及，但再也无法修复同你的关系，你失了母亲，才会进一步地同皇帝亲厚。

“可偏偏，中间又出了个岔子。”

安国长公主紧紧攥着帕子：“郁慕诚知道了。

“宣琼还好好地在那儿待着，郁慕诚怎么肯让皇帝立你为储？他插了进来，抛出无数线索，引着你，勾着你，让你把当年之事查了个清清楚楚。

“如若不然，你当时那么小，怎么可能查得那么明白？”

安国长公主心悸道："皇帝的如意算盘落了空，可一不小心，全完了……"

那件事后，郁赦脱胎换骨，成了另一个人。

纵然早就隐隐猜到了，听安国长公主这样说出来，钟宛还是禁不住气得双手发抖。

好好的子宥，就这么被这些人一刀又一刀，伤成了现在这样。

"这些年孩子的事让我耿耿于怀，阴错阳差地同你情分断绝，更是我心头之大恨。"安国长公主起身道，"到现在知道这些，我一时竟不知该怨谁了，不管是帮皇兄还是帮郁王，我如今都心有不甘，子宥……我是真的累了。"

安国长公主自嘲道："反正闹到今日，我两边都帮过了，无论你们将来谁继位，就算是碍着这些情面，也不至于杀了我，罢了，我不管了。"

安国长公主走前疲惫地转身看了郁赦一眼："当年……郁王纳妾，又接二连三生下庶子，你为了我几次顶撞他，我同你说，不必多言，你说……"

安国长公主道："你说，身为人子，怎么能不维护母亲？"

"可后来……"安国长公主眼泪流了下来，"你生不如死的时候，我明知不是你的错，却由着你被伤了这么多年，子宥……是母亲不好，竟没想着要反过来护着你。"

钟宛喉间剧烈哽咽，那现在说这些还有什么用？！

安国长公主终于走了。

钟宛深吸一口气，走到郁赦身边小心地拍了拍他的肩膀，不等钟宛开口，郁赦淡然一笑："无妨。"

郁赦看着钟宛，失笑："真没哄你，不知怎的，这次我一点儿也不难受了。"

钟宛顿了下，忍了又忍，眼泪蜿蜒而下。

钟宛低头，无声哽咽。

"明白了，是你代我难受了。"郁赦掏出帕子来替钟宛擦了擦，低声道，"有件事，我早就想跟你说了，但时机未到，空谈许诺都没什么意思，今天……我感觉时机终于到了。"

钟宛抬眸看着郁赦，嘴唇微微动了下。

两人目光交会，郁赦意外地一怔，低声道："你其实早就猜到了，是不是？"

钟宛紧紧地握着郁赦的手腕，哑声：“你再、再好好想想。”

郁赦洒脱一笑：“早就想好了。”

安国长公主对外称病，从乱局之中抽身而退，闭门不出。

三日后，透过郁慕诚的人证物证，崇安帝当年勾结小钟妃鸩杀先帝的事水落石出，同庶母私通也罢了，杀父弑君的铁证赫然摆在了众人面前，阁臣辩无可辩，宗亲一派扬眉吐气，接着义愤填膺，势要为先帝讨一个说法。

郁慕诚行事周密又小心，凡是涉及当年之事，只称“听说”和“料想”，再将证物抛出，所有的事都由其他人查出，问到他头上，郁慕诚就矢口否认，只说多年来他早就怀疑，但兹事体大，一直未敢彻查。

合着多年来，他什么都不知情，却总能鬼使神差地拿到证据。

所有人都清楚郁慕诚在说谎，但崇安帝一派的人奈何不得他，宗亲们更是指鹿为马，一时间郁慕诚竟成了大忠臣。

一切都在按照郁慕诚期待的发生着，崇安帝被气昏几次又活了几次，虽拖拖拉拉一直死不了，但也权柄尽失，只能眼睁睁地看着自己曾经最倚重的臣子放手施为。

压死崇安帝的最后一根稻草，是先帝的一件遗物。

内务府开了宫中陈年库房，找出了一件旧衣。

先帝死后，这些东西不是烧了就是随葬了，恰巧就漏下了这么一件衣裳，因被宫人错手放进书箱里，存放了起来。

旧衣上沾着点点药渍，是先帝病重时呕吐沾在上面的。

经太医和年老仵作们检查，药渍中确实有毒。

崇安帝的人一直咬死了称先帝确实是病重而亡，这件旧衣一出来，众人百口莫辩。

几位执掌京中兵权的将领都是纯臣，起先还合力弹压宗亲一派，所以纵然宗亲们如何猖狂也无法逼宫。但如今崇安帝弑君的罪证确凿，几位纯臣一时竟不知该如何是好。

崇安帝执掌皇权，众人理应誓死效忠，但先帝就不是皇帝了吗？谋杀先帝之人，又该不该继续效忠？

僵持之际，黔安官员禀告，说寻到了原黔安王的踪迹，原黔安王宣瑞确是崇安帝派人暗杀的，只是有老天庇佑，宣瑞大难未死。

崇安帝先杀先帝，再冤杀宁王，如今竟连宁王嫡子也不放过，重重恶行终于让宗亲们忍无可忍，宗亲们誓要迎宣瑞回京，储君之事，要重新再议。

走到这一步，崇安帝一派已无计可施。

郁慕诚虽还出不了宗人府，但他一点也不担心了。

就是还要被软禁一段日子又如何？宣瑞想要继位，先要放了自己才行。

郁慕诚殚精竭虑了数月，终于尘埃落定，他彻底放下心来了。宗人府中郁慕诚每日茶饭好生喝着吃着，心绪平和，养足了精神，静候宣瑞进京打最后一场翻身仗。

但这次，老天没再眷顾他。

宣瑞失踪了。

“不可能。”郁慕诚不愧在朝中沉浮多年，练就了一身的好功夫，听罢钟宛的话脸色如常，轻轻摇了摇头，“你不必来骗我了。”

钟宛静静地看着郁慕诚：“不信就算了，我走了。”

“慢着！”郁慕诚手指无意识地动了动，“你方才说……说宣瑞失踪了？什么叫失踪？怎么会失踪？”

钟宛淡淡道：“失踪就是失踪了，从头到尾都是郁王爷你叫唤得欢，言之凿凿地说宣瑞还活着，你有什么证据？！”

郁慕诚急切道：“宣瑞就是证据！”

钟宛道：“可他如今生不见人，死不见尸，宗亲们慌乱不安，所有人都被你的空谈害了。”

郁慕诚愣了下，语调不稳：“他明明没死！是我的人将他救下了！我怕宣瑞再被皇帝暗杀，暗中派人护送他入京！我的人明明一直说宣瑞好好的！”

钟宛静静地看着郁慕诚，没说话。

郁慕诚突然看向钟宛，片刻后，全明白了。

钟宛看着郁慕诚瞬间变得苍白的脸色怜悯道：“郁王爷，贪心太过了吧？”

“你原本是有机会把宣瑞彻底抓在掌心的，但为了让我和子宥离心，你特意放了子宥的人跟着，好在宣瑞出事之后让我迁怒子宥。”钟宛一语道破郁慕诚心事，“万一宣瑞真有个好歹，将来若有人追究，你还能赖到郁赦头上，一石三鸟，是不是？”

郁慕诚脸上血色尽褪。

“走到这一步了。”钟宛沉声道，“你还不忘害他。”

郁慕诚尽力控制着自己冷静下来，质问道：“是你们半路截杀了宣瑞？钟宛，枉宁王当年如此疼爱你，你为了让郁赦继位，就是这样对宁王的儿子的？！”

钟宛懒得解释了。

郁慕诚飞快思索片刻，心中突然又想起一人来，突然高声道：“来人！来人！！”

“晚了。”钟宛冷冷道，“我来这里就是为了告诉你，皇帝马上就要驾崩了，子宥已经入宫了。”

郁慕诚这会儿还没真正明白“晚了”是什么意思，他不管钟宛，彻底失态，起身厉声叫人。

同一时刻的宫中。

崇安帝蜡色的面孔中透着青色，他竭力地张着口，吐出一口气后半晌“呼哧”一声，才能再吸进一口气来。

寝殿外跪了一地的人，众人呜咽不止。

寝殿内，郁赦站在床头，漠然地看着崇安帝。

外面一个老太监跌了进来，喜形于色：“皇上！皇上！宣瑞那逆贼确实是死了！根本就找不回来了，宗亲们都慌了！”

崇安帝瞬间睁大了眼，看向郁赦，费力地把他还能动弹的那只手摸到枕头下，拿了一封诏书出来。

崇安帝抖着手，将诏书扔到床下，又费力地接过老太监递给他的笔，在被子上鬼画符般写道：登基，时间不多了，别等他们回过神来，去找宣……

崇安帝气力耗尽，跌坐回床上，写不下去了。

郁赦捡起地上的诏书，打开细细看了一遍，片刻后低声道：“我就知道。”

“为何一直攥在手里，为何迟迟不肯交给我，”郁赦摊开诏书，淡淡道，

“皇后的人选都定好了？”

郁赦低声问道：“我若要登基，就必要娶你替我选好的皇后，是不是？”

崇安帝死死地盯着郁赦，眼中露出一丝快意。

纵然宗亲们浑水摸鱼，张牙舞爪地闹了这么多天又如何？国不可一日无君，自己一走，马上就要有新帝继位，宣瑞都找不见了，谁还敢对郁赦说半个“不”字？

纵然郁慕诚蛰伏多年又如何？到头来，这不还是竹篮打水一场空？

纵然郁赦桀骜不驯又如何？他要这龙椅，就得连着皇后一起接下。

虽没能断了钟宛入仕的可能，但在郁赦的婚事上，崇安帝绝不肯让郁赦顺着自己的心意胡来。

伺候崇安帝的老太监胆战心惊道：“太子，皇上之前说了，怕您糊涂，所以……要替您安排好，皇后母家势大，配得上您，想来您也不会轻忽怠慢，如此……对谁都好。”

郁赦一笑：“最后的诏书上，还要摆我一道。”

崇安帝安心地喘了两口气，重新拿起笔，在被子上画：那个孩子，捏在你手里，很好，但也别再耽误时间，宗亲们马上就会想起他来，别让他们……

“放心。”郁赦将诏书叠好，“宗亲们就算回过神来想起宁王还有这么一个儿子，也见不到他，抢不了他。”

郁赦漫不经心道：“宣瑜会一直在我手里。”

崇安帝以为郁赦终于妥协了，刚要点头，忽然察觉出有些不对。

郁赦一笑：“都没想到吧？”

崇安帝嘶哑地呜咽了几声，左手剧烈抖动。

“宗亲们把我本要做的事都替我做好了，省了我很多麻烦。”

郁赦轻声道：“但所有人都只会盯着宣瑞，都忘了，宁王还有一个儿子。

“宁王已经翻案，那他的两个儿子其实都一样了。”

崇安帝明白郁赦要做什么了，急得喘不上气来。

郁赦又将诏书细细地看了一遍，自言自语道：“这些年，所有人都在把我往深渊中推……

“我是你们所有人的棋子……你明知道我若娶了你精心安排的皇后后会生

不如死，但为了这点血脉，还是要逼我，让我在你身后，仍受你摆布。

“我在这深渊中本已认命，但钟宛突然跳了下来，不只是跳了下来，还想拉着我，一起爬上去。”

郁赦看向崇安帝：“你该谢他，若不是他，这个结局会更可怖。”

崇安帝目眦尽裂，厉声嘶吼。

“郁慕诚他们觉得自己对宣瑞先有救命之恩，后有拥立之功，可以放心地把宣瑞捏在手里。

“宣瑞和钟宛有解不开的心结，同我更是新仇旧恨说不清，他若继位，自然不会放过我们。

“所以我不能让宣瑞回京，但……宣瑜呢？

“原本扶他上位是有点难的，得益于这些日子宗亲们的折腾，现在是顺水推舟。

“比起那些他认都认不全的宗亲，宣瑜是不是更亲近亲手将他带大的钟宛和我这个将皇位拱手相让的堂兄？

“放心，我不会将宣瑜当傀儡，我会好生栽培他，教导他，等他成年，真的能执掌天下的时候就把一切都交给他，我同归远，也就算真的把这身债还清了。

“我不会再受困于过往，归远也不必再觉得对不起宁王。

“我们俩干干净净，再也不欠谁的了。”

郁赦站起身，头一次心平气和地同崇安帝说话：“父皇，自始至终，我就没想过要这皇位，我只是想……”

宗人府中，钟宛看着失魂落魄的郁慕诚，哑声道：“子宥只想尽他所能……

“将二十年前就错位的浩荡齿轮，拨回到原有的位置上。”

——完——

番外

番外一

郁赦的别庄中，山花烂漫。

凉亭中，教导宣从心的嬷嬷脾气很好地问道："小姐这是绣的什么？"

宣从心抚了抚手上的丝绢，心不在焉："凤凰。"

嬷嬷沉默片刻，勉强点头："是，起先看不出，但一看这处尾羽就明白了，是个凤凰。"

"这不是尾羽。"宣从心克制着脾气，"这是凤头。"

嬷嬷尴尬道："是吗？不过小姐，这处绣错了，应当是……"

"应当是从这里下针。"宣瑜倒拿着一本书，闻言忍不住探头比画，"姐，嬷嬷教了这么久，我都听会了，你这针法不对，从一开始就绣错了，你看看这里……"

"我学还是你学？"宣从心看向宣瑜，不怒自威，"不好好看书，盯着我绣花儿做什么？考状元考绣花吗？"

宣瑜缩回头，讷讷："不考。"

"不考你瞎看什么？！"宣从心从早起就心神不宁，正没处撒火，"年纪也不小了，文不成，武不就，父王的爵位如今也没了，府里被大哥作死作成这样，要不是有钟宛护着，咱俩就差回黔安吃糠了。这么多年，人人都在看我们府上的笑话，你能不能争点气？"

宣瑜忙翻开书，结巴道："我、我就是脑子笨，但心里知道要为哥哥分忧的。"

宣瑜早就改了口，他说的哥哥就是钟宛。

宣从心悻悻："就你还有点良心。"

宣从心低头看着自己绣的东西也有点闹心，叹口气："不绣了，你昨天写的文章呢？我先替你看看，免得又气着先生。"

宣瑜瑟缩了下，怯声道："昨天侍卫大哥带我去抓野鸡了，就、就没写。"

宣从心被气得拿不稳绣花针："你、你……"

宣瑜忙跳起来给宣从心倒茶赔罪："别、别气着，先喝茶。"

"我不喝！"宣从心怒道，"一整天，一篇文章都写不出来！将来你想做什么？能做什么？等着天上掉馅饼吗？"

宣瑜被训得脸红，正要想办法溜了，远处一个家将拿着一封信急匆匆地过来了。

家将走到近前看了两人一眼，十分懂眼色地把信奉与宣从心。

宣从心不愿在外人面前骂宣瑜，压着火接过了家将递上来的书信，拆开来一看，怔住了。

宣瑜小心翼翼地立在一边，见宣从心石雕般半晌不说话，试探道："姐，怎么了？是京中出什么事了吗？"

宣从心呆呆道："弟，天上好像真的掉馅饼了。"

在立下太子不足一月后，崇安帝驾崩了。

崇安帝走得并不安详，好似一条被斩断了的蛇一般在床上扭曲着身子挣扎了许久，用他那根中风后不灵活的舌头高声呜咽，嘶吼声传遍了整个宫殿，似有不少未尽之言。

但彼时的他已无力再更改遗诏，也没人再听得清他的话，崇安帝怀着满腔愤恨和不甘死在了龙床上。

所有人把目光转向了郁赦。

得益于郁慕诚和宗亲们之前的劳苦，崇安帝死后郁赦没费什么功夫就将宁王旧案彻底查明，郁赦六亲不认，查案时将前朝那些见不得人的事敞开了、摊平了说，郁赦再也不避讳自己的出身，直言自己是崇安帝和小钟妃乱伦所出，血统污秽，不堪担当大任。

没人料到，这个好不容易爬上高位的太子殿下在崇安帝死后临时变卦，不肯继位，任凭效忠崇安帝的一党如何苦苦劝谏恳求，他死也不接诏书。

所有人想破了头也弄不明白，郁子宥他到底要做什么？！

宗亲们终究还是押错了宝，这边郁赦拒不登基，那边宣瑞却活不见人死不见尸，而就在郁慕诚一派想要趁势而起转而另立新帝时，消失了数日的钟宛钟归远回京了，顺便带回了宁王的小儿子——宣瑜。

宁王刚翻了案，这会儿郁赦亲自将宣瑜迎进了宫，要做什么，不言而喻。

除了郁赦和钟宛，旁人轻易见不到宣瑜，郁慕诚算计一辈子，最终为别人做了嫁衣。宣瑜被郁赦接进宫的当日，郁慕诚在宗人府自缢了。

宣琼浑浑噩噩多日，在知道郁慕诚的死讯后被吓破了胆子，成了个真疯子。

崇安帝的四子宣璟在知道前朝过往后在自己府中静了一日，转而闭门谢客，拒见任何人。

一切都在意料之外，一切都在情理之中。

三个月后，新帝宣瑜正式继位，年号元延。

对新帝有莫大拥立之功的前太子郁赦，自然而然地被封为摄政王。

或者说，郁赦封自己做了摄政王。

所有人都觉得自己看得很明白，郁赦这是立了一个更年幼、更容易把控的傀儡。

这么一想似乎很合乎情理，崇安帝刚驾崩的那会儿朝野内外议论纷纷，都在追究崇安帝杀父弑君的罪责，崇安帝自己的皇位都来路不正，遑论郁赦的，郁赦若要不顾非议硬登基了，将来也必然要有数不清的麻烦。

单是出身这一件事，就是实打实造他反的好名目。

可如今他找了自小长在黔安没什么人在意过的宣瑜来，既平息了物议，又掌了实权，实在是打了一手好算盘。

宗亲们后知后觉，觉得是之前小看了这个疯子。

当然，这些话他们也只敢在心里说。

自新帝登基后，摄政王一面大刀阔斧地砍除了郁慕诚的羽翼，一面挨个儿处置了对崇安帝死心塌地的臣子。借着平息北狄之祸又将军政揽到了手中，待到元延初年年底时，摄政王一派借着这股大势彻底改朝换代，郁赦终于将一切都攥在了掌心。

尘埃落定后，没人再敢多说一个字。

包括新帝。

议政厅的小暖阁内，宣瑜惴惴不安地坐在龙椅上看着一旁的郁赦料理政事，欲言又止。

“这是今天内阁送上来的要紧的折子，”郁赦将书折悉数批复过后道，“皇上看过后若觉得有什么不妥，可同我说。”

宣瑜干巴巴道：“摄政王看过的，必然没什么不妥的，我……朕就不看了吧。”

郁赦抬眸看着宣瑜，沉思片刻后道：“皇上有话要说？”

宣瑜和郁赦虽是亲堂兄弟，但彼此并不亲厚。

知晓了前朝旧事后，宣瑜对自己这个堂兄加表叔的感情更复杂了。

宣瑜同宣瑞不同，虽也不十分聪明，但挺讲道理。

返京之后，他和宣从心合计了很久，怎么想怎么觉得当初的事怪不着郁赦，如今从郁赦手里把这皇位接过来，也不是那么理直气壮。

宣瑜这龙椅坐得不踏实，几次想跟郁赦说，“不然这皇位还是给你吧”。

但话到嘴边，他又不知该如何开口。

宣瑜有点怕郁赦。

郁赦看了宣瑜片刻，揣摩着小皇帝的心思，道：“皇上若还是担心宣瑞，我可以命人让他写一份手书送来，如今皇上刚刚即位，他是不合适露面的，具体为何，皇上心中应当明白。”

宣瑜忙摇头：“没有没有，我没担心大哥。”

返京之初钟宛就跟宣瑜说过了，宣瑞如今一切都好，郁赦将他安置在了南边儿的一处庄子里，衣食无忧。钟宛的话，宣瑜和宣从心都是信的，他俩也明白，自己大哥若这会儿“活”过来了，那必然又要引起不少风波。

为了将宣瑜送上皇位，郁赦和钟宛这半年来力挽狂澜、殚精竭虑，这份恩情太重了，宣瑜绝不敢扯后腿。

宣瑜挣扎了许久，小声道：“我想见见哥哥……我说的是钟宛。”

郁赦顿了下，垂眸道：“那请皇上再等等吧。”

宣瑜不安道：“他病还没好吗？”

所有人只看得见郁赦在操持一切，甚少人知道，郁赦背后始终站着一个钟归远。

这半年来钟宛通常连三个时辰都睡不足，在彻底平定了北狄之乱看着朝政终入正轨后，也耗尽了郁赦之前数月小心给他养回的那点儿气力，入冬后的一场风寒来势汹汹，直接将钟宛送回了病榻上。

有些人似乎就是天生劳碌命，这么多年都煎熬过来了，眼看着能稍稍喘口气了，却扛不住这小小风寒。

钟宛病后郁赦几次差点犯病，不是怕朝政上出岔子，郁赦早抛下这些去陪钟宛了。

郁赦虽没犯病，但心里总有点执拗念头。自钟宛病后，郁赦说是怕人再带什么风邪给钟宛，不准任何人去见钟宛，每日散了朝料理完正事后一刻也不耽误，回府亲自照料钟宛。只要有他在，绝不用他人插手。

郁赦道："劳皇上挂心，已经好多了，待他病愈后，自会入宫给皇上请安。"

宣瑜不放心地点点头，又迟疑道："皇兄，我想，我一直想……"

郁赦抬眸看着宣瑜，眉头微皱，等了半天也没等宣瑜说清楚一句话。

不过郁赦心里已经有数了。

"皇上。"郁赦看向宣瑜，问道，"皇上忧心归远？"

宣瑜忙道："自然。"

郁赦沉默片刻，道："我同归远，这半年来所做一切都是在尽力弥补旧日之过，待皇上将来能独当一面时，我们会将一切实权交给皇上，到了那日他才算真的能卸下这千钧重负，皇上若真体恤他多年来过得不易，就请用心听政，待到皇上亲政那日，我同他也就真的能功成身退了。"

宣瑜听出了郁赦的话外之音，眼睛有点红了。

他的这个堂兄，是真的从未想要这皇位。

郁赦认真地看着宣瑜："我的心意，皇上能明白了吗？"

宣瑜重重点头，愧疚道："我……会好好学的。"

郁赦不再多言，钟宛病中让他对宣瑜说的话，郁赦自认是说明白了。

宣瑜说到做到，从这日开始，每日闻鸡起舞，废寝忘食，恨不得马上能亲政才好。

郁赦没有带孩子的经验，钟宛说什么他听什么，听钟宛说要多激励宣瑜，他自己说不出口，就原话吩咐了教导宣瑜的大儒们。

大儒们原本对朝局并不看好，但见摄政王并非野心昭昭，竟是有将来还政的意思，老怀甚慰，遂振奋精神，鼓足了劲儿给宣瑜打鸡血。

可尺有所短，寸有所长，宣瑜虽心善又纯良，但对朝政的事是真的不太擅长。

宣瑜每日早上听大儒们给他讲课，过了晌午就来雄心壮志地给郁赦画大饼，言辞铿锵，今天要北征、明天要南伐，斗志昂扬，常常震得郁赦哑口无言。

郁赦也是那会儿才意识到，钟宛这是病中无聊，故意消遣自己玩儿了。

郁赦原本只要处理好政务就能回府，如今又多了一桩大事，要听小皇帝和他畅想未来。

郁赦每每浑浑噩噩地听罢宣瑜一番慷慨陈词后就想，果然是谁带大的孩子随谁吗？宣瑜这口若悬河、瞎说八道的样子，真是像极了某个正在养病的人。

宣瑜说得口干舌燥，喝了一口茶水，胖手一挥："皇兄，这辽阔疆土！以后就都是我们兄弟二人的！"

郁赦波澜不惊地"哦"了一声。

就在几日前，钟宛喝罢药躺在床上，也是这样同郁赦说，说待他好了，就能如何如何，画了许多大饼。

钟宛说得很大声，然而自始至终，郁赦没说一句话。

郁赦有点上火，忍无可忍地命钟宛闭嘴睡觉，钟宛还自觉挺无辜。

钟宛无措地说："我就是……给你望梅止渴一下，你不高兴？"

郁赦扪心自问，怎么也想不透，自己喜从何来？

郁赦看着宣瑜，叹了口气。

钟宛那边好说，病已无大碍，身体一天比一天好了，许诺了多少自己将来自然会一一让他应验，可宣瑜这边呢？宣瑜确实不是这块料。

郁赦被宣瑜突如其来的雄心壮志闹腾得精神不济，当日回府后同钟宛讲，钟宛想了片刻，将心中早有的主意同郁赦说了，郁赦犹豫了下，觉得可行。

翌日，郁赦按钟宛说的，力排众议，将学绣花学得头疼的长公主宣从心请进了议政阁，自此，郁赦、宣瑜、宣从心三人都轻松了许多。

番外二

十五岁的郁子宥，还是个小君子。

非礼不视、非礼不动。

所以纵然心里清楚藏在别院那个人是自己“买”来的，是能看能碰的，也绝不肯越雷池一步。

一连数月，不是住在郁王府，就是宿在长公主府，中间有次要回府拿一样要紧的东西，郁赦也只是让马车夫在府门口停了停，命家将们进府把东西取出来，好像他踏足别院一步就会坏了钟宛的名声。

郁赦和自己这个同窗虽没什么交情，但他很敬重史老太傅，也很替钟宛惋惜。

郁赦计划得很好，在宁王的案子尘埃落定后，再等个一两年，待别人把钟宛忘了，就想办法把钟宛的奴籍销了，给一笔钱财，把钟宛远远地送走，让钟宛能平静地过以后的日子。

在郁赦心里，那会儿的钟宛脆弱又敏感，是不适合被人打扰的，他还特意叮嘱了将自己照料到大的冯管家，要好生待钟宛，不要让钟宛过得煎熬。

万万没想到，煎熬的是冯管家。

三个月后，冯管家扛不住了。

宁王之案，崇安帝虽未明说，但是有点斩草除根的意思的，不少人揣摩上意，想借机讨好，钟宛若不小心逃了，被有心人拿住了发作，郁赦不确定自己还能不能保下他。

郁赦被迫搬进了别院，亲自盯着钟宛。

郁赦很守礼，不该看的从不看，不该说的从不说，任凭钟宛如何逗弄，郁赦坦坦荡荡，目不斜视。

直到他搬进别院一个月后。

那会儿钟宛已经同他混熟了，大概也看出了郁赦真的是个正人君子，对自己没有恶意，说话玩笑放开了不少。

有天两人坐在矮榻上看书，钟宛起身去倒茶，郁赦已看了两个时辰的书，腿麻手酸，稍稍舒展了下，将手撑在了榻上，钟宛回来时没留意，坐在了郁赦手上。

软榻上铺的垫子厚实蓬松，钟宛竟没感觉出什么来，喝了一口茶继续看书。

一旁的郁赦僵在原地，一条手臂瞬间麻了。

但鬼使神差地，郁子宥没马上把手抽出来。

没有为什么，就是舍不得打扰那一刻的宁静。

“怎么看得这么慢？”宣从心皱眉。

议政厅暖阁中，两张书案拼在一起，新帝宣瑜向东而坐，身边是长公主宣从心。

为了让正值妙龄的长公主跟着新帝一起学政，郁赦和钟宛费了不少功夫，但一切都是值得的，如今郁赦轻松不少，终于不用担心自己和钟宛要给宣瑜还一辈子的债，也放心了将来江山后继有人。

反正双胞胎都是宁王的孩子，就算将来长公主摄政，也算是肥水不流外人田，更别说还有钟宛在，双胞胎也不至于有阋墙之祸。

郁赦和钟宛坐在另一侧，书案上堆着满满的书折，郁赦或是钟宛批注后的折子先交给宣瑜，宣瑜看过后再交给宣从心看，宣瑜看得慢，面前的折子不一会儿就堆成小山，宣从心在一旁等得无聊，忍不住催促：“是看不懂还是有不认识的字？”

“字都认得。”宣瑜忙解释，轻声细语道，“摄政王说了，贪多嚼不烂，宁愿看慢些，也要看懂了再说。”

宣从心压着火，黑着脸道：“那你这样就看懂了吗？”

宣瑜心虚道：“也没看太懂。”

不等宣从心发作，钟宛忙道：“罢了罢了，换过来换过来，公主先看，皇上后看。”

宣瑜和宣从心都求之不得。

钟宛哭笑不得，起身把自己面前的折子抱起来，交给宣从心，他走回原位坐下，脸色微微一变。

宣从心忙问：“哥哥？怎么了？”

“没、没事。”钟宛勉强笑了下，“坐太久了，腿麻了。”

宣从心点了点头，没再理会。

双胞胎埋头用功，另一边，钟宛暗暗磨牙，偏头看了郁赦一眼。

一人之下，万人之上的摄政王泰然自若，右手执朱笔，下笔稳健，似是感觉到了钟宛的视线，转头看了过来，年轻英俊的脸庞上坦坦荡荡：“怎么了？”

钟宛飞快地看了双胞胎一眼，气得做口型：你、说、呢？

年轻的摄政王眼中闪过一抹幽光，他动了动被钟宛坐住的左手，嘴角微微勾起。

钟宛很闹心，当年的翩翩佳公子，怎么长大就成了个无赖呢？

偏偏郁赦还很能装，无赖也只同钟宛无赖，在旁人面前还是一朵不怒自威的高岭之花，朝中人要不觉得郁赦性子冷又孤僻，对他敬而远之；要不同双胞胎这样，看出了郁赦皮囊下的一把君子骨，对他既敬又畏。

说出去有谁能相信？待人冷漠又疏离的摄政王，会趁钟宛起身的工夫，暗暗将手垫在人家身下。

钟宛让郁赦气得心火冒，趁双胞胎不注意抽出了郁赦的手，郁赦借着宽大的袖子遮掩，在钟宛腿上不轻不重地捶了几下才收回手。

不等钟宛发作，郁赦神态自然地问钟宛：“今年恩科的主考官，定好了吗？”

宣瑜甫一登基时，郁赦替宣瑜拟的头一道旨意就是特准钟宛可以参加科考。

郁赦先逼迫翰林院众翰林为钟宛“请命”，再不顾朝臣阻拦直接替新帝草拟圣旨，接着问也不问新帝，自己取了玉玺，端端正正地盖在了圣旨上。

宣瑜刚登基那会儿郁赦得罪了不少大儒，又让不少对皇室忠心耿耿的老臣忧心忡忡，很大原因就是那道圣旨惹了祸。

但郁赦也只独断专行了这么一次。

肆意妄为了一次后，郁赦又安安分分地做回了他的周公，对宣瑜这个成王再无半点不敬之处。

好像之前那个马上要篡位的人不是他一样。

圣旨也下了，翰林院也被按头承认，众儒生都等着盼着文曲星归位，下面就要看钟宛的了。

新帝即位，照例是要开恩科的，一切都筹备得差不多了，就是主考官还没定下来。

摄政王本想自己来，但被钟宛拦下了。

郁赦无法，只能问钟宛的意思："恩科将至，两位副主考已经拟定得差不多了，正主考呢？你心中有人选了吗？"

钟宛想了下，点头："有了。"

郁赦好奇："谁？"

钟宛干脆道："史宏。"

郁赦登时脸黑如锅底。

钟宛一笑："怎么了？史宏是两朝帝师的儿子，正经的两榜进士出身，在翰林之中也素有名望，如今由他做正主考，不好吗？"

史宏当初几次痛骂钟宛不忠不义，钟宛返京之后又被这个又臭又硬的死脑筋参过受贿，郁赦看他是一百个不痛快，若不是感念史今对钟宛的恩情，郁赦早让他回乡种地了。

郁赦道："不怕他给你使绊子？"

钟宛摇摇头："使绊子？就他那个脾气，应该不至于的，不过……"

郁赦蹙眉："不过什么？"

"随便他，就算使绊子……"钟宛平静道，"状元还是我的。"

郁赦怔了下，无可奈何地笑了。

这倒也行，史宏和钟宛不睦的事尽人皆知，来日钟宛折桂，没人再敢置喙一句了。

郁赦定定地看着钟宛，即使在一起许久了，还是禁不住被他这一腔笃定的傲气震慑住，忍不住问道："中了状元之后呢？"

"之后？"

钟宛想了下，慢慢道：“去给史老太傅磕头，去我爹娘坟前上香，再去父王母妃陵前祭拜。”

钟家祖坟已修葺好了，前些日子郁赦刚陪钟宛去祭拜过。

钟宛自己没怎么，倒是郁赦，堂堂摄政王，在钟宛爹娘坟前跪了又跪，拜了又拜，之前陪宣瑜祭天也没见他那么端肃有礼。

郁赦又问道：“再然后呢？”

钟宛一笑：“没然后了。”

“先帝没驾崩那会儿，还想过金榜题名，骑马游街，好好风光一把，现在……”钟宛淡然道，“只想告慰亲师，然后将金榜在坟前一烧，就这样吧。”

郁赦静了片刻：“将来的官职……”

“随便给我个什么都行。”钟宛想了下忙道，“只是别让我去翰林院做学问，让我干点实事，我不求什么政绩，也不在意升迁的事，能帮得上忙就好。”

郁赦深深地看着钟宛：“不想封侯拜相了？”

钟宛莞尔，只张嘴没出声：不想做皇帝了？

两人相视一笑。

三十功名闯过去，八千里路蹚回来，那些曾经渴求的，如今唾手可得的，其实早就不在意了。

双胞胎在一旁已听愣了，宣瑜懵懵懂懂：“哥……你在说什么啊？”

钟宛转头看看宣瑜白胖可爱的脸颊，无奈道：“罢了，虽不拘于此，但也得接着干啊，还请皇上争气，待皇上能亲政，我同摄政王就真的是什么都不管了。”

宣瑜听不明白，却无端很感动，激动起来，连说带比画地开始给钟宛讲他的宏图伟业。

钟宛被宣瑜说得一愣一愣的，差点就信了，郁赦对此早已麻木，心不在焉地看着折子，脑子里全是别的事儿。

长公主殿下从一堆折子中抬起头，看看三人叹口气，深觉十几年后，天下大任怕是要压在自己肩头了。

番外三

钟宛在摄政王府备考的时候，总是隐隐约约觉得自己忘了什么，落下了什么。

钟宛左思右想，怎么想怎么觉得如今朝内朝外四海清平，再没什么未了之事了。

钟宛觉得自己是多年来操心多了，一时松懈下来了不习惯，没太当回事。

直到有一天无意听郁赦说了一句，宣璟告假多日，许久没出府了。

钟宛一拍脑门，这才想起来是把自己最好的兄弟忘了。

钟宛失惊倒怪道：“林思呢？林思呢？宣瑜都登基了，我病倒了又病好了，我的兄弟林思呢？他最近如何？他快乐吗？他还在藏着躲着吗？”

郁赦难言地看了钟宛一眼，许久道：“归远，我始终不太懂你和林思的兄弟之情。”

林思为了尽快脱身，能想也不想地把钟宛藏着掖着近八年的小名痛快说出。

钟宛为了安抚宣璟，也能快刀斩乱麻地决定给林思下一剂狠药把他迷晕了送去宣璟府上。

自幼相伴长大的兄弟，彼此竟凉薄至此吗？

钟宛有点尴尬，讪讪道：“兄弟如衣服……唉，你不懂，问你呢？林思如何了？”

郁赦面色复杂地看看钟宛：“先帝驾崩前他就回去找宣璟了，两人如今多日没出府，估计都还待在屋里呢。”

钟宛好奇地问：“那么早就回去了，为什么？怎么就突然想开了？”

郁赦不确定道：“不一定是想开了吧？他是不得不去，说起来还是你的法子好，药到病除。”

钟宛吃惊：“我骗宣瑞那些话……他信了？”

“不只是信了，还用了。”郁赦道，“回京之后，你我同先帝生死挣扎时，宣瑞找了几个铁匠，给他做了……”

郁赦比画了下：“这么大的老鼠夹子。”

钟宛震惊：“比桌子还大……”

郁赦点头。

钟宛心惊胆战：“我的好兄弟这么多天没出门……他是被夹死了吗？”

郁赦宽慰道：“自然没有。”

钟宛心急：“你快点说。”

郁赦轻松道：“放心，林思半点没伤着。

“宣瑞也够心狠，在自己卧房中放了两个天大的老鼠夹，又在门口窗前放了十来个捕兽的夹子，就等着林思哪日偷偷来看他时抓住，可……

“林思身手太好了。

“宣瑞房中机关遍布，他愣是都避过了。

“可不小心……在躲避的时候，碰碎了一样东西。”

钟宛窒息：“琉璃盏！”

郁赦点点头。

钟宛哑然：“命运多舛的琉璃盏，是个人就能碰碎它……”

郁赦动作一顿，忽然想哪日去宣瑞府中，也摔那东西一次。

钟宛做过的事，郁赦也想尝试。

以后的事以后再说，郁赦继续道：“旁的还行，碰碎那个东西，宣瑞哪儿能忍？林思也惊着了，转头就要走，宣瑞从床上暴起，一不小心……踩在了老鼠夹子上。”

钟宛听不下去了。

郁赦安慰道：“没伤着筋骨，就是暂时不方便走路了，也算因祸得福，林思见状哪里还走得了，就这么留下了。

“两人在一起这么久，有天大的误会，应该也解开了。”

钟宛提心吊胆：“回头林思知道是我的主意，我俩这兄弟还做不做了？”

郁赦心道：你俩这兄弟本来也不怎么样。

他不紧不慢道：“明日让皇上赏宣璟一座好宅院，再赐他一处好封地就是了。”

天高海阔，由着他们慢慢闹腾。

图书在版编目（CIP）数据

当年万里觅封侯．完结篇 / 漫漫何其多著．-- 南京：
江苏凤凰文艺出版社，2021.3
ISBN 978-7-5594-5372-3

Ⅰ．①当… Ⅱ．①漫… Ⅲ．①长篇小说－中国－当代
Ⅳ．①I247.5

中国版本图书馆 CIP 数据核字 (2020) 第 216663 号

当年万里觅封侯．完结篇

漫漫何其多 著

责任编辑　张　倩
特约编辑　月　月
装帧设计　商块三
出版发行　江苏凤凰文艺出版社
　　　　　南京市中央路 165 号，邮编：210009
网　　址　http://www.jswenyi.com
印　　刷　天津旭丰源印刷有限公司
开　　本　700mm × 980mm　1/16
印　　张　19.5
字　　数　308 千字
版　　次　2021 年 3 月第 1 版
印　　次　2021 年 3 月第 1 次印刷
书　　号　ISBN 978-7-5594-5372-3
定　　价　49.80 元

鸣谢参与

| 责任编辑 |

张　倩

| 特约监制 |

王传先

| 产品经理 |

临　渊

| 特约编辑 |

月　月

| 营销支持 |

林沫言　李欣桐

| 出版支持 |

李一球

| 平台支持 |

晋江文学城

| 封面插画授权 |

流水画

| 赠品插画授权 |

温　捌　青阳鹤山

| 题字授权 |

仓　鼠

| 封面设计 |

商块三

| 版式设计 |

刘珍珍

| 赠品设计 |

小蘑菇